有爱的青春陪伴者

汀汀我意

苏幸安 著

花山文艺出版社

河北出版传媒集团

河北·石家庄

图书在版编目（ＣＩＰ）数据

汀汀我意 / 苏幸安著. -- 石家庄：花山文艺出版
社，2020.11
ISBN 978-7-5511-5294-5

Ⅰ．①汀… Ⅱ．①苏… Ⅲ．①长篇小说－中国－当代
Ⅳ．①I247.5

中国版本图书馆CIP数据核字(2020)第181601号

书　　名：**汀汀我意**
TING TING WO YI
著　　者：苏幸安

统筹策划：张采鑫
特约编辑：周丽萍
责任编辑：卢水淹
责任校对：董　舸
美术编辑：胡彤亮
封面设计：颜小曼
封面绘制：cain酱
内文设计：孙欣瑞
出版发行：花山文艺出版社（邮政编码：050061）
　　　　　（河北省石家庄市友谊北大街330号）
销售热线：0311-88643221/29/35/26
传　　真：0311-88643225
印　　刷：长沙鸿发印务实业有限公司
经　　销：新华书店
开　　本：880×1230　1/32
印　　张：9
字　　数：200千字
版　　次：2020年11月第1版
　　　　　2020年11月第1次印刷
书　　号：ISBN 978-7-5511-5294-5
定　　价：36.80元

（版权所有　翻印必究·印装有误　负责调换）

目录

目录

序言

愿心想事成，岁岁如愿 /

据说，透过一个作者的笔，能够看见她最喜欢的东西。

涂满奶油的点心、闪闪发亮的星、倨傲英俊的少年、清甜温柔的少女……

在这个即将开始的故事里，你将读到上述一切。

一切让人感到幸福的小东西，都是我想送给你的礼物。

我并不是一个善于表达的人，很多感情都藏在口袋里，生怕被人看见。所以，我喜欢描绘女孩子坦然热情的一面，遇见喜欢的人，雀跃着张开手臂，撒着小星星，跑向他。

汀汀就是这样的女孩。

开朗、纯粹、温柔、透明。

她的心事你一眼就能看透，看透的同时，又忍不住为她祝福。

希望她心想事成，希望她岁岁如愿。

我总说，女孩子是世界上最美好的存在。她们或是单纯羞涩，或是明艳热烈，她们都很美，都会拥有很好的人生。

我也写过很多女孩，俏俏、温夏、小多，还有汀汀，她们不是特别聪明，也没有顶级美貌，都是平凡的温柔又可爱的小女孩，在这个蓝灰色的世界里，勇敢地表达爱，与接受爱。

她们也会失落，但是，很快又振作了；她们也有苦恼，但是笑一笑，又能打起精神。

写这个故事的时候，我很开心，希望看见这个故事的你们，也能开心。

生而为人，你当赤诚、勇敢，最重要的是，要快乐。

祝福你。

苏幸安
写于阳光很好的午后

Chapter1.

夏日限定，许汀全糖去冰 /

（1）

新生军训结束后，许汀在学校附近租了间一居室。小房子面积不大，采光很好，客厅连着小阳台，可以挂一张藤艺吊椅再养些绿植。每天醒来，拉开窗帘就能看见勃勃生机，阳光和温度，都是恰好。

搬家那天，她爹许老头儿——堂堂地产公司董事长——视频会议也不开了，撂下一屋子员工，亲自来做苦力，让许汀一边凉快去。许老头儿的原则是小姑娘细皮嫩肉，哪能干粗活。

收拾完东西，许老头儿带许汀去吃饭，吃完日料吃甜品，最后还有一大份冰激凌。

许汀埋头铲冰激凌球，许老头儿突然幽幽开口："今天的事，一定不能让我老婆知道。"

让你妈知道我带着你吃完热的又吃冷的，她一定会生气！

来交账单的服务生刚好听见这一句，脚下一绊，露出一脸雷劈似的表情。

许汀："……"

这位老头儿，请不要随便给自己加戏！

下午没课，许汀准备录一期视频，她固定好相机，将镜头对准自己的手，取景框框出小半张料理台。

许汀是个小有名气的美食博主，ID"章鱼小面包"，定期上传些甜点制作的视频，转发和评论的数量都不错，微博粉丝有三十几万。她一直坚持不在视频中露脸，也不开直播，低调且安静地做着小点心。

几场雨之后，天气热得厉害，许汀穿了条雪纺长裙，脚踝纤细，戴着一条同样纤细的铂金足链。她将收音麦夹在衣领处，说："大家好，我是'小面包'，今天教你们做一款基础点心，叫柠檬卡特卡。首先……"

手机连连振动，是司瑶的语音消息：

"阮清峤！汀汀，我看见阮清峤了！"

"在北区篮球场！三分上篮也太帅了吧！"

司瑶那边声音混乱，许汀费了些力气才听清她在说什么，心跳忽然慢了一拍。她暂停正在拍摄的视频，相机也没收，转头从冰箱里搬出一小罐蜜渍柠檬。

柠檬片放在杯底，再添两勺蜂蜜，用温水慢慢冲开。

许汀做得格外专注，眼神清亮，嘴角带甜。

冲好柠檬蜂蜜茶，许汀拿起杯子朝门外走，一只脚踏出去，才想起来钥匙和手机都没带，又折回来取，慌慌张张，手忙脚乱。

许汀有辆小电瓶，代步用的，一路骑到学校，球场上的热闹还

没散。

六个男生三人一组，正在打半场，其中一个穿着白色球衣，身形劲瘦，衣袖推到肩胛骨以上，午后的阳光铺在他身上，浅浅的一层，格外干净。

"白球衣"背对着许汀，看不见脸，不过，这样好的身材在K大也找不出几个，肯定是阮清峋。

许汀只觉耳边咚咚乱响，全是心跳的声音。她越过球场旁边的小门朝场地中走，不知道是太紧张还是太忐忑，一步没迈好，左脚踩到右脚的鞋带，直接扑出去，摔出个要压岁钱的喜庆姿势。

场上的人吓了一跳，三分球脱手跑偏，落地之后反向一砸，笔直地朝许汀飞过来。

许汀下意识地护住脑袋，慌不择言："别砸我，我是好人！"

耳边一阵哄笑，接着，涌过细微的风，有人伸手将球路截断，顶在指尖转了个花样。那人右手中指上戴着枚檀木指环，戒面略宽，中间嵌着一条银色的细线。

款式很少见，也很漂亮，透出一股冰冷禁欲的古典气息。

许汀抬头向上看，目光自手臂间的缝隙探出去，先是看到白色球服，劲瘦的腰，接着是锁骨，汗水顺着脖颈流下来，一条蜿蜒的线，清隽野性，气场十足。

许汀愣了愣——不是阮清峋，她认错人了。

（2）

"白球衣"脸上全是汗，短发刺黑，湿淋淋的，他撩起衣服抹了把脸，说："还没过年呢，就行这么大的礼，也太客气了！"

周围又是一阵哄笑，许汀的耳朵都红了。她正要站起来，背包搭扣猛地一松，装满柠檬蜂蜜茶的杯子掉出去，一路滚到"白球衣"

脚边，撞在他的鞋尖上。

许汀："……"

今天肯定不宜出行，怕什么来什么。

"白球衣"眉梢一挑，指了指脚边的杯子，故意问："给我的？"

许汀生怕他误会，拼命摆手："不是，我就路过。"

我只是一个无辜倒霉的路人甲。

"白球衣"笑了下，转身将篮球抛给队友，喊了句："远哥，给我件衣服。"

队友笑闹着说了句什么，许汀没听清，她单手撑住地面，正要站起来，一件衬衫落下来，罩在她身上。

许汀一愣，抬起眼睛看过去。

两个人一站一坐，落差太大，"白球衣"觉得不舒服，索性蹲下来，和许汀视线平齐。

方才离得远看不清，这下凑得近了，许汀才发现，这人眉骨很高，又是剑眉，五官轮廓很深，帅得有点过了头，近乎扎眼，就算扔进人堆里，也能一下子就找出来。

对视了几秒钟，许汀满头尴尬，正要躲开，"白球衣"忽然勾起一点笑，低声说："还反应不过来？"

许汀猛地意识到什么，低头一看，果然，裙子绷了线，撕开好长一条口子，腰侧皮肤若隐若现，雪白细腻。

脑袋里"嗡"的一声，许汀顾不上脸红，急慌慌地将衬衫系在腰上，挡住那道口子，然后转身就跑。

她跑得太快，"白球衣"一声"杯子没拿"愣是没机会说出口。

队友叫了声他的名字："沈驰言，要不要再打一场？"

"白球衣"应了一声，弯腰将杯子捡起来，塞进了背包里。

（3）

直到进了家门，许汀的脸还是红的，打开冰箱拿出冰果汁，一口气喝下小半瓶，才缓过一口气。

丢人！

许汀用手心捂住发烫的脸颊，真的太丢人了！

手机又振起来，这次是语音通话，司瑶的声音从听筒里传来："汀汀，你到了没啊？比赛都快结束了！"

"我去了啊！"许汀委屈地揉着一颗西红柿，"北区球场吗？结果……"

"北区？"司瑶哀号，"傻子，我说的是B区！体育馆的B区啊！"

许汀："……"

比赛已经快结束，无论是北区还是B区，现在赶去都来不及了。

许汀叹了口气，打开微博切换账号，用小号发了条动态：

RQX啊，我跟你的红线，是被月老拿去翻花绳了吗？

小号是许汀开始暗恋阮清峋时注册的，用了快三年，昵称非常直白，叫"暗恋RQX的小土豆"。

司瑶曾感慨，大号"小面包"，小号"小土豆"，汀汀啊，你是办了张食堂年卡吗？

全是吃的！

许汀顶着一脑袋郁闷换了衣服洗了澡，又把"白球衣"借她的衬衫扔到洗衣机里，然后坐在阳台的藤艺吊椅上点开了微博APP。

她上一次发甜点vlog是在五天前，视频的评论和转发量都不低，有人说"小面包"的声音真好听啊，超温柔，手也好看，还有人要她直播或者爆照片。

"叮"的一声，飞进来一条新微信，许汀随手点开。

消息来自小区业主群，群里有一百多号人，大家都很守规矩，基本不闲聊，只发一些重要通知、寻物启事之类。今天却被刷了屏，一个顶着欧美女生头像的账号连续刷了十几条：

沈驰言，是男人就出来面谈，拉黑算哪门子本事！

每条消息的末尾，都艾特了一个昵称叫"S"的人。

业主群瞬间炸锅，常年潜水的网友们纷纷弃船上岸。有人提醒说"文明发言，请勿刷屏"，有人高喊着吃瓜，说"前排兜售瓜子花生烤鱼片，道中间的靠个边"，还有人起哄说："妹子，要帮忙吗？新买的扫把，打人嗷嗷疼！"

许汀边看边笑，手指一滑，跳出一条新消息——

S：沈驰言不是男人，求求你别再追了，他还是个孩子，他害怕。

末尾，一个冷漠微笑的 emoji 表情。

这位也是真敞亮，毫不犹豫地给自己改了个性别。

许汀逐一截屏，然后点开司瑶的头像——

小面包：姐妹，吃瓜吗？直播的那种！

冒过一次泡后，"S"再没出声，只剩女方在群里疯狂刷屏，反复艾特"S"，想约他见面。群主警告了两次，未果，只能一脚把刷屏的踹了出去，小插曲这才落下帷幕。

许汀一面窥屏一面跟司瑶闲聊，两个聊天页面来回切换。

夜路走多了总会遇见鬼，界面切换得太快，难免脑子不灵光。一条消息发出去，许汀想起来衣服还没有晾。她搁下手机进了卫生间，晾完衣服又切了盘水果当零食，等她嚼着菠萝坐回到吊椅上时，已经超过两分钟，消息无法撤回了。

那条原本应该发给司瑶的消息，赫然躺在业主群中：

小面包：我要去论坛开个帖子，标题是"字母君的爱情逸事"，除非当事人给我发红包，不然绝不封帖！

底下很快蹦出一串起哄架秧子的回复：

邻居甲：哎哟，新商机！

邻居乙：求直播地址，无偿帮你盖楼暖帖！

邻居丙：能把当事人再拉进来吗，楼主需要大量素材，不然上不了热门！

许汀："……"

倒霉之神啊，你放过我吧，我一定遵纪守法，不再吃瓜。

（4）

"S"的头像和朋友圈背景图都是一团漆黑，个性签名里挂着一句"喜欢我的请扣1，不喜欢的请扣眼珠子"。许汀正打算加个好友向对方道歉，"字母君"倒是先发来了申请和一条语音消息。

许汀戴着耳机，点下播放的瞬间，恍惚有种耳朵被亲吻的错觉，清清朗朗的男声，笑吟吟地说："趁火打劫可不是个好习惯啊小朋友，下次不要这样。"

耳朵和脸颊同时一烫，许汀戳着屏幕连发了几条"对不起"，可怜兮兮地表示她以后一定不再瞎起哄了。对方却没再回复，不晓得是不想搭理，还是没看到。

她点开朋友圈，对方设置了近三天可见，漆黑的背景图下只有一条横线。许汀抱着手机在床上打了个滚，顺手登录微博小号记了一笔：

今天小土豆丢人了吗？丢了。

门外突然传来一声怒斥："姓胖的，不许把口水往你爸脸上甩！"

许汀租的是旧小区，每层两户，她搬来的时间不长，还没和邻居见过面，这么一听对面住的可能是个单亲爸爸。

姓胖？好冷门的姓氏啊。

许汀翻了个身，目光扫过晾在窗前的衬衫，忽然想起来，她忘记问"白球衣"叫什么名字了。

不知道名字，怎么把衣服还给你啊……

真伤脑筋！

一场球打完，又出了满身热汗，沈驰言拧开一瓶矿泉水，先喝了两口，剩下的全部淋在脸上降温。刺短的黑发水光闪烁，带着股英俊与野性并存的味道。身后传来几声脆响，两个躲在场外偷拍的小女生忘了调静音，见沈驰言循声看过来，立即红了脸。

沈驰言从大一刚入学起就被拍照，如今都研一了，脸皮磨得比城墙还厚。他指了指腕表："快去吃饭吧，再晚，可就抢不到荤菜了。"

两个女孩也是活泼性子，大着胆子邀请他一块吃饭。

沈驰言拎起背包甩在肩上，身形修长，迎着傍晚时分微红的天色，看起来倨傲至极又挺拔干净，两种气质在他身上融合碰撞，撞出一种令人过目难忘的英俊。他笑了笑，说："不了，我得回去遛狗。"

沈驰言养了条大麦町，也叫斑点狗，中文名叫"胖花"，英文名字"fat flower"，看起来高大威猛，其实又懒又馋还喜欢圈地盘，最大的爱好是藏袜子和啃沙发。

租房子的地方离学校不远，沈驰言没开车，慢悠悠地溜达回去，在路边的小卖部买了两桶泡面当晚饭。扫码支付时微信上跳出一堆消息，那个追了他大半年的女邻居又开始间歇性抽风。

沈驰言叹了口气，看向小卖部的老板："阿姨，您说，我是不是长得太帅了？"

虚岁还不到三十五的大姐嘴角一抽，冷冰冰地说："做人要全面发展，别光顾着长个，抽空也吃点鱼肝油，对眼睛好。"

其潜台词是，你帅不帅的，我没看出来，你眼神不太好，我倒是看出来了。

沈驰言险些笑出声来。

进小区大门时，路过保安亭，值班的保安大叔给了沈驰言一包特产，说是老家寄来的，让他拿回去尝尝。沈驰言左手泡面右手特产，塞得满满登登，乘电梯的时候险些按不准楼层键，偏偏手机又响了，他万分艰难地看了一眼，正看到某个邻居失手乱入的发言。

沈驰言气得想笑，看一眼资料，是个女孩，头像是樱桃小丸子，年纪应该不大。

算了，沈驰言劝自己，跟个小孩计较什么。

好不容易打开家门，大狗胖花已经在玄关处等他半天了，一个加速助跑，硕大的狗脑袋猛地扎进他怀里，险些撞断他的肋骨。

沈驰言一声哀号："姓胖的，不许把口水往你爸脸上甩！"

（5）

许汀和司瑶都是 K 大历史系的新生，两个人一块长大，在一起的时间比绕在地球外圈的香飘飘还多。为了拍视频，许汀在校外另租了房子，但也只在周末才有时间过去，平时赶早课，还是住宿舍方便些。

许汀和司瑶住同一间宿舍，此外，还有两个舍友，一个叫郑李李，一个叫南佳。

开学后第一次班会，班导师让大家做个自我介绍。郑李李第一个站起来，说："我爸姓郑，我妈姓李，所以我叫郑李李。"

教室里一阵哄笑。

轮到许汀时她有点紧张，未言先笑，眉眼弯着，像月牙，清秀温柔。

班导师问她为什么会选择 K 大。

许汀抿住嘴唇，笑容半含半露，她想了想，很坦然地说："为了一个人。"

为了一个让她心动的人。

班会结束时临近中午，司瑶闹着要吃冰激凌，许汀陪她去买。排队时，许汀说起那天在北区球场的惊鸿一摔，裙子毁了，杯子丢了，要多丢人有多丢人。

司瑶缠着许汀追问"白球衣"长得好不好看，好看的话，她一定帮许汀把这个人挖出来！

许汀哭笑不得，说在司瑶眼里，世界上的人只分为两类，一类是长得好看的，另一类是长得不好看的。

司瑶立起两根手指，说："在许汀眼里，世界上的人也分为两类，一类叫阮清峤，一类不叫阮清峤！"

司瑶的声音不算低，许汀红着脸去捂司瑶的嘴，笑闹间不经意地回头，瞄见一道颇为熟悉的影子。

那人坐在窗前的卡座上，穿着浅蓝色的休闲衬衣，衣袖折上去，露出一截手臂，肌肉线条平顺流畅。阳光落进来，灿烂得如同失了火的世界里，只有他干净得仿佛没有温度。

高山为峤——清峤——应该是清傲如山的意思吧。

还真是人如其名呢。

许汀愣住，司瑶脱口而出："我没看错吧？还真是阮清峤！"

窗边的人似乎听见了，写字的手顿了顿，循声看过来。

许汀连忙转过身，冰激凌也不买了，拽着司瑶落荒而逃。

（6）

外头温度正高，热浪扑面，司瑶跑得快要断气，随手抱住一根路灯柱，哀求："不行，不行，真的跑不动了！"

许汀额头上覆着薄薄的汗，她像是刚从见到男神的震惊里回过神，埋进司瑶怀里好一阵扑腾："瑶瑶，我见到他了！我又见到他了！"

阮清峋是许汀的高中学长，比她高一届，相当风云的人物。许汀有色心没色胆，暗恋人家半天，连招呼都不敢打一个。阮清峋去图书馆，她也去；阮清峋跑步，她也跑；阮清峋吃川菜，她也吃！

结果，看书睡着了，跑步崴了脚，吃川菜辣出盲肠炎，住了一个星期的医院。折腾大半天，她在阮清峋眼里，依旧是个毫无存在感的无名氏，都不如空气里的PM2.5。

司瑶感慨："汀汀，你的丘比特可能眼神不太好，箭箭虚发，回回射歪！"

再后来，阮清峋竞赛保送直升K大物理系，就不怎么来学校了。许汀扑到司瑶怀里哭了一场，擦干眼泪之后，决定好好学习，阮清峋能去K大她也能，谁的脑袋也不是白长的！

可是啊可是，费了这么大劲，好不容易再见到阮清峋，这姑娘的第一反应居然是跑！

司瑶快要气死了，戳着许汀的脑袋："那为什么不去打招呼呢？多好的机会啊！"

"我今天没化妆，"许汀小声说，"没弄头发，也没穿漂亮的裙子，哪好意思跟他说话。"

司瑶摇了摇头，书上说得对啊，先心动的人最卑微。

转眼又是周末，许老头儿打电话来催许汀回家吃饭，他蒸了螃蟹，还有椰子鸡，都是许汀爱吃的！许汀说这周要去出租屋录甜点视频，匀不出时间，下周回去。

许老头儿满腹惆怅地在电话里唱："走吧，走吧，人总要学着自己长大！走吧，走吧，不必操心你的老爸！"

许汀毫不留情地挂了电话。

星期六，司瑶跟在许汀身后进了家门，蹭吃蹭床不说，还不肯帮忙洗碗搞卫生。

许汀捏她的脸："懒成这样，谁敢娶你？"

司瑶鞋也不穿，赤脚趴在卧室的地毯上说："那就不嫁了，一辈子跟着汀汀！"

司瑶换了新手机，她打开局域网搜许汀家的 Wi-Fi，搜到一个奇奇怪怪的名字——rqxzdhhk。

将这几个字母默念几遍，司瑶恍然——rqxzdhhk——就是"阮清峋长得好好看"首字母的缩写啊……

司瑶嘴角一抽："汀汀，你暗恋得也太明显了！"

许汀弯着眼睛："名称要和密码连起来念的，密码是：txdyzhk123。"

司瑶把两组缩写搁在一起，仔细琢磨了一下——

名称：rqxzdhhk——阮清峋长得好好看！

密码：txdyzhk——天下第一最好看！

司瑶："……"

你要是把这份虔诚落实到行动上，阮清峋早被你追走了！还用得着暗恋？

恍神的工夫听见一串狗叫，好像是从隔壁传来的，司瑶有点好奇，问许汀："汀汀，你的邻居在养狗吗？什么品种啊？"

"不知道，没见过。"许汀耸耸肩，"对面邻居好像特别忙，都没时间遛狗，小家伙天天挠门吊嗓子。再这样下去，我要投诉了！"

吃过晚饭，许汀拽着司瑶下楼跳广场舞，健身消食。

司瑶戴着耳机打游戏，边打边说："我看过皇历了，今日宜静不宜动，不适合出门。"

许汀无奈，换好鞋子出门去了。

等电梯时，对面只闻其声不见其狗的四脚兽又开始叫唤，汪汪汪汪汪汪，高低起伏，错落有致。许汀叹了口气，从背包里抽出一张便笺，贴在邻居的房门上。

（7）

大四那年沈驰言拿到保研名额，直升本校，跟在物理学院最严谨的老教授名下，专业是凝聚态物理，从此天天吃饭睡觉测电阻，大把大把掉头发。大师兄私下感慨，谁能想到念个书还有剃度的效果？

最近课题进了死胡同，整个课题组一片愁云惨淡。

沈驰言在办公室里转了一圈，觉察到气氛不对，转身出去买了些甜点，请大家吃下午茶。

大师兄闻见香味狂奔而来，扑在沈驰言身上，说："沈少，你就是我生命中的四大力学，永远占据核心地位！"

有人趁机揭大师兄的短处，说："小言，你千万不要以为这是什么好话！当年他因为挂了量子力学一科，险些拿不到学位证，被班导师吊起来打！"

大师兄咬着蛋糕羞愤不已，说："那不是挂科，是失误！读书人的事，能算挂科吗？"

一阵哄笑。

师姐的眼睛还红着，沈驰言递给她一杯奶茶，笑着说："康德说过，三样东西有助于缓解生命的辛劳，分别是奶茶、奶茶和奶茶！"

师姐被沈驰言那个笑容晃得眼晕，接过纸杯的瞬间忽然想起什么，说："对了，小言，你还没交女朋友吧，材料组那边有个学妹……"

师姐抬头，正对上沈驰言的目光。沈驰言有一副少见的漂亮眉眼，剑眉、眼尾修长，睫毛似一笔饱满的墨，眸子里暗光晕染，看起来有点坏，还有点不易察觉的冷漠。

师姐心头一颤，意识到自己逾越了。

进科室以来，沈驰言一直很随和，对上能应付导师，对下懂得关照同僚，扔到本科生里他也吃得开，呼朋引伴，满世界都是熟人。但这并不代表他是一个好接近的人，更不代表随便什么人都能干预他的私生活。

他处事平和，待人有礼，这不是本性，而是教养。

师姐跟沈驰言私交不深，但她能感觉到这个叫沈驰言的男人一定有着优渥的出身。

生在云上的人，骨子里有种本能般的高傲，沈驰言就是如此，只不过涵养太好，让他在优秀之外多了层圆融，看起来格外平易近人。

可"平易近人"这个词本身就代表着一种优越，一种距离。

一念至此，师姐及时咬住话头，只说了声谢谢。

沈驰言听个开头就知道她要说什么，也没兴趣追问，拨弄了两下中指上的檀木戒指，转身逗大师兄玩去了。

看着他的背影，师姐极轻地叹了口气，英俊出色，进退有度，还懂得锋芒善用，这样的男人天生让人心动。

（8）

在实验室里一耗就是一整天，傍晚时分沈驰言才离开，最近确实太忙，忙得他恨不得多长出一个脑袋，一个用来做实验，一个用来跑参数。

回家的路上，沈驰言拐去便利店买了些速食品。沈少爷的厨房虽然配备了全套的厨具，但他本人的厨艺还停留在只能把白开水烧沸的程度，一日三餐除了食堂就是外卖和速食。

大师兄开玩笑说，你没胖成球，纯属苍天无眼。

沈驰言拍着大师兄日渐隆起的小腹："实话说，大部分瘦子之所以瘦，不是因为饮食习惯良好，而是根本吃不胖。"

大师兄沉默两秒，黯然垂泪。

怀里抱着一堆东西，钥匙对不准锁眼儿，沈驰言万分艰难地从购物袋后面探出头，看见门板上贴着张便笺——

挨饿会瘦，养狗要遛。

落款是"对面的天天听四脚兽吊嗓子挠门的邻居"。

留便笺的人年纪应该不大，字写得工整且稚气，一笔一画，横平竖直。

沈驰言将那八个字来回念了几遍，还挺顺口，忍不住笑了。

门锁终于拧开，胖花从门缝里挤出一个硕大的脑袋，沈驰言匀出手在狗脑袋上撸了一把："三天不遛，上房揭瓦，邻居都来告状了！等我有时间，肯定阉了你！"

大狗呜咽一声，眼神无辜。

搁下购物袋，沈驰言从柜子里翻出一盒松露巧克力，当作给邻居的道歉礼物。他走过去才发现，对面的防盗门外挂着个自制的门牌，原木色的硬纸卡上写着三个字——魔仙堡。

字迹跟便笺上的一模一样。

沈驰言盯着那个门牌看了一会儿，拿出手机百度魔仙堡是个什么玩意儿，跳出来的词条让他一阵无语——粉红色的悬浮建筑、魔仙和花中精灵……

住在他对面的不会是个未成年吧，拎着带亮片的塑料棒高喊"巴啦啦能量"的那种……

扑面而来的代沟感，让沈驰言瞬间没了敲门的勇气，拿笔在便笺上补了一句"已阅，择日整改"，然后连字条带巧克力一并搁在了邻居门前。

胖花一直跟在沈驰言脚边，走一步跟一步，黑葡萄似的圆眼睛不住地往挂着狗绳的方向瞄，意思是遛我，马上，别犹豫！

一人一狗对视半晌，沈驰言落败，叹了口气："行吧，这个家你说了算！"

这哪是养狗，分明是供祖宗！

（9）

住进小区以后，许汀经常跟阿姨们一块跳舞。她长得甜，嘴也甜，一来二去，混成了团宠，领舞阿姨让她站在最前排，紧挨着自己，地理位置十分显眼。

盛情难却，许汀只得硬着头皮站上去，哪知道今天换了首新曲子，她没跳过，音乐一响，直接蒙了。别人弯腰她举手，别人跺脚她扭胯，踩不到节奏不说，还有点顺拐，逗得几个阿姨笑个不停。

曲子进行到副歌部分，动作难度更大了，阿姨们齐刷刷转身、摆头、踢腿、眼神灵动，许汀有样学样，转身、扭头、踢……

许汀面无表情地放下踢到一半的腿，僵着身形，木头人似的慢慢往场边移动，直到移出阿姨们的视线范围，她才露出痛苦的表

情——

腰腰腰腰腰，扭了一下，真疼！

广场外圈围着几个小石墩，许汀坐在上面活动了一下腰椎间盘，就在她疼得龇牙咧嘴面目扭曲时，忽然看到十米外的阴影里站着一个人。

那人穿着半袖T恤和深色休闲裤，脚边蹲着一只奶牛似的大斑点狗。

离得有点远，光线又暗，看不清脸，身材倒是不错，个子也高，感觉应该是个小帅哥。

有型又有狗，许汀不由得多看了几眼，看着看着，她隐隐有种感觉，对方好像也在看她。

手机振动，郑李李发来微信，问她："汀汀，是你吗？"

另附一张截图，一个备注是"物理沈学长"的人在朋友圈里发了个小视频，文字栏里写着：我长这么大，第一次看到顺拐能顺到这种程度的，哈哈哈，都顺成机器人了，大黄蜂，是你吗？大黄蜂！

许汀点开小视频，通亮的街灯下，那个既踩不上拍子又跟不上节奏的人，可不正是她！

许汀回了个流泪的表情，说："是我……"

郑李李哈哈地笑了好一会儿，话音一转，好奇中又带点向往地问她："汀汀，你跟沈驰言住在一个小区吗？有没有偶遇过啊？"

郑李李发来的是语音，"沈驰言"三个字音如同开了会员的彩色弹幕脱颖而出。在许汀脑袋里来回横跳。她想，这名字好耳熟啊，在哪儿听过来着？

愣怔半晌，许汀忽然想起业主群里的那场闹剧，点开"S"的朋友圈，果然，熟悉的小视频、熟悉的文案，以及熟悉的大黄蜂。

许汀连语音都不敢发，抖着手指敲着键盘："沈驰言是谁？"

郑李李毫无危机意识，欢天喜地地同她介绍："咱们学校物理学院的，研一在读。入学报到之前，我在论坛上刷帖子，看到好多关于他的留言。开始我以为是小姑娘们瞎起哄没见识，直到我看见照片。怎么说呢，存在即合理，校草两个字，真不是白叫的！"

郑李李生怕许汀不信，又发了几张照片过来，有课堂上的偷拍，有球场上的抓拍，还有一张证件照。

证件照这个东西，全靠颜值撑着，长得好看，拍出来的片子就好看，一点都作不得假。

蓝色背景框出小小方寸，年轻男人干净倨傲，目光清朗，嘴角勾出一点笑。

好看，确实好看，少见的英俊利落。

不过……

这……这不就是走错球场那天，借衣服给她的"白球衣"嘛！

她当着人家的面摔了个大马趴，还撕坏了裙子！

这……这都是些什么事儿啊！

隔了一会儿，郑李李再度发来消息，许汀看了一眼，头发都要立起来了。

郑李李："汀汀，沈学长要我把你的微信推送给他，机会给你了，要抓住哟！"附带一个脸红微笑的小表情。

许汀："……"

抓你个大青蛙啊！

这样一来，他就知道我就是那个"趁火打劫"的倒霉邻居了！

啊——郑李李，你个猪队友！

（10）

沈驰言没想到，遛狗也能遛出这么大一个缘分，或者说，人生何处不相逢。

他原本只是想欣赏一下阿姨们新编的广场舞，没想到一眼瞄过去，先看到一个顺拐的。

顺拐的是个女孩子，年纪不大，穿着浅色连帽外套，看起来身形娇小。单是顺拐也就罢了，这姑娘还踩不上拍子，一串动作跳得乱七八糟，险些打到隔壁阿姨的肩膀。

沈驰言笑得不行，在朋友圈里发了条视频动态。

很快有人私聊他："学长，你认识这个女孩子吗？"

沈驰言："不认识，遛狗时看见的。"

郑那个李李："她是我舍友，很容易害羞，你这样曝光她，她会哭的！"

既然是舍友，肯定也是 K 大的学生。沈驰言想起那个在篮球场上摔出个拜大年姿势，还拿走他一件衣服的女生，笑容压都压不住，心想，现在的小女孩都这么有喜感吗？

沈驰言收起手机，再度抬头时，"小顺拐"已经不见了。他牵着胖花朝广场外走了两步，又看见"小顺拐"僵着脊背从人群里退出来，木头人似的坐在石头墩上。

这是……

扭着腰了？

沈驰言笑得差点拽不住狗绳。

"小顺拐"在明，沈驰言在暗，角度奇佳，他眯着眼睛仔细看了看，又笑了。

还真是拿走他衣服的那个女生。

世界真小啊。

沈驰言拿出手机，找到刚刚私聊他的人："能把你舍友的微信给我吗？"

她欠我一件衣服和一声谢谢！

对方很快发来微信名片，沈驰言顺手点进去——

嗯？已经是他的好友了？

什么时候加的？他怎么一点印象都没有？

退回去看一眼头像和ID——呵，好眼熟的樱桃小丸子啊！

我要去论坛开个帖子，标题是"字母君的爱情逸事"，除非当事人给我发红包，不然绝不封帖！

这话是你说的吧？

先拿走我一件衣服，然后在业主群里看我笑话，吃里爬外的小白眼狼！

他拇指抵着檀木戒指嵌着银线的戒面，懒洋洋地转了半个圈，切回到聊天页面，问对方："你舍友叫什么名字？"

郑李李实在得过了头，知无不言："她叫许汀，历史系的，性格特别好。"

沈驰言埋头聊微信的工夫，许汀已经走了，他也没留意许汀到底是往哪个方向走的。胖花撒完欢，拽着狗绳要回家，沈驰言从阴影里走出来，琢磨着，这个叫郑李李的，他有点印象，是个新生。

新生的舍友，应该也是新生。

今年的新生是宝藏集中营吗？沈驰言笑着想，一个个的，都这么喜感。

（11）

许汀那一下扭得不重，最开始有点疼，活动开就好了。得知"白

球衣"就是沈驰言，也是邻居字母君，还是同校学长，她立即打开微信设置，把朋友圈的可见范围从半年改成了三天。

她在沈驰言面前丢的人已经够多了，不想再被挖出更多黑历史。

出了电梯，许汀低头拿钥匙准备开门，余光瞄到门口的脚垫上压着一盒松露巧克力，她写给邻居的那张便笺也被还了回来，还多了一句"已阅，择日整改"。

许汀嘴角一抽。

择日整改……要不要拟个方案，发个通知啊？

不过，这人的字儿倒是写得不错。

许汀进门时，司瑶还在游戏里厮杀，她洗了手，去厨房倒水喝。开关冰箱的间隙，忽然想到沈驰言好心借衣服给她，她却连声谢谢都没说。

她点开微信找到"S"，看到自己之前发的道歉消息还留在页面上。

这个……

巧是真巧，尴尬也是真尴尬。

正犹豫，有一条新消息进来，许汀低头去看。

说曹操，曹操到。

消息是沈驰言发来的，还是条语音消息。

清清朗朗的声音，带着点笑意，说："小朋友，我衣服还在你那儿吧？打算什么时候还？"

许汀戳着键盘回复："那天的事，谢谢学长了。星期一我会把衣服带去学校的。"

潜台词是我不想在小区里见到你，太尴尬了，咱们还是保持距离，学校见吧！

沈驰言大概猜出了她的心思，听筒里传来一声轻笑，只说了句不客气。

对方态度和善，许汀心里一松，尴尬感稍稍淡了些。她想，老天偏心起来，也是挺气人的，有些人吧，长得好看也就算了，声音还好听，性格也不错，全是加分项，多过分！

睡前聊天，许汀将一连串的巧合讲给司瑶听，小丫头直接从被窝里蹿了起来，咋咋呼呼地说："沈驰言！我听过这个名字啊！你去翻 K 大表白墙，好多关于他的投稿。有人说要请他吃饭，还有人说要帮他保养手上的戒指，呸，醉翁之意不在酒，一群女流氓！"

经司瑶这么一提，许汀倒是想起来了，沈驰言手上确实戴着枚戒指，颜色很暗，非金非银，更像是木质，戒面略宽，中间一道银色的细线。

很少见的款式，也很漂亮，衬得手指修长细白，非常养眼。

司瑶贼兮兮地看着许汀："阮清峋和沈驰言，哪一个更好看？"

许汀哭笑不得，拽过被子蒙住司瑶的脑袋："睡觉吧，我的八卦教母！"

K 大表白墙。

司瑶睡着后，许汀随手一搜，真的搜到了这个公众号，点进去，毫不意外地看到了沈驰言的名字。

【表白】特大喜讯！沈驰言保研了！直升本校！姐妹们，小帅哥还是我们的！没有被拐走！没有！

【表白】啊啊啊啊啊！楼上，消息靠谱吗？昨天隔壁帖子还在讨论，沈驰言走了，谁来接替一草的位置？我给所有说沈驰言不帅的回复都投了差评！沈驰言不帅？他还不帅？

【表白】其实物理二班的阮清峋也不错啊。物院什么神仙风水啊，来一个帅一个，个个高品质！

【表白】实不相瞒，在下不才，也是物院出身……

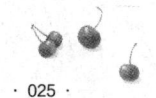

【表白】楼上的，醒醒吧，你去看看沈驰言打辩论赛的视频，全程英语，中间还有一段西班牙语，给我都听傻了！跟他比，什么班草系草，都成了野草！

【表白】西语专业的退出群聊，并向抢饭吃的人扔了一根烂香蕉。

……

许汀边看边笑，险些被手机砸脸。

窗帘没拉好，一线月光落进来，清凉如水。

许汀翻了个身，模模糊糊地想，他在本校读研啊，那就把衣服送到研究生院吧。他这么有名，应该不难找。阮清屿在物理系，沈驰言也在物理系，两个人应该算师兄弟吧，真巧啊。

Chapter2.
有只小白兔，在森林里迷了路 /

（12）

赶着录视频，第二天，许汀起了个大早，先化好妆，然后支起相机。

"将洗干净的柠檬表皮擦成碎屑，这里要注意，不要擦到果皮下的白色部分，不然会发苦。"

许汀对着收音麦解说，她声音温柔，动作也不疾不徐。

"室温软化的黄油打发至微微发白，就像这样——"

一期视频录了将近三个小时，许汀搁下厨具，又打开电脑开始剪辑。司瑶一觉睡到下午两点，从卧室出来时，许汀刚点了保存，电脑桌面上一堆素材残骸。

视频上传需要时间，厨房的小锅里还煮着花生汤圆，许汀把电脑扔给司瑶，让她看着进度条。司瑶刚睡醒，还有点迷糊，顺手用许汀的微博刷起了八卦。

过了半个小时，搁在茶几上的手机响了，司瑶接起来，听筒里一个气冲冲的声音："'章鱼小面包'！你额叶脑萎缩吗？掺和别人家的是非干什么？"

司瑶被凶得愣了愣，将手机举到眼前，屏幕上跳出两个字——沈梨。

沈梨是个美妆博主，许汀在线下活动上认识的，性格很直爽。

许汀端着煮好的汤圆进来，司瑶立即把手机递给她。沈梨不晓得说了什么，许汀"啊"了一声，拿过电脑，在微博页主页上找到"我的赞"，点击刷新，"赞过的微博"立即多了三条。

第一条：#Finn炫富#发视频不露脸，大金链子小手表倒是露得挺痛快，低端炫富无疑了，什么年代了，还有这种小学生操作！@Finn_N。

第二条：我忍不住了，我要开麦！@Finn_N没有脑子还不知道要脸吗？谁给你的勇气拉踩前辈？户口本单页，一张身份证能当全家福的玩意儿！"狒狒"粉请勿碰瓷，碰一个撕一个！一群分类都分不出去的垃圾！

第三条：谁能告诉我这个@Finn_N到底算干吗的啊？翻唱第一人？我今天开门营业配钥匙——你配吗？唱国语，咬字不清，唱粤语，发音不准，唱外语好像来自伦敦靠山屯，就这水平粉丝还能闭眼吹？快醒醒吧妹妹！我QQ农场缺条狗，我觉得你家飞神能胜任！

司瑶凑过来看了眼屏幕，嚼薯片的动作一顿，小声解释："我刚刚脑子不清醒，用你的微博刷八卦来着，可能、大概、也许……"

听筒里传来沈梨的怒吼："别跟我说你手滑？什么样的手能一下子滑三条？"

许汀转头看向司瑶，期待着她能给出一个满意的答案。

司瑶眨眨眼睛，把自己缩成球，圆润地躲在角落里。

许汀无奈地叹气。

这个"Finn"，许汀听说过，是个热度很高的音乐博主，性别男，绰号"飞神"，微博粉丝将近两百万。和许汀一样，Finn 也从不在视频里露面，色调温暖的画面中只有一把木吉他和搭在琴弦上的干净的手，以及清朗温和的声线。

许汀听过一首他翻唱的西班牙语歌，那也是她第一次意识到，歌声是有温度的，能够从深渊里捞出月亮。

没想到两人的第一次互动，竟是用这么乌龙的方式。

（13）

一个美食博主，一个音乐博主，按理说八竿子打不着，也不存在竞争关系，许汀却上赶着点赞人家的黑料，怎么看都是居心叵测，更何况还一下子赞了三条，说手滑都没人信。

许汀立即将点过的赞一一取消，可是，已经来不及了。Finn 的粉丝迅速抵达，"章鱼小面包"的私人信箱涌入几百条新留言。

新一期的视频评论区也沦陷了，护短的"面包粉"，讨要公道的"飞神粉"，两拨人掐成一团。还有人质疑"小面包"涉嫌恶意引流，试图激怒对方粉丝，以达到碰瓷炒作的目的。"小面包"的粉丝则表示，碰瓷？你以为自家多大牌？当红流量小生，还是封神天王？也配被碰？不红不可怕，加戏最尴尬哦小朋友！

唇枪舌剑，一地鸡毛。

许汀只能暂时关闭私信，眼不见为净。

司瑶哪见过这种场面，都要吓哭了。许汀摸摸她的脑袋，安慰她说没关系。

沈梨做自媒体的时间比许汀长，经验也多。她说你先别出声，也别删评拉黑，那样会激化矛盾，我试试看能不能联系上 Finn 本人，

先私下道个歉。

末了，沈梨忧心忡忡地补了一句："你也要有个思想准备，我听说那个叫 Finn 的博主脾气不是特别好。"

沈驰言又在实验室耗了一整天，手机调成静音锁在柜子里，等他终于有时间坐下喘口气，才发现通知栏里一堆新消息，他拣了几条大概翻了翻，眉梢一挑。

"Finn"这个账号是他本科时注册的，那时候课少人闲，随便玩玩，结果几个翻唱视频一经发布就出了圈，各路大 V 纷纷下场，点赞转载。还有人剪了他的音频，上传到短视频网站当 BGM，出门遛狗都能和自己的声音来场偶遇，热度高得都有点吓人了。

好在互联网上看客似潮，来得快去得也快，沈驰言又格外注重保护隐私，从不露脸，洗掉了一拨所谓的颜粉，却又圈来了一拨手控粉。

沈驰言第一次在评论里看到"手控"这个词时，真是哭笑不得，心想，年轻人啊，你们的爱好还挺独特！

有热度就有争议，有人夸就会有人骂，那时候沈驰言年轻气盛，最烦不懂礼貌的和不知道什么叫好好说话的。他身上有股傲气，就算吵架也不屑骂脏字儿，指桑骂槐明褒暗贬，两句话就能把对方噎个跟头。他脾气不好的名声在小圈子里渐渐传开，也算变相立了规矩，连黑粉都不敢在他的评论区太造次。

沈驰言翻了翻那几条被其他博主点赞的微博，有些好笑地想，这届小孩不行啊，骂人都骂不出新意。

他连个有兴趣回复的都挑不出来。

没劲。

他又点开那个"章鱼小面包"的主页，也没细看，直接拉黑了。

到了晚上，两方粉丝的骂战依旧没有停歇，将 # 小面包 Finn#

这一话题顶上了热搜，与此同时，"Finn 刻薄"这个词条也被刷了上来。黑粉们团结一致，在词条下晒起了 Finn 公开怼人的言论截图，竭力败坏他的路人缘。

沈驰言边吃饭边看，拿小黑粉当下饭菜，越看越觉得自己口才是真好，怼人怼得既灵活又生动，还很有文采。

沈驰言，你真是个可爱的小天才！

吃过饭，网上的朋友打来电话，沈驰言没接，全部挂断，然后换上衣服遛狗去了。出门的时候他还在想，不知道今天能不能看到"小顺拐"跳广场舞。

沈驰言思考的问题，也是许汀思考的，她决定短时间内都不要去跳广场舞了。

远离沈驰言，做人有尊严！

为了避开沈驰言，许汀连饭后遛弯的路线都改了，哪儿人少往哪儿走，最后索性绕着小区的停车位转悠，左三圈，右三圈，转得司瑶一脸无奈，说："汀汀，你在捡钱包吗？"

许汀深沉地摇头："不，我在作法！《西游记》看过没，1986版的。我这样左转三圈，右转三圈，再大喊一声开，就会有一个土地公跳出来，带走我身上所有的霉运！"

司瑶："……"

你胡说八道的样子真可爱。

（14）

土地公没召出来，倒是先引来了一个女车主。车主开了辆高尔夫，大概刚拿到驾照，倒车入库练得不行，停了三四次，硬是进不去。第一次压线，第二次贴边儿，第三次直接挂了倒挡，车子一溜，险些顶到隔壁的奔驰大 G。

许汀和司瑶都替对方捏了好大一把冷汗，毕竟大 G 的价格能换好几辆高尔夫了。

女车主情绪崩溃，伏在方向盘上呜呜地哭。许汀过去敲了敲车窗，女车主以为自己挡了路，正要道歉，抬头的瞬间却看见一颗牛奶糖。

许汀将糖递过去，笑眯眯地说："吃颗糖吧，能让人心情变好。"

女车主红着眼圈，接过奶糖时还有点不好意思。

许汀说："你要不要先下来透透气，我可以帮你把车停进去。"

许汀停车的技术不错，稳稳地把高尔夫塞了进去。女车主一边向许汀道谢，一边瞪了眼旁边的奔驰大 G，抱怨说："都怪它，每次都特别靠线，害我不好停。"

许汀和司瑶齐齐点头："没错，都怪大 G！"

等女车主走远，许汀拍照发了个朋友圈，说我家门口有两辆车，一辆是我邻居的，一辆是我帮邻居停的。照片拍到隔壁大 G 的车牌，许汀细心地打了马赛克。

动态下陆续出现回复，其中一条格外扎眼——

沈驰言：就算日行一善，刮花我的车，也是要赔的。

末尾，一个冷漠微笑的 emoji。

许汀：？？？

许汀和沈驰言有几个共同好友，很快，她的朋友们就哈哈笑着来给她解惑了。

"大 G 的车牌号是不是 XXX？那是沈驰言的车。"

"哦哟哦哟，好巧好巧！"

许汀握着手机做了个深呼吸，转头删了那条朋友圈。

这都什么狗血的缘分！

手机叮叮咚咚响个不停，朋友们排着队来问她跟沈驰言到底什么情况，语气一个比一个暧昧！

许汀半羞半恼，脑袋一热，撩起长及脚踝的裙摆，抬腿踹在大G的轮胎上，留下一个清晰的鞋印。

没等她站稳，身后传来一个懒洋洋的声音："我新换的车胎，胎面上连个土星子都没有，你也舍得下脚！"

许汀身形一僵，手上还维持着撩裙子的动作，雕塑似的钉在那里。

司瑶忍笑忍得嘴角抽搐，朝许汀递了个"爱莫能助"的眼神——姐妹，你命途多舛，注定有此一劫。

许汀突然涌起一股拿鞋底子抽她的冲动。

两个女孩互飞眼风的间歇里，沈驰言已经自身后绕过来，他手中拽着狗绳，绳子的尽头是一只奶牛似的斑点狗。

这都碰见了，也不能不理人，许汀硬着头皮从牙缝里挤出声音："学长好……"

"学长是挺好的，"沈驰言眼尾含着点笑，"但是，学长的车胎似乎不太好。"

之前篮球场上匆匆一晤，看得其实不太清楚，如今面对面站着，许汀发现沈驰言比照片上耀眼许多。他五官深浓，又生了剑眉，少见的英俊。

许汀理亏，借着逗狗强行转移话题，她本想问这狗叫什么名字，脱口而出的却是："这奶牛叫什么名字？"

胖花："……"

汪汪汪？

司瑶到底没忍住，笑出声来。

许汀万念俱灰，沈驰言眼尾笑意更浓，扯了下绳子，说："介绍一下，这是胖花。"

许汀摸了摸大狗的脑袋，说："花姐，其实你长得一点儿都不像奶牛，是我眼拙。"

沈驰言轻咳一声："是花哥。"

许汀一愣。

沈驰言说："这是只公狗。"

许汀："……"

你取名字的时候就不能尊重一下性别吗？

手机响了，沈梨打来的。许汀对沈驰言说了声抱歉，低头接听。

沈梨说她的朋友暂时联系不上 Finn，让许汀先不要登录微博，也不要乱说话，等对方的粉丝冷静下来。

许汀压低声音，说："我看好多人都说 Finn 刻薄，他的脾气是不是非常非常坏啊？我要不要手写个道歉信什么的，这样看起来比较有诚意，免得他老人家大发雷霆。"

离得近，沈驰言听到了点话音，眉梢轻轻一挑。

许汀留意到沈驰言的神色，边讲电话边向后退，拽着司瑶一溜烟地没了影。

胖花探头过来舔沈驰言的手，沈驰言拿出块零食递过去，边递边问："我真的很刻薄吗？"

作为一只没什么慧根的狗，胖花自然听不懂主人的话，埋头将鸡肉干嚼得嘎嘣响。

沈驰言扳过大 G 上的后视镜，仔细照了照，半晌，长叹一声："哪里刻薄了，我只看见英俊潇洒。"

（15）

许汀本以为这场"点赞事件"还要再闹上几天才能收场，没想到当天夜里就来了个大反转。当她裹着满身水汽从淋浴间里出来时，搁在架子上的手机响个不停，全是沈梨发来的，一条又一条，追问她跟 Finn 到底什么情况！

许汀不明所以，回了一个满头问号的表情包。沈梨连声催促，看微博，去看微博！

许汀再度打开微博，发现她的主页又涌进来一批新评论，画风却和之前完全不同——

观光团前排打卡！注意秩序，请勿拥挤。

看了小姐姐的视频，声音好温柔啊，心动。

什么朋友，我看就是女朋友！

女朋友 +1。

女朋友 +2。

今夜，我失恋了。

狗屁 Finn，我为你和对方粉丝吵了一整天！结果呢？取关了！拜拜吧您！

小姐姐可不可以发两张飞神的照片啊，好想看！

……

这都哪儿跟哪儿啊！

许汀翻了好半天才找到事情的源头：

近一个月没有露面的 Finn 上线了，还发了条微博——

@Finn_N：别吵了，这是我朋友，铁着呢。@章鱼小面包。

Finn 粉丝：？？？

"小面包"粉丝：？？？

吃瓜路人：？？？

三组人马集体蒙了，愣怔三连。

说好的脾气暴躁不好惹呢？老大，你要是被绑架了，就点点鼠标！

沈梨等不及，一个电话打过来，问许汀为什么风向突然逆转了。

许汀也不知道发生了什么，鼓着脸颊愣怔半晌，说："可能他遛弯的时候磕着脑袋了吧。"

沈梨哭笑不得。

挂断沈梨的电话，许汀点进 Finn 的主页关注了他的账号，互相关注四个字跳在屏幕上，许汀忽然觉得这个世界好神奇。

比神奇海螺还要神奇。

之后她又转发了 Finn 那条微博：

章鱼小面包：对不起，向飞神和飞神的粉丝们道歉，我一定牢记这次教训，谨慎刷微博，严防手滑。[哭泣][哭泣]//@Finn_N:别吵了，这是我朋友，铁着呢。@章鱼小面包

更让粉丝惊讶的是，Finn 不仅点赞了"小面包"的道歉微博，还是秒赞。于是，许汀的评论区再度热闹起来：

老大，你赞得也太快了吧！

上次发新歌做宣传，策划催了三四天才把老大催上来点赞转发！老大你变了！你学会出卖灵魂了！

为什么我觉得好甜！我是不是疯了！

楼上，你不是一个人……

这么一闹，许汀的微博反而涨了些粉丝，堪堪突破四十万，黑粉的数量也直线飙升，不少人私信她，骂她心机又做作，还有人刷起了 # 小面包绿茶 # 的词条。

许汀脑袋不算特别聪明，心倒是挺大，也没生气，只拉黑了几个说话太过难听的路人。她退出界面时不晓得碰到了哪里，Finn 发布在主页上的弹唱视频跳了出来，暖色阳光里，青年抱着木吉他，琴声清透，声音也清透，安静地唱：

书里总爱写到喜出望外的傍晚，骑的单车还有他和她的对谈
女孩的白色衣裳男孩爱看她穿，好多桥段

许汀听了一耳朵，恍惚觉得这个声音有点熟悉。

像谁的呢？

许汀拿起吹风机准备吹头发，脑袋里猛地闪过一个有点古怪的念头——

好像有那么一点儿像沈驰言的。

沈驰言看起来像个纨绔，其实，私下里娱乐活动并不多。他不喜欢喝酒泡吧，也不喜欢味道浓烈的香水，他身上有种风骨，倨傲着，也磊落着。

沈驰言往音响里塞了张唱片，就着《加州旅馆》的前奏点开了许汀微博上的视频。

画面色调清新明亮，配合着温柔轻快的解说，极为赏心悦目。

这一期做的是铜锣烧，鸡蛋打入碗中，加糖粉、蜂蜜、甜酒、色拉油，用打蛋器搅拌均匀，再加入牛奶……

"制作铜锣烧不需要烤箱，也不需要很复杂的工序和食材。"视频里的声音说，"不过，面糊很容易上色过浓或煎煳，一定要控制好火候和时间，不然就翻车啦！"

镜头始终对着操作台，沈驰言只能看见一双细嫩的手，衣袖挽着，露出半截白皙的手腕。沈驰言将自己的手和画面中的手放在一处比了比，忽然明白为什么总有人在他的评论里嚷"手控福利""手控流泪"了。

是挺好看的，从骨形到筋络，都很精致，修长有力。

视频播放到尾声，时长不足三十秒，画面一转，小姑娘换了条裙子，坐在光线好的地方，镜头对准手上的尤克里里。

"今天天气很好，"视频里的声音说，"唱首歌送给大家，当

作彩蛋吧！"

许汀唱了首粤语歌，发音不算特别标准，胜在干净，温温柔柔的，特别动人。

沈驰言枕着手臂仰面躺在沙发上，忽然涌起股冲动——

他想吃铜锣烧了，非常非常想吃。

（16）

星期一上午没课，代理班长郑李李发来消息，说要补发新教材，让历史系的同学去图书馆排队。

许汀看了看天气，好大的太阳，提醒司瑶别忘了涂防晒。

洗过脸，司瑶给自己泡了碗麦片，边吃边看许汀化妆。许汀只化淡妆，眼神干净，她爱笑，嘴角带甜，看起来特别温柔。

司瑶咬着勺子，突然说："汀汀，去跟阮清峋表白吧，他一定会喜欢你的。我的汀汀这么好看，怎么会有人不喜欢呢！"

许汀被逗笑了，伸手在司瑶脸上捏了一下，说："嘴真甜，晚上炖冰糖雪梨给你吃！"

天气正热，图书馆外排起了长队，负责人满头是汗，拿着名单站在台阶上，抻长脖子吼："叫到名字的人进来领书！历史一班，王城——"

日头毒辣，晒得人浑身发软，司瑶跑出去买了两瓶可乐，给了许汀一瓶。可乐是冰镇的，瓶身上挂满水珠，湿滑得厉害，许汀试了几次，手都蹭红了，也没能把盖子拧开。她低着头，专心和瓶盖较劲，视线里忽然闯进一只手，中指上套着一枚设计精巧的檀木戒指。

不等许汀反应过来，手上的可乐瓶直接被抽走，戴着戒指的手指压在瓶盖上，用力一旋。

沈驰言将拧开盖子的可乐递回到许汀面前，说："喝吧。"

风很轻，阳光在视线里扫出极淡的薄金色，队伍里一阵躁动：

"看，那个就是沈驰言，物理系的。"

"挺帅的哈。"

"你什么眼光啊，很一般嘛！"

……

蝉鸣聒噪，议论也聒噪，许汀吓了一跳，可乐重新递回到她手里时，险些没拿住。沈驰言毫不见外，握着她的手腕扶了扶："抓稳！你是肌无力吗？"

肌肤相贴的地方浮起细碎的暖意，许汀猛地回过神，一脸震惊地瞅着他，脱口而出："我不过是在你的车胎上踹了一脚，不至于一路追杀到学校吧？"

沈驰言勾起一点笑："想什么呢！我是来拿衣服的！我衣服呢？带来了吗？"

这话说得，怎么听怎么暧昧。

吃瓜群众佯装淡定，余光却纷纷飞起，铺天盖地扫过来。

许汀没意识到这是个坑，揉着鼻尖实话实说："我放在宿舍了。"

本来打算领了书再去送衣服的，谁知道他在图书馆冒出来。

沈驰言"嗯"了一声："一会儿送到实验楼吧，四楼第三间办公室，今天一整天我都在那儿。"

许汀没觉得有什么不妥，乖乖点头。

风吹过去，光影摇曳，沈驰言还是不走，许汀试探着问："有事？"

沈驰言没说话，拽过斜挎在肩上的运动背包，从里面抽出一个杯子。

许汀"啊"了一声，有点意外。

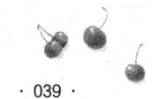

是那个装柠檬蜂蜜茶的杯子，她本来是要给阮清峋送水的，结果走错球场计划泡汤。一直以为弄丢了，没想到在他这儿。

许汀连忙接过杯子，再次向他道谢。

沈驰言还是没有要走的意思，笑着说："别忙着道谢，好好想想，除了杯子，还有没有别的东西落在我这儿。"

信息量越来越大，吃瓜群众险些跟不上节奏。许汀茫然地眨着眼睛："应该没了吧。"

我跟你也没多熟，怎么会有其他东西在你那儿……

沈驰言挑了挑眉，伸手到许汀面前，蓦地一松，一条链子自掌心里掉出来，迎光一闪。许汀下意识地接住，直到那细沙似的链子落进手里，她才认出——这……这不是她的铂金脚链嘛！怎么也在他那儿！

什么时候掉的？她怎么一点儿印象都没有！

沈驰言也没多做解释，只说了句："贵重东西要放好，别冒冒失失的！"

然后，他转身走了，留下更加茫然的许汀和吃了好大一口瓜的群众。

（17）

书还没发完，图书馆外依旧拖着长龙似的队伍。

郑李李不在，舍友南佳最先凑过来，大大咧咧地一拍许汀的肩膀："竟然背着娘家人偷偷恋爱！妹妹，你不厚道。"

许汀急忙摆手："我没有谈恋爱，更没有和沈驰言谈。"

不是、没有、别瞎说——否认三连。

南佳一脸"你猜我信不信"的高深表情，许汀头都大了，把看了半天热闹的司瑶拉到身前："瑶瑶可以证明，我跟沈驰言真不熟！"

司瑶嘴里塞着块水果糖，脸颊鼓起来，含混不清地说："我证明，汀汀确实没有谈恋爱，她一直在等阮某人脚踩……"

许汀一把捂住司瑶的嘴，截住了余下的话音。

许汀摆明了心虚，南佳也没再多问，哈哈一笑，让许汀手下留情，别把孩子闷坏了。

许汀和司瑶排到最后才领到书，七八本教材，沉甸甸地压在手里，分量感十足。

司瑶感慨："这是沉重吗？这是力量，知识的力量！"

许汀点头："晚上我们吃芝士焗饭吧！把'知识'全都吃进肚子里！"

司瑶缩了缩肩膀，啧，好冷的梗。

两个人沿着林荫路朝宿舍走，午休时间，小路上没人，正是秋后算账的好地方。

许汀扯着司瑶的衣领说："瑶瑶同学，鉴于你最近越来越大嘴巴，无法保守我暗恋那谁的秘密，我决定停止提供免费甜品，你自己花钱定外卖去吧！"

之前许汀录视频，做出来的点心多半进了司瑶的肚子，个个又好看又好吃。

司瑶是谁，铁骨铮铮的时代好青年，能为五斗甜点折腰吗？

能！

司瑶立即挂在许汀身上，真挚地哀求："汀汀，我错了。汀汀，你原谅我吧，我保证……"

话没说完，蓦地没了声息。

许汀不明所以，转头去看，却瞧见小丫头露出一个带点狡猾意味的笑。

司瑶小声说："我保证让你扑进阮清峋怀里！"

许汀没听懂："什么？"

下一秒，许汀只觉有人狠推了她一把，力道大得险些让她腰椎间盘错位。接着，她踉跄着摔出去，短暂的混乱之后，她看见眼前多了一个人。

天空蔚蓝，林荫小路光影斑驳。

许汀根本来不及看清那人是圆是扁，是男是女，蒙头撞了过去。

结结实实，"嘭"的一声。

许汀先是觉得脑门儿和鼻梁同时一疼，接着，也不知咬到了哪里，门牙酸得厉害，再然后，她整个人都贴在了对方身上，教材散了一地，噼里啪啦，下饺子似的。

被撞的人没防备，向后一仰，连带着许汀也摔下去，勾缠着倒在那人身上。

风静静地吹，空气里弥漫着沐浴露和香水的味道，也不知是从谁身上传来的。

许汀被摔蒙了，好半天才回过神。她挣扎着要起来，猛地抬头，对上一双浅褐的眼睛。

瞳仁像新裁的琉璃片，纯粹、剔透，也冰冷，眼尾处的线条细致修长，斜斜地扫过来。许汀脑袋里猛地跳出一个词——玉树临风。

皎如玉树临风前。

这就是高中时代让她一眼心动的人，从此，她连上学都要比别人积极几分，只为跑着去见他，虽然他并不知情。

（18）

时间缓慢流逝，两个人像中了定身咒，都没有动作。

许汀还压在人家身上，阮清峋觉得腿有点麻，不耐烦地动了动。他一动，许汀也清醒了，正要站起来，目光扫过去，不由得一愣，指着对方："你脖子上，靠近锁骨那里……"

阮清峋皱着眉毛，看起来不太痛快，反问了句："怎么了？"

许汀想说好像粘到东西了，等她仔细看清楚，脑袋里"嗡"的一声。

什么粘到东西！分明是个牙印！

这个位置，这个角度，这个新鲜程度，准是她撞上来时不小心咬到的！

许汀顿觉门牙酸痛得厉害。

司瑶也没想到她随便一推竟然能推出这么大的力气，直接傻眼了。

对面的人神色有异，阮清峋顺着许汀的目光抬手摸了摸——脖子靠近锁骨的地方——嗯，一排凹陷的印子，还挺整齐。

看来，这位不仅撞了他一下，还趁机咬了他一口。

真不客气啊。

许汀眼看着阮清峋抬手摸上那处牙印，简直要疯了，硬着头皮解释："我真不是故意的。"

阮清峋看她一眼，说："我知道。故意的那叫耍流氓。"

许汀：……

其实，也不必说得这么直白。

阮清峋抽出张纸巾擦了擦被咬的地方。

一想到这个牙印是自己的杰作，许汀就尴尬得恨不得原地羽化，借着捡书来逃避，一边捡一边盼着阮清峋赶紧走人。

六七本书掉得到处都是，许汀低着头一路捡过去，忽然瞄见阮清峋脚边扔着个巴掌大小的东西，长方形，还拴着个铃铛吊坠。

许汀那颗备受摧残的小脑袋又"嗡"了一次。

是她的校园卡。

卡片本身没什么要紧，要紧的是包在外面的卡套，上面印着阮清峤的名字和一个据说能结良缘的魔法阵。

她做来玩的，原想着开学后就换掉，然后……然后就忘了。

阮清峤也注意到脚边的小东西，正要去捡，许汀一阵血气上涌，一嗓子吼过去："放着！别动！我来！"

声声嘹亮，掷地回响，那叫一个有气势！

阮清峤被许汀凶得愣住，许汀瞄准时机一把将卡片抢回来，然后起身就跑。

什么暗恋，什么男神，都随风散了吧，今天的主题是"丢脸"。

非常非常丢脸。

许汀跑得实在太快，阮清峤仿佛看到她身后飘起了一溜烟尘。

这小孩是不是有什么毛病？一惊一乍的。

阮清峤一阵无语，正要走，余光瞥到某样东西——

是身份证，掉在路边的草丛里。标准照里的小姑娘梳着丸子头，对着镜头露出一点笑。

姓名栏里写着：许汀。

岸芷汀兰的汀。

家长挺会取名字的嘛。

阮清峤打开钱夹将证件搁了进去。

（19）

许汀觉得跟司瑶绝交这件事，必须提上日程了。三天不到，这姑娘坑了她两回。

司瑶也知道自己弄巧成拙，圆润地缩在角落里，假装自己是个人形摆件，大气都不敢出一下。

许汀顶着满条的怒气值，在桌子上一拍。司瑶露出一个愧疚且可怜的表情，小声分辩："我只是想让你给阮清峋留下一个深刻印象。"

许汀直接开吼："所以你就推我？用上吃奶的劲？"

司瑶噎了一下，转身面墙思过。

许汀气得都不知道该怎么收拾她了，原地绕了几圈，最后手一伸："手机，拿来。"

司瑶乖乖将手机递过去，还细心地解开了屏幕锁。

许汀在通话记录里翻了翻，找到一个没有名字的号码，按下拨号键。

电话很快接通，一个男声拖着懒洋洋的音调："你可真会挑时候，我刚躺下睡一会儿。"

"裴景澜，"许汀面无表情地开口，"司瑶让我转告你，你穿白大褂的样子丑爆了，放眼整个三院心外科，数你最丑！"

听筒里一阵静默，接着便断了线。

司瑶在许汀叫出那个名字时就变了脸色，"丑爆了"三个字一出，更是面如死灰。

下午只有一节课，公共英语，系里的大课，司瑶直接逃了。她说她有预感，裴景澜一定会杀到学校来拧断她的脖子，先走为上比较明智。

郑李李恰巧在此时推门进来，一脸茫然地问："裴景澜？谁是裴景澜？"

许汀和司瑶几乎同时开口——

许汀："一个白衣天使！"

司瑶："一个衣冠禽兽！"

郑李李更茫然了。

没时间解释，司瑶拎起背包朝外走，郑李李追问了一句："要是点名怎么办？"

司瑶一路小跑，远远地把话音递过来："你就说我给 QQ 宠物过生日去了！"

郑李李："……"

你怕是不想毕业了！

公共英语在阶梯教室上，南佳坐在许汀旁边，剥了片口香糖递过来，许汀张嘴咬住。就在这时，椅子猛地一颤，许汀也跟着颤了一下，险些咬到南佳的手指。

南佳皱了皱眉，和许汀一并朝后看。坐在后面的是隔壁班的女生，化着烟熏眼妆，冷色系，妆感很重。烟熏妆女踢着许汀的椅子，问她："喂，前面的，你跟沈驰言是什么关系？"

许汀收回视线，冷淡道："校友关系。"

"少骗人了。"烟熏妆女又在许汀的椅子上踢了一脚，"你穿他衣服，他用你杯子，这么暧昧，只是校友？"

许汀懒得理，索性戴上耳机。

烟熏妆女有点不高兴，又在许汀的椅子上踢了两脚："我跟你说话呢！喂！"

她踢一下，许汀的椅子就颤一下。

南佳火气上涌，抓起英语课本砸在烟熏妆女的桌面上。

"嘭"的一声，动静不小，附近的学生都看过来。

许汀拽住南佳，回身对烟熏妆女说："少管闲事少说话，有利于妆面持久，法令纹那里都脱妆了，抓紧补补吧。"

这一句说完，上课铃也响了，南佳冲许汀竖了竖拇指："怼得漂亮！"

许汀揉了揉鼻尖，露出一个有点得意的小表情。

长相乖巧不代表好欺负，想当年，她也曾带着司瑶打遍幼儿园！

老师进来时，沈驰言发来消息问许汀什么时候送衣服。许汀计算了一下时间，说一小时后过去。沈驰言也不见外，让她顺路带个奶茶，不加冰不加糖也不加芋圆和珍珠。

许汀："……"

你干脆喝空气吧！

课程进行到口语练习环节，老师让大家介绍一下自己的英文水平，许汀回复完沈驰言的消息，脑袋一抽，脱口而出："My English is very vegetable."

英语老师眼神茫然，南佳补刀："许汀的意思是她的英语水平非常菜。菜者，网络语言也，形容术业稀烂。"

短暂的静默过后，教室里爆出一阵哄笑。

许汀脸红得一塌糊涂，在桌子底下狠狠踩了南佳一脚。

（20）

许汀"一语成名"，下课了还有人用那句"vegetable"取笑她，她拎起书包落荒而逃。路过北校门，远远看见司瑶靠在立柱下的石墩上，似乎在等人。

这丫头不是避难去了吗，怎么还在学校转悠？

许汀正要开口叫她，一辆曜石黑的切诺基缓缓开过来，停在司瑶面前。

许汀脚步一顿。

是裴景澜的车。

司瑶走过去，弓着身子伏在驾驶室的车窗上。车窗下降，许汀没看到人，只看见一只手探出来，在司瑶脑门儿上轻轻一敲。司瑶

跺了跺脚，像是在抱怨什么，然后拉开后座车门坐了进去，动作里带着点娇纵的味道。

深陷在宠爱里的人才会娇纵，坐在驾驶室里的那个人，一定对司瑶非常好，好得近乎纵容。

许汀暗自摇头，这丫头，一口一个衣冠禽兽，结果还是上了"禽兽"的车。

司瑶出身自行医世家，老妈是医大教授，老爸是第三医院副院长，人送外号总教头，一把手术刀赫赫有名。父母工作都忙，司瑶吃着三院职工食堂的百家饭长大，开玩笑说三院就是她的第二故乡。

司瑶高二那年，三院来了几个轮转的实习医生，分在心外科，其中一个格外出众。

白大褂、领带夹、银色袖扣，一双细长的丹凤眼，气质清冷，仪表堂堂，好看得过了头，堪称心外科一枝花，简称"胸花"。

就是裴景澜裴医生。

司瑶人仗爹势，在三院作威作福，经常抱着作业本跑到值班室找人代笔。当医生的学历都高，她老爹手底下一堆一堆的博士硕士，白用不花钱，还会帮忙保密。

裴景澜第一天上班就跟司瑶撞了个正着，裴胸花以为她是哪个病患家里的熊孩子，肃着一张脸把司瑶从值班室里撵了出去。司瑶人小脾气大，都要气疯了，指着裴景澜的鼻子问他："你混哪条道的？报上名来！"

挣扎间，司瑶抱在怀里的卷子散了满地。裴景澜瞥了一眼，卷子上分数红彤彤，哪科都没过及格线，不由得凉凉一笑，轻声道："让猪在教室里坐几天，它都比你考得好！"

司瑶："……"

算你狠!

两个人第一次见面就结下了梁子,三天一小吵,五天一大吵,司瑶赢得少输得多,那叫一个憋屈,天天嚷着要给裴景澜颜色瞧。三院几百号医护工作者,都拿他俩当情景喜剧看,连 CP 粉都有,名字叫"摇篮"。

司瑶:"……"

喝酱油,撒酒疯——给你们闲(咸)坏了吧!

司瑶考上 K 大的那个夏天,裴景澜正式入职,成了三院心外科的住院医师。裴景澜长得好,自然不乏追求者,科室里的同僚,诊治过的病人,还有人一口气送了大半年的红玫瑰和巧克力,追得轰轰烈烈。

司瑶八卦兮兮地问:"喂,毒舌,你到底喜欢哪一个?"

裴景澜笑了笑,说:"等你再长大一点儿,我就告诉你。"

(21)

许汀买了奶茶又去宿舍拿衣服,一路小跑,总算在约定时间内赶到了实验楼。数着门牌找过去,正要敲门,门里突然传来震天的哭声。

许汀吓了一跳,直接推门进去,看见沈驰言站在窗前,怀里抱个梳麻花辫的小女孩。

小女孩三四岁,六十度角悲伤望天,哭得梨花带雨。沈驰言乱七八糟地哄:"宝贝不要哭,眼泪是珍珠,越哭越像猪。"

小女孩抹眼泪的动作一顿,然后,哭得更凶了。

许汀扶额,不知道是该心疼沈驰言,还是先心疼小女孩。

沈驰言都要疯了，扭头看见许汀走进来，连声招呼："快、快、快，帮我哄哄！老板开会去了，把我抓来给他家二胎当保姆，这倒霉孩子看我不顺眼，一抱就哭！"

沈驰言抱孩子像举炸弹，许汀连忙从他怀里接了过来。小女孩哭得噎住，喉咙里发出小动物似的声音，许汀拍了拍她的背，哼歌似的柔声哄她："宝贝乖啊。"

小女孩叫饱饱，大概喜欢许汀身上的甜香气，渐渐止了哭声，伏在许汀肩上抽搭。沈驰言好不容易匀出空，用吸管捅开奶茶灌下一大口，长叹一声："人类的幼崽太可怕了！"

许汀转身踢了他一脚，让他少胡说八道。饱饱伸出胡萝卜似的小胖手，指向沈驰言，奶声奶气地跟着学："福说八叫（胡说八道）！"

沈驰言笑得不行，捏了捏饱饱的麻花辫。小女孩傲娇得很，脑袋一甩，转过头去不理他。

"看见没。"沈驰言点着小女孩的后脑勺，对许汀说，"别人家的女孩是小熊软糖，甜甜蜜蜜，咱家这个是碳酸饮料，肚子里头全是气儿。饱饱啊，记住哥哥的话，以后别人问你属什么，你就说我属可乐！"

沈驰言越说越没谱，许汀作势要用订书机砸他，把他轰出去给小女孩买零食。

（22）

沈驰言拎着一大包零食回来时，许汀正和饱饱玩翻花绳，细细的绒线绳钩在指间，翻一下是"双十字"，再翻一下是"花手绢"。饱饱没玩过这个，看着新鲜，一边拍手一边笑，麻花辫晃来晃去。

沈驰言将东西搁在桌子上，笑着说："你在逗小孩方面还挺有造诣。"

"之前表哥工作忙，没空带小孩，我帮他看过几个月，"许汀说，"还有其他亲戚家的孩子，我都照顾过，熟练得很！"

说者无意，听者有心。沈驰言原本在埋头拆包装袋，听到这里，动作一顿。

小小年纪独自租房，做美食视频赚钱，要帮长兄看孩子，性格还软乎乎的……这些元素单独看并不稀奇，连在一起，就很耐人寻味了。

原生家庭啊。

翻版樊胜美，当代小可怜。

啧啧。

沈驰言同情心爆棚，有点不是滋味。他先拆开一罐旺仔牛奶递给饱饱，说："这个给小朋友。"然后又拆开一罐，递给许汀，"这个也给小朋友。"

饱饱家教很好，奶声奶气地说："谢谢哥哥！"

许汀有样学样，也说："谢谢哥哥！"

小女孩眼珠一转，朝沈驰言张开手臂："饱饱要亲亲哥哥！"

许汀顺嘴跟了一句："汀汀也要……"说到一半发现不对劲，及时收住话头，"汀汀什么都没说。"

沈驰言笑翻在转椅上，拎起小女孩亲了一口。

饱饱的爸爸堵在路上，一个小时后才能回来，小女孩玩困了，枕在许汀怀里睡了过去。许汀半低着头，一绺碎发自额角垂下来，拂在腮边，随着呼吸掠起一阵麻麻的痒意。她抱着孩子，两只手都被占着，匀不出来，于是鼓着嘴巴吹了吹，试图把捣乱的头发吹走。

沈驰言录完实验数据，转过身时正看见这一幕——小姑娘两腮鼓鼓，河豚似的睨着那绺捣乱的头发，吹一下，没动；再吹一下，还是不动；再再吹一下……

窗外暮色寂静，连风都带着温柔的暖橙色，许汀的眼角仿佛坠

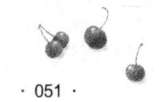

着星星，闪烁出细碎的微芒。沈驰言心跳一动，伸出手，用指尖挑开那绺头发，轻轻钩到耳后。

沈驰言的手指修长，自许汀的脸颊上滑过，触感微凉。

暖色光线越过许汀的鼻梁，凝在沈驰言指尖，凝出极淡的薄金色。

许汀仰起脸，瞳仁晶莹，笑眯眯地看着沈驰言，说："谢谢你啊。"

她笑起来的样子很好看，眉眼弯一弯，好像漫天的星星都亮了。

沈驰言不太自然地清了清喉咙，他想这小孩也是心大，成长在那么不快乐的家庭，不晓得经历了多少委屈和不公，身上却没有半点阴影，养出棉花糖似的软乎乎的性情。

沈驰言屈指在许汀鼻梁上敲了敲，问她："我的手机号码，你有吗？"

见许汀摇头，沈驰言直接拿过她的手机，按出一串号码："我的手机 24 小时不关，需要帮助的话，随时可以联系我。"

许汀搞不懂沈驰言又是在闹哪一出，蒙头蒙脑地应一声。

（23）

天都擦黑了，沈驰言那不靠谱的老板才出现，见到人的瞬间，饱饱放声大哭。年过不惑的大老板是个地道的女儿奴，不住地给小女孩道歉，是爸爸不好，饱饱原谅爸爸吧。

小女孩"嗷呜"一声咬住爸爸的肩膀，像只受了委屈的小狮子。

沈驰言立即撇清："不是我教的，咬人这事儿，她自学成才。"

老板笑着骂他没个正经。

老板要请沈驰言和许汀吃饭，不等许汀拒绝，沈驰言抢先一步，说："饱饱也困了，您先带她回去吧，约饭的事儿，以后有的是机会。"

老板没强求，把女儿放进儿童椅里，开车走了。

许汀也和沈驰言告别，沈驰言打断她："再什么见啊，忙了一下午，饭都没吃就再见，你亏不亏？"

许汀一愣，沈驰言抬手敲她的脑门儿，说："走吧，我代老板请你吃饭。"

许汀立即摆手说不用。沈驰言个子高，又站在台阶上，越发显得修长挺拔，低头时投下来的影子几乎将许汀完全笼罩。许汀局促地抬了抬视线，正撞上一双暗色的眼睛。

剑眉、眼尾修长，瞳仁里晕染着墨一般的浓郁。

沈驰言知道自己的眼睛有多好看，也知道自己专注地看着一个人时会有多惊艳的效果，他故意牢牢地盯着许汀，笑着说："我先是借了你一件衣服，然后捡到了你的水杯和脚链，之后又从物理学院跑到历史学院去物归原主。综上，你是不是该请我吃饭？滴水之恩，当涌泉相报，懂吗？"

虽然他有点胡搅蛮缠，但是，不得不承认，还是很有道理的。

不过，那个"综上"是什么鬼，你在写论文摘要吗？

许汀无奈地点头："滴水之恩吗，就是'you didadida to me, I hualahuala to you'。走吧，我这就'哗啦哗啦'地请你吃饭！"

沈驰言险些笑得从台阶上摔下去。

吐槽归吐槽，许汀确实欠沈驰言一个人情，只能跟着他往校外走。

天色渐黑，星星都出来了，有人抱着木吉他在实验楼外的广场上唱歌。

歌唱得很好听，许汀转头看过去，这一眼没看到唱歌的人，倒是看见了一道更为熟悉的身影——

休闲裤，衬衫外套，腿长得近乎抢眼，手里拿着网球拍。

是阮清峋。

和阮清峋走在一起的女孩手里也拿着球拍，两个人边走边聊，看上去很是熟络。

许汀下意识地想要跟过去，一辆单车恰巧在此时冲过来，速度很快，她完全没注意，迎面走过去。忽然臂上一紧，有人拽住她，然后用力一扯。

许汀趔趄着扑进一个怀抱，鼻尖触到那人的衬衫扣子，雪松木的味道瞬间盈满呼吸。

单车几乎贴着许汀的衣角飞过去，车主回头吼了一句："没长眼啊！"

许汀后知后觉，这才有些后怕，心脏乱跳。沈驰言没好气儿地吼回去："人行路上你练起飞呢？用不用给你安个翅膀？"

周围有不少散步的人，都看过来，许汀立即说："算了，是我没留神。"

说话时，许汀的掌心搭在沈驰言的手臂上，如同依赖。沈驰言发现自己竟然挺喜欢这个姿势，伸手在她头上揉了揉，说："你还真是好欺负！"

沈驰言一抬手，刚好挡住了许汀的视线，她急着找阮清峋，一巴掌拍在沈驰言手背上，斥道："别乱动！摸头会长不高的！"

这一下抽得挺疼，沈驰言"嘶"了一声，握着被打的地方一顿揉。

许汀环顾一圈，哪还有阮清峋的影子，不免有点失望，垂头丧气地要继续往前走，沈驰言却叫住她："喂！"

许汀回头看向沈驰言："怎么了？"

沈驰言伸出手："我好心帮你，你还打我，能不能讲点道理了？"

许汀打得不轻，他又揉了两下，手背上一片红。

许汀顿时心虚："对不起嘛……"

沈驰言理直气壮："好歹给揉一揉啊，这可是你打的！"

许汀看出来沈驰言在逗她，呵了一声，说："吃哪儿补哪儿，一会儿吃饭时，给你点盘卤鸡爪，全方位、立体化、深层次地好好补一补！”

沈驰言站在原地，盯着许汀的背影看了两秒，笑了。

这小女孩，该聪明的时候，真是一点儿都不傻。

（24）

学校附近有家粤菜馆，环境不错，消费也适中，适合请客。

服务员引着两人朝包厢走，路过服务台时，突然闯进来一个甜腻腻的声音："学长！"

这一声"学长"甜中带哆，许汀听得汗毛都竖起来，循声看过去，不由得一怔。

是隔壁班的烟熏妆女，英语课时坐在她后面，还踢她椅子来着。

沈驰言神色茫然，显然根本不认识这位。烟熏妆女倒是自来熟，拉着两个小姐妹一并凑到沈驰言面前，没话找话地说真巧啊！

烟熏妆女注意到许汀站在沈驰言身后，目光暧昧起来，故意问："学长是来约会的吗？"

许汀生怕她们误会，再出去乱说，立即澄清："不是、不是，学长之前帮过我，人情饭，还人情的。"

烟熏妆女笑起来："相请不如偶遇，许汀负责请客，我们负责作陪，人多才热闹嘛！"

说话的毕竟是个女孩，沈驰言不好开口打脸，只能背着烟熏妆女拼命朝许汀使眼色，示意：快拒绝啊！两人吃饭叫请客，加上她们仨就成聚餐了！我是来跟你吃饭的，不是来跟她们聚餐联谊的！

许汀正在犯愁跟沈驰言单独吃饭会不会太尴尬，哪里会拒绝，带着烟熏妆女以及她的两个小姐妹一并进了包厢。

沈驰言直接气笑了。

包厢很宽敞，装修也清雅，烟熏妆女抢先坐在沈驰言左手边，

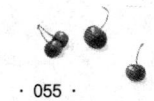

沈驰言半转过身，抬起胳膊搭在右手边的椅背上，对许汀说："坐这里。"

烟熏妆女的小姐妹本想去占那个位置，听了这话，只能作罢，神色不明地哼了一声。

许汀揉了揉额角，突然有点后悔。

就不该听沈驰言的歪理请他吃饭！不然，哪会惹上这么多幺蛾子！

五个人依次落座，许汀把菜单送到沈驰言面前，说："你来点吧。"

沈驰言气都气饱了，哪还有心思吃饭，随手一推，说都可以。

烟熏妆女抓过菜单，说："我最会点菜了，我来吧！"

结果，这位"会点菜"同学报出的第一个菜名居然是上汤焗龙虾。

许汀一怔，心想，如果我没有记错，这是店里最贵的菜，打个八折还要两百多呢。

嗯，这位不是来作陪的，是来报仇的。

烟熏妆女念出一串菜名："红烧乳鸽、鱼头豆腐汤、木瓜炖雪蛤、鲍汁扣辽参，再加一个盐水菜心！"

六个菜，只有最后一个算便宜，还加了一例椰汁冰糖燕窝做甜品。

沈驰言也不拦，噙着点笑意看向许汀，示意：你不是爱热闹吗？这回够热闹了吧！

一顿饭吃掉你半个月生活费！

多热闹！

许汀背着三个电灯泡朝沈驰言吐舌头——我乐意！你少管！

沈驰言气得险些当场掀桌子。

服务员拿着单子出去了，等菜的间隙烟熏妆女试图跟沈驰言搭话，沈驰言直接站起来，说我去洗个手。

后门外有条小巷，沈驰言推门走出去，躲在阴影里吹了会儿风。

沈驰言不是没想过帮许汀把账结了，毕竟这顿饭实在不便宜，小丫头还租着房子，经济上一定不宽裕。不过，整件事情真是越想越生气，沈驰言心一横，索性甩手不管了。

自己惹出来的烂摊子，你自己收拾吧！

大不了……大不了事后我把钱补给你！

（25）

沈驰言洗个手足足洗了半个小时，等菜都上齐了他才进去，衣服上沾着夜雾湿凉的气息，明显是躲出去了。

吃饭的过程异常沉默，沈驰言借着夹菜倒水的动作时不时地瞪许汀一眼，许汀全程埋头扒饭吃，只当看不见。

烟熏妆女跟沈驰言搭话，问沈驰言保研后选了哪个方向。

沈驰言说凝聚态物理，烟熏妆女说："听起来好厉害啊，学长能给我讲讲吗？"

许汀面前盛汤的小碗空了，沈驰言顺手帮她添了半碗鱼头豆腐汤，说："你是文科生吧？小孔成像都弄不明白，就别研究这么高深的话题了。而且，吃饭的时候话太多，对菜不好。"

烟熏妆女："……"

许汀忍笑忍得辛苦，不小心被辣椒呛住，咳得脸颊通红。

沈驰言看她一眼，幽幽地道："食不言寝不语，老祖宗定的规矩都忘了，是不是？"

许汀默默低下头，大半张脸都埋进了汤碗里。

烟熏妆女跟沈驰言搭话不成，又转向许汀，说通向女寝的小路

路灯坏了，特别黑，一个人不安全，许汀可以和她们结伴，一块回去。

不等许汀开口，沈驰言抢先一步，说："不用了，许汀租的房子和我在一个小区，吃过饭，我送她回去。"

烟熏妆女接连碰了两个软钉子，安静地吃饭不吭声了。

吃饱喝足，结账算钱。这家餐厅可以凭学生证打折，再抹掉零头，刚好一千块。烟熏妆女卖得一手好乖，堆出一副吃惊的表情，说："哎呀，居然这么贵，让许汀破费了。"

沈驰言气笑了，心想，你要是个男的，我早抽你了。

许汀倒是好脾气，没生气，说："没关系呀，反正也是大家AA，我花不了多少钱的。"

在场的人俱是一愣。

烟熏妆女的小姐妹提醒："不是说你请客吗？"

"是我请客，"许汀点头，"可帮过我的人是沈学长，我要请的人也只有沈学长。餐费一共一千块，每个人两百块，学长那份我来出，剩下的六百块，你们想怎么付？现金、微信，还是支付宝？"

烟熏妆女像吞了只活苍蝇，五官都扭曲了。

沈驰言生了一晚上闷气，直到这时候才痛快了点，越想越觉得许汀这小孩实在好玩，看着像个包子，软乎乎的，没脾气，好欺负，该聪明的时候却一点儿都不傻。

沈驰言伸手在许汀脑袋上揉了揉，他手劲儿不小，把许汀揉得趔趄了一下。小姑娘回头瞪他，顺便在他小腿上踢了一脚。沈驰言躲都不躲，站在那里由着她踢。

许汀当局者迷，只觉得沈驰言手痒爪子欠。可在旁观者看来，沈驰言的动作里却带着鲜明的纵容和保护。

他用自己的方式告诉所有人，他在保护这个女孩。

　　烟熏妆女有心翻脸，又不想在沈驰言面前跌份，咬着牙转给许汀六百块，拎包走了。两个小姐妹跟在她身后，走出去好远了，还能听见她们说许汀"小气""有心机"的声音。

　　旁人说什么，许汀也不往心里去，开开心心地说："这家的厨师手艺不错，好吃！"

　　沈驰言只是笑，目光里带着点柔软的味道。

　　两个人住同一个小区，结伴往回走。回家的路说长不长，说短也不短，许汀抓了抓头发，说："学长，我给你讲故事吧！"

　　沈驰言笑着点头："好哇。"

　　"从前，有只小白兔，在森林里迷路了。"许汀像模像样地起了个头，"它遇见了一只小黑兔，就问小黑兔该怎么走出大森林。小黑兔说，你想知道吗？小白兔说想！小黑兔说，那你请我喝杯奶茶吧！小白兔用一杯奶茶换来了半张地图，它看着地图继续往前走，可是地图不够用，小白兔又迷路了。这次它遇见一只花兔子。花兔子说，你想知道怎么走出大森林吗？小白兔说想！花兔子说，那你请我喝杯奶茶吧！于是，小白兔又去买奶茶了，等它回来，发现花兔子不见了，而花兔子站立的地方长出一棵好高好高的樱桃树。"

　　说到这里，话音一顿，许汀转头看向沈驰言，神秘兮兮地问："你想知道发生了什么吗？"

　　沈驰言点头："想啊！"

　　许汀弯起眼睛，说："那你请我喝杯奶茶吧，去冰少糖，双倍珍珠！"

　　沈驰言像是愣了愣，接着也笑了，这一笑，冲淡了眉眼里的倨傲，只剩人在年轻时独有的利落和英俊，好看得近乎耀眼。

　　许汀莫名觉得脸颊发烫。她想，现在的男生太不懂克制了，明知道自己笑起来有多好看，还随便对别人笑，难怪惹上那么多烂桃花！

Chapter3.

漂亮又可爱，积极又向上 ╱

（26）

沈驰言真的跑去给许汀买了奶茶，去冰少糖，双倍珍珠。许汀咬着吸管指了指不远处的单元门，说："我到了，谢谢你送我回来。我住401，有时间的话，欢迎学长来玩！"

沈驰言看着那个格外眼熟的门牌，有点不知道该说什么好，甚至怀疑他和许汀之间是不是存在某种磁场，里面吸附着世界上所有的巧合。

不然，为什么会巧到这种程度？

住在同一个小区不算，还是同一栋楼，同一个单元和同一个楼层！

这么说，给他写留言便笺，提醒他没事多遛狗的人，是许汀；挂了个"魔仙堡"门牌的人，也是她。

是她是她就是她，我们的邻居小魔仙！

沈驰言险些笑出声来。许汀狐疑地看沈驰言一眼，沈驰言摆了摆手，示意她抓紧回家。

许汀走进单元门，沈驰言没有立即跟上，他也怕这密集的巧合吓着那只花式套路他的"小兔子"。

沈驰言在花园的小凉亭里坐了一会儿，顺手点开微博看粉丝留言，结果一眼先看到"章鱼小面包"的最新动态。

"小面包"发了张手拿奶茶的照片，镜头自上而下，虚化的背景里有一角裙摆和白色帆布鞋：

@章鱼小面包：奶茶一杯，快乐起飞！【太开心】

出镜的奶茶正是沈驰言买的那杯。沈驰言回复了一个"吃瓜"的表情。

发完那条奶茶动态，许汀就换衣服洗澡去了。等她吹完头发，躺在床上再度打开微博，被糊了一屏幕的"吃瓜"表情。

粉丝A：天哪，我看见了谁。【吃瓜】

粉丝B：哥，你长大了，学会撩妹子了。【吃瓜】

粉丝C：之前谁说我家"面包"厚脸皮强拖飞神下场的？睁开眼睛看看，你家飞神还用拖？自己就来了！【吃瓜】

粉丝D：楼上别引战哈，好朋友互动，不存在谁拖谁下场！【吃瓜】【吃瓜】

……

循着蛛丝马迹，许汀点开自己最新发布的那条微博，看见Finn和他的吃瓜表情位列热评第一，点赞数是其他评论的好几倍。

沈梨发来语音通话："'面包'同学，今天你必须说清楚你和那个Finn到底是什么关系！"

许汀哭笑不得，只能反复强调，没关系，真的没有任何关系。

沈梨脑洞大开，咋咋呼呼地说："难道是 Finn 捡肥皂的时候脚滑摔着脑袋了？他以前可没这么随和，逮谁怼谁，冲得不得了，可讨厌了！"

聊八卦什么的，最好玩了！

许汀翻了个身，示意沈梨仔细说说，她又不缺这点流量。

沈梨打开一包薯片，边嚼边说："你也看出来了吧，Finn 的粉丝基数虽然不是很大，但个个死忠，粘性极高。去年，有个挺漂亮的女 coser 想跟他组 CP，炒炒热度，互利互惠嘛。微博私信发照片，评论里比心装可爱，一口一个飞神哥哥，叫得可甜嘛。粉丝起哄嚷着让他们在一起。女方也不解释，还发了几条态度暧昧的微博，暗示自己有心上人，大家都以为好事将近，CP 超话都开通了，结果呢？"

许汀听得兴起，追问："结果呢？"

"Finn 这个奇葩直接把人拉黑了，"沈梨说，"不是一个，而是一堆。起哄的、嗑 CP 的、开玩笑没底线的，都被送进了黑名单，Finn 还发了条微博。"

沈梨在微信上发来一张截图，许汀点开：

@Finn_N：一百多斤的人了，稳重点，进黑名单冷静一下吧。

许汀哭笑不得。

"小朋友，听到这里，你是不是有很多问号？"沈梨笑嘻嘻地说，"之前我也不能理解，就算是为了蹭热度，也不至于这样吧，比 Finn 有名气的博主遍地都是。后来我才知道，那女孩之所以盯着 Finn 不放，是因为在线下活动上见过他。据说，本人高高帅帅，特别好看，穿着也都是低调且贵的牌子，妥妥的偶像剧男主的配置，可遇不可求，当然不能放过！"

提到"高高帅帅"，许汀眼前莫名晃过沈驰言的脸，她想，Finn 要是长成沈驰言那样，还有大 G 当坐骑，她倒是能理解小

coser 的脑回路了。

这种品质的高富帅，确实难得。

（27）

和沈梨聊天聊得太晚，许汀睡过了头，第二天一睁眼已经踩在迟到的边沿。她拎着书包就往楼下跑，边跑边用皮筋卷了个丸子头。

快跑到门卫岗亭时，手机突然响了，许汀翻了半天才找到手机，也没看是谁："赶时间呢！有事儿等会再说！"

"赶什么时间！"沈驰言的声音从听筒里传出来，"穿着拖鞋，跑得动吗你！"

许汀低头一看，穿拖鞋也就罢了，还不是一个颜色，一脚蓝，一脚绿！

她回过头就看见大 G 尾巴似的坠在她身后，车窗缓慢降下，沈驰言戴着墨镜的脸露了出来。

许汀万分尴尬，扯着嘴角打了声招呼。

沈驰言钩了钩鼻梁上的墨镜，说："上来，捎你一程！"

车厢里飘着极淡的香水味，还有音乐，Sia 的那首 *Bird Set Free*。

"要迟到了吗？"沈驰言扭头瞅了许汀一眼，笑着说，"连鞋都顾不上换。"

"这是意外，"许汀尴尬地捂脸，"纯属意外。"

沈驰言还是想笑，边笑边向后指了指："底下有双鞋，新的，你试试看能不能穿。"

鞋盒搁在后座的地毯上，许汀解开安全带，自驾驶座和副驾驶座之间的空隙探身向后。绿灯亮了，隔壁的小宝来突然挤到大 G 前面，

沈驰言已经起步，不得不踩下刹车。这一下惯性不小，许汀没防备，"哎哟"一声，脑袋对着驾驶座的椅背撞了过去。

撞得挺结实，却不疼，因为沈驰言伸手捞了她一下。

沈驰言穿衬衫喜欢把袖子折上去，露出流畅的小臂线条。许汀几乎是扑进沈驰言怀里，鼻尖撞上对方的肩膀，扑面一股淡香味，也不知是哪个品牌的香水，非常好闻。

许汀已经尴尬得不知道什么是尴尬了，艰难地解释："学长，我真不是故意要占你便宜。"

"我知道你不是故意的，"沈驰言揉了揉脸，"但是，你脑袋上那个小丸子砸我下巴了，还挺疼！"

这……

许汀一脸真诚地看着他："小丸子也不是故意的，我们俩都不是故意的！"

沈驰言没绷住，被逗笑了。

沈驰言长得好看，这一笑，更是冲击力十足。许汀连忙移开视线，低头拆鞋盒。盒子装着双运动鞋，款式简单，尺码也合适，再看一眼商标，嗯，死贵的牌子。

俗话说，无功不受禄。她跟沈驰言也算不上多熟，哪好意思穿人家这么贵的鞋，万一是人家女朋友的……

车子拐进校门时，许汀已经快脑补完一集电视剧了。沈驰言看一眼就知道她在想什么，笑着说："别乱给我加戏啊，鞋是我小侄女的，你们俩身形和年纪都差不多，我估摸着你能穿，才拿给你的。"

"那就谢谢叔叔了。"既然跟他侄女差不多大，许汀索性给沈驰言升了个辈分，"回头我买双新的还给你。"

这一声"叔叔"，直接让两人差了辈儿，沈驰言单手扶着额角，笑着想，这小丫头真是越看越好玩。

（28）

沈驰言直接将车开到了教学楼外，拉下手刹就听见预备铃响了。下车的时候许汀实在着急，右脚都迈出去了，左脚还钩在车内的地毯上，一个趔趄，直接跪了下去，正跪在赶来上课的任课老师面前。

老师吓了一跳，迟疑着说："这也太客气了，就算迟到，也不用行这么大的礼啊！"

丢人丢多了，也就淡定了，许汀拍着裤子站起来，说："没事，就当是给您拜早年了。"

沈驰言趴在方向盘上笑得不行。

许汀这一跪，给任课老师留下了深刻印象，成了"西方哲学史"的课代表，课前负责点名考勤，课后负责收作业。

许汀偷偷拿出手机，躲在桌子底下发了条朋友圈：跪出来的课代表。

沈驰言来点了个赞。

许汀看见"沈驰言"三个字就觉得脑袋疼。自从遇见他，她几乎天天倒霉，于是退出去给沈驰言改了个备注——"学物理的扫把小星星"。

这个备注改得还挺萌，许汀格外满意。她正要收起手机，司瑶发了条消息过来。

一只瑶瑶：老师没点名吧？

小面包：瑶瑶同学，已经旷了两节课了，请端正你的学习态度！

一只瑶瑶：都怪裴景澜！他说他最近天天值班没时间收拾屋子，只要我帮忙打扫，他就给我买新的 BJD 娃娃，带妆面和衣服的那种，款式随我挑！

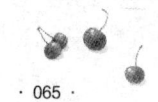
司瑶喜欢收藏 ball joint doll，十分烧钱的一个爱好。裴景澜就是只穿披着白大褂的男狐狸，抓住这一点，不晓得让司瑶帮他洗过多少次衣服。

许汀叹气，司瑶那点道行，搁在裴景澜面前，都不够一口吞的。

上午连着四节专业课，熬到下课，人都饿扁了，郑李李拽着许汀往食堂冲，立誓要成为第一个吃到红烧鸡腿的历史系学生。

路上，许汀的手机响了，是个陌生号码。

听筒里传出一个清清淡淡的男声："是许汀吗？"

许汀以为是推销电话，直接说："不买保险不办卡，买不起楼盘也不健身。"

然后就把电话挂了。

不到半分钟，那个电话号码又打了过来。

不等许汀开口，对方直接说："许汀，性别女，民族汉，出生日期×年×月，身份证号码是……"

许汀听得冷汗都要冒出来了，对方话音一顿，依旧是清清淡淡的语气，说："我捡到了你的身份证。"

许汀：？？？

许汀拽过书包找出钱夹，银行卡、校园卡、各种卡统统都在，唯独没了身份证。

"对不起，刚刚我态度不好，"许汀将手机夹在耳朵和肩膀之间，"能告诉我你在哪儿吗？我马上去拿。"

"4 区的男生宿舍，"对面的人说，"我在楼下等你。"

"谢谢，非常感谢！"许汀说，"能告诉我你叫什么名字吗？"

那边的人报出一个名字，仿佛有风滑过耳际，裹着极淡的草木清香。

许汀眨眨眼睛，似乎有些不敢相信："你叫什么？"

"阮清峋。"对面的人耐心不错，重复了一遍，"我叫阮清峋。"

（29）

午休时间，阳光微微晃眼，空气里有绿植的味道。

许汀一路小跑，穿过教学区和花园，绕过小池塘，她跑得太急，额头上冒出汗来。

男生宿舍楼是老建筑，墙面上覆盖着一层爬山虎。许汀站在树后，正要拨阮清峋的号码，突然听见一个有些尖厉的声音："我不管，必须给我一个解释！"

路人纷纷注目，许汀也跟着多看了几眼。

说话的是个女孩，穿着灰色连衣裙，细腰长腿，颜值很高。许汀仔细看了看，不由得"啊"了一声。这女生她认识，叫余焕然，和沈梨一样，是个挺有名气的美妆博主。

许汀正琢磨余焕然用什么牌子的洗发水，发质能保养得这么好，一道清瘦的身影自大门里走出来。

白 T 恤、衬衫外套、休闲裤和运动鞋，清冷大过干净，像封在冰层下的古法琉璃。

许汀站在树后，一脸愕然地看着阮清峋走到余焕然面前，站定，与她四目相对。

路边树影繁茂，细碎的阳光落在阮清峋脸上，逆光看过去，五官深邃。

"凭什么拉黑我啊？"余焕然哽咽着，"长这么大就没人敢这么对我！"

余焕然声音不低，许汀听得清清楚楚，一颗心跟着凉下去。

不用问了，这语气，这台词，情侣吵架无疑了。

许汀失魂落魄，迈步要走，有人扯住她拴在背包拉链上的小熊，将她拽了回来。

"跑什么？"阮清峋皱眉，"身份证不要了？"

许汀一怔，不等她说话，余焕然横插到阮清峋面前，一双眼睛火气腾腾，咬牙道："我话还没说完呢，谁都不许走！我告诉你，今天我什么道理都不讲，他不见我，我就缠着你，反正他是你小叔叔，我就不信他能一直躲着！"

许汀惊讶地抬头，眼底的失落瞬间烟消云散。

这剧情反转也太快了吧，怎么还扯出一个小叔叔！

什么牌子的小叔叔啊，这么嚣张，小美女上赶着倒追都不要！

等等，这不是重点，重点在于——你不是阮清峋的女朋友啊，早点说嘛，差点儿闹出误会！

阮清峋性子冷，不会吵架，面对这种胡搅蛮缠型的，根本招架不住。余焕然也顾不得什么形象，闹着要阮清峋把"小叔叔"叫出来，说我余焕然长这么大，就没有追不到的人！

许汀好不容易有一个跟阮清峋近距离接触的机会，结果余焕然杵在中间一挡，她又成了看热闹的路人甲。

许汀抽了下鼻子，不太开心地嘀咕着："那个什么小叔叔又不是唐僧，吃他一块肉能长生不老，为什么一定要追到手呢？"

余焕然哭声一顿。

"要不，你考虑一下，别追他了，来追我吧。"许汀笑眯眯地说，"我特别好追，从不拉黑微信好友，还会烤小熊饼干，宜室又宜家，多才又多艺！"

阮清峋："……"

余焕然："……"

你俩好像不是谁追谁的问题，而是性别不合的问题吧……

许汀一打岔，直接让余焕然忘了词儿。停顿半晌，余焕然赌气似的一跺脚，转身走了，边走边放狠话——让那个谁给我等着，姐跟他没完！

余焕然喊了个名字，隔得远，许汀隐约听到一个"yan"字。

许汀暗自腹诽，"yan"这个读音的风水可能不太好，净出奇葩，比如沈驰言那个家伙！

（30）

余焕然走后，许汀和阮清峋大眼对小眼地对视片刻，忽然想起什么，低声说："你放心，我嘴巴很严的，一定不说出去！"

家丑不可外扬，有个这么不省心的小叔叔，你也不容易。

阮清峋一点儿不领情，瞥她一眼："说什么？说'你撞到我身上，还咬了我一口'的事吗？"

许汀噎了一下，心想，咱就别哪壶不开提哪壶了，行不行？

阮清峋从口袋里拿出一张卡片，递到许汀面前，说："身份证是你咬我那天捡到的，隔壁宿舍有个学弟也在历史系，他认识你，你的联系方式也是他给我的，举手之劳，不必谢。"

说完事情的来龙去脉，阮清峋转身就走，"冰山来客"的人设真是稳立不倒。

许汀连忙追上去："行走江湖最重要的就是一个'义'字，知恩不报，传出去是会被嘲笑的！大侠，给个机会，让我请你喝杯奶茶吧！"

"不用了。"阮清峋并不看她，"我不爱喝奶茶。"

许汀不死心："吃饭呢？我请你吃饭吧？"

阮清峋神色不变："我也不爱吃饭。"

许汀："……"

大侠，你真是一点儿后路都不给人留啊！

许汀回到宿舍时，司瑶也回来了，拎着一大堆甜品和奶茶，招呼大家来加餐。许汀拿过包装袋看了一眼，上面的店名和 logo 她都认识，店址在市中心区，贵到没朋友的一家。

许汀戳戳司瑶的脸颊，问她："发财了，还是捡钱了？"

"裴景澜买的。"司瑶嘴里嚼着一小块半熟芝士，"让我带回来分给舍友，说是可以促进感情，维系和谐友善的人际关系。"

许汀"哦"了一声，司瑶继续说："他怕我使小脾气，跟舍友处不好。我觉得他就是门诊坐多了，看谁都像有病。我这么有趣可爱，谁会不想跟我做朋友呢？"

司瑶双手托在下颌摆了个太阳花的造型，许汀眨眨眼睛，忽然说："你的鞋带也是裴医生给系的吧？"

司瑶正想问你怎么知道，低头一看，一阵无语。

帆布鞋上赫然立着两个外科结，俗称，死结。

许汀试探着问："瑶瑶，你有没有想过谈场恋爱，或者交个男朋友啊？"

"才不要呢！"吃点心吃噎了，司瑶转头拿了杯奶茶，咬着吸管说，"心动好麻烦的，就说你和阮清峤……"

许汀立即拿起一块半熟芝士塞过去，堵住了司瑶的大嘴巴。

您还是吃甜品吧，别说话了。

下午没课，南佳出门做兼职，郑李李去泡图书馆。许汀和司瑶蹲在宿舍的小阳台上，边晒太阳边聊天。许汀给司瑶讲了个和身份证有关的故事，以及阮清峤那句人神共愤的"我也不爱吃饭"。

"折腾大半天,"许汀用吸管戳了戳杯底的珍珠,有些泄气,"进度条还在原地。"

司瑶嘴里含着颗巧克力球,一侧的脸颊鼓起来,小金鱼似的。她想了想,问许汀:"阮清峋给你打过电话对不对?用的手机吗?"

许汀无奈:"难不成用 IC 卡啊?"

话音落地,许汀意识到什么,戳吸管的动作一顿。

是啊,阮清峋给她打过电话,她有阮清峋的手机号码呀!

这哪是毫无进展!这怎么能叫毫无进展!

许汀原地复活,吧唧一口亲在司瑶脸上。

司瑶有些好笑地想,月老就算在你和阮清峋之间扯根钢筋,也能被你掰折了。

(31)

许汀一想到阮清峋的手机号码正躺在自己的通讯录里,就觉得人生美好,精神头也回来了,拽着司瑶去逛商场。

她之前从沈驰言那里穿走了一双运动鞋,要买双新的还回去。

买了鞋子,两个人又逛了几家美妆店。路过香水专柜时,许汀想起沈驰言身上的味道,她向专柜店员形容了一下。店员推荐了几款香水,前调是葡萄柚,后调是雪松和香根草。许汀挨个试了试,都不如沈驰言身上的味道好闻。

那家伙是藏了什么秘密武器吗……

许汀腹诽着,目光一转,被玩具店玻璃柜台里的小东西吸引了注意。

一个八音盒,发条款,枫木质地,圆形底座上站着两个牵手跳舞的小兔子。

做工细致,上色也简单,干净又可爱。

许汀想起她给沈驰言讲的那个故事——从前，有只小白兔，在森林里迷路了……

许汀隔着玻璃点了点音乐盒上的木头兔子，对店员说："包起来吧，我要了。"

店员将音乐盒取出来，选包装时问了许汀一句："是要送人吗？送闺蜜还是男朋友？"

"男朋友"三个字让许汀有点脸红，她摆了摆手，说："不是，我买给自己的。"

店员拿出一张礼品卡，递到许汀面前，问她要不要给自己写一句祝福语。

许汀想了想，在卡片上写：漂亮又可爱，积极又向上！

末尾，画了个比着剪刀手的火柴人。

买了东西，司瑶嚷着肚子饿，江边有家私房菜馆，西湖醋鱼做得很地道。许汀抬手一挥，豪情万丈——跟姐走，有鱼吃！

裴景澜也爱吃鱼，司瑶跟着他去过几次那家馆子，好吃是好吃，就是贵，特别贵。

许汀笑眯眯地说："我爸能签单。"

司瑶立即跳起来："那还犹豫什么！抓紧走，打车走！"

许汀和司瑶挑了个能看见江景的小包厢，快吃完时，许汀起身去卫生间。途经走廊，对面包厢的门刚好被传菜的服务生推开，许汀无意识地扫了一眼，这一眼直接看愣了。

阮清崤坐在对着包厢门的地方，拎起小茶壶给旁边的长发女孩倒了杯热茶，女孩凑到阮清崤耳边说了句什么，阮清崤点点头，神色温和。

门板开合的间隙，有零星的说话声飘出来，许汀躲在旁边听了一耳朵，越听越觉得心口发凉：

"棠棠越来越漂亮了，看着就讨人喜欢。"

……

"是啊，这种事还是知根知底比较好，家长也放心。"

……

"年轻人的事，讲究个缘分，做长辈的不好太过干涉。"

……

门板彻底闭合，谈话声也随之中断。

许汀拖着脚步回到自己的小包厢，指了指对门，说："阮清峋好像在相亲，就在对面，我看见了。"

许汀知道阮清峋始终单身，一个单身男青年被家里人安排相亲，再正常不过。

司瑶张大嘴巴："这都能碰上？"

许汀想哭："要不，我冲进去把桌子掀了吧，让他相亲失败！"

司瑶幽幽地提醒："你会被警察叔叔带走的。"

许汀更想哭了。

司瑶跟裴景澜斗智斗勇许多年，肚子里一堆鬼点子，她凑到许汀耳边低声说了几句。

许汀认真听完，愕然："这也行？"

"非常时期，非常手段。"司瑶笑着说，"具体问题，具体对待。"

"你不追我不追，"许汀握着拳头给自己鼓劲儿，"男神何时带你飞！"

司瑶赞许地拍了拍许汀的肩膀，按铃招来服务生："给我一瓶二锅头，一杯就倒的那种。"

（32）

二锅头，传统白酒，清香型，五十度。

许汀往杯里倒了一点，抿一口，辣得吐舌头。

司瑶也没闲着，用纸巾蘸了酒水，擦在许汀的衣服上，营造出一种浑身酒气的效果。

司氏兵法云：醉酒，是最绝妙的伪装。

有些话，清醒的时候说，会让人觉得唐突，喝多了再说，就可以归咎为胡言乱语。

司氏兵法还云：想搞清楚暗恋对象是不是在相亲？那就去问吧！

一手消息，面对面传播，没有中间商赚差价。

许汀忧心忡忡："我跟阮清峤也不算太熟，开口打听人家的私事，是不是不太好？"

司瑶语重心长："所以才让你装醉嘛，谁会跟一个醉鬼计较呢？"

许汀："……"

逻辑严密，无懈可击！瑶瑶同学，你就是个天才！

拨通阮清峤的电话前，许汀特意去补了个妆，腮红着色略重些，营造出微醺的效果。

天黑了，江边有风，许汀坐在私房菜馆外的长椅上，裙摆在风里温柔晃动。

电话很快接通，阮清峤的嗓音里带着惯有的清冷味道，许汀回忆了一下她老爹喝醉的时候是个什么模样，先打了个酒嗝，笑呵呵地说："学长，还记得我吗？我是'身份证'啊，被你捡到的那张！

我在……我在江源小馆看见你了！你在相亲，还帮女方倒水，特别体贴！快给我封口费，不然，我全说出去！"

听筒里静默了一瞬，许汀听到开关门的声音，阮清峤应该离开包厢去了走廊。

心跳有点快，许汀双手合十，对天祈祷——失败失败，相亲一定要失败！

那个叫糖糖还是果果的姑娘啊，你不要看上他好不好？我介绍一个更帅的给你！

"你是不是喝醉了？"阮清峤换个相对安静的地方，问许汀，"现在在哪儿？身边有没有信得过的朋友？"

"我在哪儿？"许汀仰头看着天空，装傻道，"我在一朵颜色特别深的云彩下面！"

听筒里再度安静，许汀生怕阮清峤把电话挂掉，索性直接问："我押了两根棒棒糖，赌你不是在相亲。学长，你就告诉我，我是输还是……"

话没说完，有人拍了拍许汀的肩膀，许汀以为是司瑶，不耐烦地一挥手，嘀咕："我就信我撬不开这闷葫芦的嘴！"

"我没有相亲，只是亲友小聚。"一个带着清冷味道的声音自身后传来，"坐在我旁边的女孩是我妹，叫阮棠，你可以叫她棠棠，还有什么要问的吗？"

许汀身形一僵，她几乎没有勇气回头，转念想到自己现在的人设是醉鬼，无论说了什么干了什么都可以推给酒精，顿时又生出几分勇气。

不怕、不怕，司瑶说了，没人会跟一个醉鬼计较，要勇敢，不能厌。

许汀做足了心理建设才转过身，长凳没有扶手，她坐不稳似的晃了晃，仰头对着阮清峤傻笑，眼睛弯弯，嘴角也弯弯，看上去又甜又乖，带着点稚气。

还记得那句歌词吗——

只要心里有鬼，她就一直甜美。

许汀心想，我何止有鬼啊，简直揣了一整本《聊斋》在怀里。

阮清峤单手插在口袋里，语气和表情都是一贯的清清淡淡。他说："需要我帮你打电话给家人吗？"

许汀用力摇头，一不小心栽过去。阮清峤连忙伸手托住她，她脑袋一偏，枕在阮清峤手心里。

月光凉白，浅浅地落下来，星星在极高的地方。

许汀喝了一点儿高度白酒，嘴唇和脸都浮着鲜润的血色，她定定地看着阮清峤："今天不是在相亲，那学长以后会考虑去相亲吗？或者说，学长打算找个什么样的女朋友啊？"

我这样的呢？宜室宜家，又乖又甜，不甜不要钱！考虑一下吧！

许汀打好腹稿，一个"我"字刚出口，身旁再度响起一道爽朗的男声："饭还没吃完，你怎么跑出来了？"

话音被截断，许汀怒气冲冲地扭过头，看清来人面目的一瞬，她只觉有一盆狗血兜头淋下，把她浇了个透心凉。

（33）

沈驰言穿了件纯白的半袖 T 恤，棒球帽帽檐压低，挡住了额头和眉毛，显得瞳仁黝黑，野性与倨傲并存。

他的话是对阮清峤说的，目光自然也搁在阮清峤身上，直到觉察到许汀的视线，才将目光移过去，他明显一愣，接着便笑了。

许汀抬起爪子捂住脸——老天爷啊，你随便派个神仙下来，收了我吧！

要不，降道天雷下来，劈死我也行！

沈驰言极自然地从阮清峋手底下把许汀拉过来，放到自己身边，问她："喝酒了？找不到家了？"

关键时刻被这位仁兄横插一脚，许汀不想跟他说话，垂下脑袋假装酒劲儿上头。

阮清峋也是一愣："你们认识？"

沈驰言"嗯"了一声，说："我邻居，住一个小区。还是咱们校友，历史系的。"

说话时沈驰言毫不在意许汀一身酒气，半揽半抱地将她圈在怀里，抽出张纸巾按了按她汗湿的额角。

阮清峋冷眼看着，莫名觉得自己有点多余，于是说："我先进去了。"

沈驰言点点头，说："我送她回去。"

去往停车场的路上，许汀悔得肠子都青了。

早知道会发展成这样，就不让司瑶先回去了，留下来帮她打个圆场也好哇！

现在怎么办？装醉鬼装到底吗？

可是，她为什么要在沈驰言面前装醉啊？她打的又不是沈驰言的主意！

啊！疯了！

许汀不知道该怎么面对沈驰言，只能借着酒气装作意识不清。沈驰言也没怀疑，扶她上车时动作很轻，也很礼貌，一点儿不占便宜。

许汀坐在副驾驶座，闭着眼睛，先是听到开关车门的声音，应该是沈驰言上车了。接着，她闻到熟悉的木质香调，带着年轻男人的炽热体温，涌入鼻腔。

那味道渐渐浓烈，越靠越近。

许汀全身紧绷，脑袋里闪过一堆从法治频道里看来的马赛克画面。

他要干什么？乘人之危？吃豆腐？

小人！卑鄙！

乱七八糟的念头一股脑地冒上来，许汀隐隐感觉到沈驰言的手指已经碰到自己的发梢，终于忍不住，挥起巴掌抽过去："你要干吗？"

好巧不巧，这一巴掌正抽在沈驰言脸上，"啪"的一声，清脆响亮，两个人都吓了一跳。同时，许汀看见沈驰言手上拽着安全带的搭扣。

他不是要占便宜，只是来帮她系安全带。

许汀："……"

沈驰言："……"

那句话怎么说的来着，我们只是彼此看着，不说话，场面一度十分尴尬。

（34）

许汀在"马上道歉"和"闭眼装死"之间犹豫了两秒，只是两秒，沈驰言的脸已经挂上了印子，一道红彤彤的指痕。

许汀僵着脖子移开视线，抽了张湿巾盖在脸上，气息微弱地说："我喝醉了，我是醉鬼，你们人类是不能跟醉鬼计较的。"

沈驰言伸手拿掉许汀脸上的湿巾，指了指自己："我好心送你回家，"手指转了个方向，指向许汀，"你竟然打我？"

许汀都快哭了，怯怯地说对不起，我误会了。

沈驰言下车绕到副驾驶座那侧，伸手拉开了车门。

他一手撑着车顶，俯身看着许汀，面无表情地吐出两个字："下车。"

许汀连挨打的准备都做好了，苦着一张脸，结果一眼看过去，险些移不开视线。

沈驰言摘了棒球帽，眉眼全部露出来，有种深且锐利的感觉。他穿着半袖T恤，衣袖推到肩膀以上，露出劲瘦的肌肉线条，搭着那双黑色的眼睛，简直英俊到了极处。

许汀脑袋一抽，伸手垫在沈驰言下颌，勾了勾："你是谁家的美人，长得真好看！"

沈驰言冷笑一声，伸手把许汀拎出来，让她面对着街边的广告牌立正站好。

这是条小路，人很少，沈驰言从车后备厢里拿了瓶水，拧开盖子喝了一口。

许汀也意识到自己方才的行为有多丢人，额头抵着广告牌，垂死挣扎："我喝醉了，脑袋不清醒……"

"第一，女孩子喝醉了，还随意坐在路边，是非常危险的。"沈驰言背倚着车门，立起一根手指，"今天你运气好，碰见的是我和阮清峋，要是碰见别人呢？你哭都来不及！"

不等许汀说话，沈驰言立起第二根手指："第二，男女有别，我也就算了，和其他男人说话时，不许动手动脚的，连自我保护意识都没有吗？"

许汀小声分辩："我怎么了啊，哪能算动手动脚呢！"

"第三，"沈驰言继续立手指，"大人说的话小孩要认真听，不许顶嘴！"

"知道了！"许汀赌气似的嚷着，"多谢叔叔指点教诲！"

沈驰言嘴角绷得笔直，说："你要是我家小侄女，我早把你吊起来打了！"

"吊起来之前能不能先让小侄女喝口水，"许汀哀号，"我真的好渴啊！"

听见这话，沈驰言头一仰，将水喝光，把空瓶子递到许汀面前，晃了晃："这是车上的最后一瓶水，下次赶早。"

许汀盯着他看了半晌，没说话，低头点开微信。

手机响了一声，沈驰言低头去看。

是一张熊猫人的表情包，底下飘着一行字：你迟早被人打死！

沈驰言有点想笑，生生忍住，转身拉开了车门。

许汀也要往车上爬，沈驰言按了下喇叭，鸣笛声把许汀吓了一跳，一脸惶然地瞅着他。

沈驰言指了指路边的广告牌："谁让你上来的？打我的事儿就这么算了？面壁，罚站五分钟。"

许汀鼓起脸颊："暴政！酷吏！"

沈驰言伸出手比了个数字："六分钟。"

许汀声音低下去："小心眼……"

沈驰言手指撑着额角："七分钟。"

许汀："……"

算你狠。

（35）

秋老虎来势汹汹，晚风里都带着热浪，许汀揪了根树枝，撕一片叶子嘀咕一句"沈驰言小心眼"，撕一片，骂一句。

沈驰言真的让她在外面站足了七分钟，一分不差。当许汀发现他居然在用手机秒表计时的时候，险些气死，指着沈驰言的鼻子斥他锱铢必较、睚眦必报！

沈驰言笑了笑，不知道从哪儿翻出来一瓶酸奶，递过去，说："喝点吧，醒酒养胃。"

在外面吹了半天风，又挨了顿训，就算是真醉鬼也该清醒了，更何况是一个装醉的。许汀摸着鼻子说："我就是喝急了，有点晕，问题不大。"

沈驰言伸手搭在她额头上，揉了揉："头疼吗？"

许汀谨慎地回答："有……有点。"

"活该！"沈驰言敲她，"疼傻你！"

吃人嘴软，许汀嘴咬着酸奶的吸管默默挨了这一下。

回去的路上，许汀窝在副驾驶座听着音乐吹着空调，舒服得几乎要睡过去。迷迷糊糊间，她身上一重，掀开眼皮瞥一眼，是沈驰言盖了件外套在她身上，大概怕她着凉。

沈驰言单手握着方向盘，另一条手臂在车窗边上。许汀打了个呵欠，歪着脑袋看过去，先看到沈驰言的手，手指根根修长，骨节凸显，腕上一块机械手表。

许汀想起之前在微博上看到的话题——单手开车的男生可以有多撩。

大概，没有比沈驰言更符合这个话题的人了。

许汀拿出手机发了条微博：

@章鱼小面包：认真开车的男生好好看！

没一会儿，底下的评论就炸了锅，粉丝都跑来问她是不是恋爱了。

许汀随手点开一个回复：没有没有。【大笑】

接着，又有人问"小面包"是不是有喜欢的人了。

许汀想了想，回复：是啊！

有是有，只不过追求男神的路漫漫无期，还全是坑！

她一步一个坎！

沈驰言将车开到楼下，许汀大概睡迷糊了，下车时险些摔跟头，沈驰言及时扶了她一把。许汀在沈驰言面前丢脸都丢麻木了，挥手跟沈驰言告别。

沈驰言锁上车门，说："一块儿上去吧，我也住这儿。"

许汀下意识地想点头，脑袋晃到一半蓦地愣住，扭头瞅着他："你住几楼？"

沈驰言忍着笑，说："四楼。"

许汀慢吞吞地思考，他住四楼？我住几楼来着？

好像也是四楼……

所以……

许汀头发上粘了片碎叶子，沈驰言伸手帮她摘下来。

许汀一声暴喝："你住我隔壁！"

这一嗓子调门不低，震得沈驰言耳根生疼，无奈道："你喊什么！再把保安招来，以为我欺负你了！"

"你你你……"许汀都结巴了，半天憋出来一句，"你怎么不早说！"

"我也是上次送你回来才知道的，"沈驰言笑着说，"我怕吓着你，就没说。"

"现在说就不会吓着我了？"许汀瞪他，"什么逻辑啊？"

"要不，我也去面壁七分钟，"沈驰言好脾气地笑，"当作是给你道歉？"

许汀没说话，转身进了电梯。沈驰言正要跟上去，许汀迅速按下关门，生生把沈驰言截在了门外，门板险些夹到他的鼻子。

沈驰言："……"

真记仇啊！

手机一振，跳出来一条微信消息。

许汀：车上的袋子里有双鞋，给你的。以后，再见到我记得绕着走！

底下是个"我超凶"的熊猫人表情包。

袋子里除了鞋盒好像还装着别的东西，沈驰言没细看。摸出钥匙打开家门，胖花一个猛虎扑食，险些把沈驰言从玄关推出去，沈驰言单腿蹦了两下，袋子脱手掉在地上，摔出一大一小两个纸盒。

大的是鞋盒，上次他借给许汀的那一款，小的好像是……

许汀刚迈进家门，司瑶的语音通话就拨了过来，问她进展如何。

许汀长叹一声，说别提了，全让沈驰言那家伙给搅和了。

许汀戴着耳机和司瑶聊天，顺手点开朋友圈，看见沈驰言三分钟前发的动态。

学物理的扫把小星星：我争取一周三次美容院，做到"漂亮"又"可爱"。

配图赫然是她买的兔子八音盒，还有写给自己的那张祝福卡——

漂亮又可爱，积极又向上。

许汀这才想起来，她把音乐盒和鞋盒放在同一个袋子里，忘记拿出来了。

这下可好，一并打包全送给沈驰言了。

共同好友纷纷出现在评论区，有人哈哈笑着说学长加油，还有人酸不溜丢地说，字写得这么可爱，难道是女朋友？

沈驰言回复说：不是。

许汀哀叹一声，仰面倒在床上。

沈驰言习惯在睡觉前喝杯热牛奶，他刚洗过澡，头发还没干透，一手端着马克杯，一手点看微博刷好友圈。"小面包"的文字动态夹在一片精修的自拍里，并不惹眼，沈驰言正要刷过这一条，忽然瞄到下面的评论：

@超超超超级大反派："面包"，你是不是有喜欢的人了？

@章鱼小面包回复@超超超超级大反派：是啊。

沈驰言动作一顿，页面长久地停在那条文字动态上。

认真开车的男生好好看！

"面包"，你是不是有喜欢的人了？

是啊。

兔子音乐盒摆在一旁的柜子上，叮叮咚咚地唱着《天空之城》，那声音仿佛敲在沈驰言心上，敲得他脑袋有点乱。

这丫头该不会是喜欢上他了吧？

Sweet

Chapter4.
唯他一人是有光的 /

（36）

周末，许汀回家蹭饭，她在小区门外拦了辆出租车。报上地址时，司机似乎有点意外，透过后视镜看了她几眼。

许汀报出的地址是个别墅小区，花园别墅，一栋栋白色欧式建筑，珠宝盒子似的，又贵又漂亮。

许汀走到门口，她老妈正在二楼的阳台上浇花，风一吹，水柱倾斜，许汀被浇了个正着，仰头吼了一嗓子："顾美人，虽然你闺女貌美如花，但是并不需要按时浇水，定期施肥！"

顾美人探头朝楼下看了看，拎着小水壶又往许汀脑袋上浇了两下，笑眯眯地说："多补水，对皮肤好！"

许汀她爸许老头儿，在外身价显赫，关起门来却是个宠妻狂魔加女儿奴。家庭地位按照等级排列，许妈妈顾涵之荣登榜首，排在

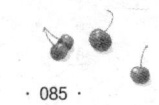

第二的是许汀，第三四五六位分别是家里的四只布偶猫，许爸爸许松乔则是垫底的那个。

简而言之，许家是个地道的母系氏族，就连满地跑的那四只布偶猫都是雌的。

许汀刚踏进家门，许松乔就从厨房迎了出来，许汀欢呼一声，扑上去给了自家老爸一个熊抱。家里的四只布偶猫——大毛、二毛、三毛和四毛，也都跑过来，喵喵叫着凑热闹，许汀挨个抱起来顺毛。

三口人吃饭，许松乔足足做了六个菜，煎炒烹炸，还有张牙舞爪的大螃蟹。顾涵之嫌剥蟹壳麻烦，许松乔就将蟹肉剥好，淋上姜醋汁，放在妻子手边，让她当零食吃。

许汀分外不满，敲着碗说："我的蟹肉呢？我的呢？"

"找自己老公要去！"顾涵之笑眯眯地说，"不要总是麻烦别人老公！"

许汀："……"

我就不该回来，蹲在出租屋里煮泡面多好！

吃饭时闲聊，说起许汀的高中同学。许汀念高中时，顾涵之从歌舞团离职，闲得无聊，酷爱给她开家长会，几乎加遍了班上同学父母的微信。

"还记不记得，你读书那会儿学校里有个很好看的男孩子，"顾涵之说，"学习也特别好，后来保送的那个。"

说到长得好又保送，许汀第一反应就是阮清峭。不过阮清峭是她的学长，又不是同学，年级都不一样，她的美人老妈再怎么神通广大，也不可能认得。

许汀来不及说话，顾涵之又抛过来一句："姓氏有点怪，姓苑，还是阮？叫什么峭……"

许汀咬鸡腿的动作一顿，心想，我的妈，你是哪条道上的神仙啊，神通如此广大！

顾涵之没能回忆起名字，有些沮丧，许汀忍不住提醒了一句："阮清峋？"

"对！"顾涵之高兴地一拍手，"就是他！跟你考进了一所大学，还有个妹妹，名字特别可爱，叫阮棠，念高中，正找家教呢，挑了好几个都不太满意。阮妈妈一天发好几条朋友圈，看得我脑壳疼！"

许汀想说，老妈，你搞反了，不是人家跟我考进一所大学，而是我跟着人家。

话未出口，许汀猛地抬头："找家教？"

顾涵之吓了一跳，伸手摸摸许汀的脑门儿："中邪了？一惊一乍的？"

"我的美人！"许汀吧唧一口亲在顾涵之脸上，"你真是我的幸运星！"

给暗恋的人的妹妹当家教，还有比这更好的套近乎契机吗？

既能展示自己名校出身的专业素养，又能展示温柔贤惠的带孩子技能，一箭双雕，合作共赢，分分钟让男神跪下唱《征服》。

就这样被你征服！

（37）

主意是个好主意，该如何施行，就要另外敲定计划了。总不能扛着一沓试卷去阮清峋家敲门：在？要家教吗？我高考全市第九，才艺双馨，不满意全额退款！

阮清峋八成会以为她脑袋进水了！

一念至此，许汀心跳都乱了。吃过晚饭，她就回到卧室，拱进被子里拨司瑶的电话。

她亟须司瑶提供智力以及创意上的支援，如何不动声色地成为阮清峋的妹妹的家教。

啧，还挺绕。

电话拨出去，好半天才被接起来，听筒里面一团乱，司瑶带着醉意说："汀汀，一起来玩嘛！好热闹的！"

司瑶是个人来疯，酒量浅，还不经劝，谁倒的酒都敢喝。

许汀对蹦迪泡吧没什么兴趣，但是她必须去把司瑶带回来。一个姑娘家，大晚上的，又喝得半醉，万一被哪个心术不正的男人骗走了怎么办！

挂断电话，手机上收到司瑶发来的地址。许汀起身换衣服，临出门前给裴景澜打了通电话。

家教不严啊裴医生，你家小白兔都要浪出天际了！

电话一直无人接通，大概还没下手术台。

许汀叹气，在 T 恤和短裤外罩了一件连帽外套。她正换鞋，顾涵之从楼上走下来，问她去哪儿，需不需要司机送她。

许汀摆手说，不用了，她去找瑶瑶，晚上可能要在瑶瑶家里留宿。

顾涵之端着水杯凑过来："裴景澜还没有把司瑶追到手吗？要抓紧啊，我都替他着急！"

"操心是会长皱纹的。"许汀摸了摸美人老妈的脸，"去泡澡敷面膜吧，乖！"

"人和人真是没得比，"顾涵之长叹一声，"司瑶比你还小呢，已经有人愿意为她鞍前马后！你呢？除了小时候跟男生打架揪人家耳朵，连小男孩的手都没碰过，更别说亲亲抱抱了，差距呀！"

许汀无奈，她的老妈，大概是世界上最神奇的妈！

司瑶发来的地址是一家清吧,名字很特别,叫"驰"。门面不大,里面倒宽敞,一排排卡座和散台,两米高的酒柜照明璀璨。正对着酒柜的地方有个小舞台,大概时间太早,舞台上的演出还没开始。

大厅里光线暗淡,许汀在卡座间转了好几圈才找到司瑶。

司瑶跟人玩"石头剪刀布",三连败,愿赌服输,赢家让她展示一项技能,跳舞唱歌,实在不行,一口气灌下一瓶啤酒也算厉害。

司瑶已经有些醉了,拍着桌子站起来,说:"跳舞唱歌算什么技能,姐姐有独门绝技!"

司瑶这一嗓子声音不低,隔壁卡座的人都看过来,结果这丫头的绝技居然是背朝代表:

"夏商与西周,东周分两段。春秋和战国,一统秦两汉……"

小伙伴们都惊呆了,许汀狂垂黑线,心想,瑶瑶同学,您可出息大发了!

(38)

司瑶参加的是一场生日会,寿星叫宋敬恒,许汀的高中校友,体育生,有点小帅。

见许汀走过来,宋敬恒立即起身招呼她:"汀汀,好久不见!"

许汀跟宋敬恒没什么交情,听他叫自己小名,有点别扭。她从背包里挖出一个小盒递过去:"生日快乐。"

天都黑了,店铺关门,许汀买不到别的,从柜子里找到一个新的卡片夹。她从官网订购的,到手后才发现买了男款,又懒得退,一直收在家里压箱底。

宋敬恒拆开包装,众人"哇"的一声,许汀才想起来,卡片夹上印着Burberry的字母徽标。

她跟宋敬恒也算不上多熟,出手就送这么贵的东西,很容易让人误会。许汀有点后悔,但送都送了,总不能要回来,只能硬着头皮说："你喜欢就好。"

"我很喜欢。"宋敬恒看着许汀，眼神热络起来，笑着说，"谢谢。"

许汀本想带着司瑶先离场，宋敬恒却不同意，司瑶也闹着要再玩一会儿，许汀只能留下。

卡座不算宽敞，聚了五六个人，稍微有点挤。宋敬恒坐在许汀右手边，抬起手臂搭在许汀身后的沙发靠背上，许汀立即挺胸抬头，坐姿笔挺，生怕自己不小心靠过去。

"听说你跟司瑶都去了 K 大，"周遭有点吵，宋敬恒用手虚拢着嘴巴，凑到许汀耳边，"名校呢，恭喜你！"

离得太近，宋敬恒身上有淡淡的烟草味，许汀浑身不舒服。恰巧服务生自旁边路过，许汀借着要菜单往旁边挪了挪，边挪边说："我饿了，想要点吃的。"

宋敬恒笑着抬了抬手："我买单，随意点。"

许汀将菜单搁在膝盖上，越过花里胡哨的酒水区，连小食都不看，直奔主食区。

她没诓宋敬恒，她是真饿了。

顾涵之常年塑形减肥，晚餐一贯清淡，水煮鸡胸肉、蔬菜沙拉，再加一点白灼西蓝花和虾仁菜心，一组完美的"饿得快"套餐，前脚吃完，后脚饿。

"小份煲仔饭，"许汀指着菜单对服务生说，"秘制羊排、麻辣虾球、炭烤螺肉两串，还要一份青瓜条。"

宋敬恒原本和别人聊天，听许汀报到"两串螺肉"时，忍不住转头看了她一眼，没想到后面还有一份青瓜条。

服务生拿着点单器，怔怔地瞅着她："只要吃的？"

你是逛酒吧，还是下馆子？

"是的。"许汀点头，还菜单的时候还不忘催菜，"麻烦快一点儿，我真的好饿。"

宋敬恒将她上下打量一遍，又笑了，说："看不出来，你还挺能吃。"

许汀只当没听见，扭头跟司瑶聊天。

靠近吧台的地方，用绿植圈出来一小块区域，离远了看只当是死角，走得近了才发现另有端倪。方才点单的服务生伸手拨了拨绿植的叶子，说："言哥，睡醒没？"

绿植圈里摆了张布艺摇椅，有人躺在上面，脸上蒙着衣服，两条长腿斜搭在小茶几上，看上去挺有范儿。

大厅里的音乐换了风格，从民谣变成蓝调，叫言哥的人似乎被吵醒了，哼了一声。

"今天见到个奇人，"服务生笑着说，"要煲仔饭吃，我去后厨看看，没预备食材的话，还得帮她叫份外卖。"

"给我也带一份。"言哥自蒙脸的衣服下伸出手，中指上套着枚檀木戒指，戒面略宽，中间一道银色的细线，闷声说，"煲仔饭，大份的，多加腊肠。"

"这都什么毛病！"服务生忍不住笑，"跑酒吧来找饭吃！"

（39）

小份煲仔饭本来就量少，酒吧里卖的，那就更少了，眨眼的工夫许汀就将饭吃完，扭头去对付羊排。

秘制羊排外焦里嫩，许汀用小叉子把肉剔下来，装在小碟子里，一块一块慢慢吃。她嘴里嚼着羊肉，脚下踩着司瑶松散的鞋带，把那丫头圈在身边，防止对方喝醉了乱跑。

许汀吃得专注，没注意宋敬恒一直看着她。旁边一个穿短裙的女孩几次跟宋敬恒搭话，都没能把宋敬恒的注意力拽过来。短裙女孩拔高声音："宋敬恒，这位穿帽衫的小美女是你在体育队里认识的吗？胃口这么好，练举重的吧？"

一阵哄笑。

不等许汀开口，司瑶先不乐意了，把杯子往桌面上一敲，说："胃口好是福气，更何况我们汀汀只吃不胖！不像你，天天生啃菜叶子，体重还掉不下一百斤！"

短裙女孩说话不客气，司瑶比她还不客气，眼看着气氛要僵，宋敬恒站起来和了几句稀泥。就在这时，热闹的蓝调音乐突然停了，音响里飘出吉他的声音。

许汀转过头，一直空荡荡的小舞台上多了个人。

那人个子高，穿着修身款的裤子和短靴，腿形笔直，还长，特别好看。那人调了调话筒，抬头时刚好有灯光追过来，打在他脸上，映出清晰的五官轮廓。

台下一阵尖叫，许汀一阵惊讶。

沈……沈驰言？

沈驰言撩了撩 T 恤下摆，腹肌若隐若现，台下又是一阵尖叫，听得出女生居多。

沈驰言坐在吧椅上，"啧"了一声："喊什么！没出息！"

"今天唱粤语吗？言哥！"卡座里有人喊了一声，"好久没听你唱粤语了！"

"点歌要加钱的，"沈驰言有点浑不吝，"现金带够了吗？"

"言哥，站起来唱嘛，"有个女生嚷了一句，"坐着都看不到你的大长腿了！"

"站着累，"沈驰言笑着回了一句，"我懒！"

台下乱哄哄的，嚷什么的都有，沈驰言朝键盘手使了个眼色，让他起前奏，再这么聊下去，都要散场了。

主唱背后有键盘、贝斯和架子鼓，键盘带起第一个音节，沈驰言手里的吉他也加了进来。当他开口唱出第一句歌词时，许汀恍惚有种时空被定格的感觉，嘈杂的光影人声全部消失，只有沈驰言还留在她的视线里，安静地唱：

No flask can keep it

Bubble up and cut right through

But you're someone I believe in

……

舞台上的沈驰言极有魅力，他本就长得英俊，再加上温柔慵懒的声线，随便递出去一个眼神，都能让人为他发疯。

唱完一首流行曲，他又唱了首民谣：

If you miss the train I'm on

You will know that I am gone

……

沈驰言的歌声里有漂泊的味道，仿佛候鸟涉海而来，翅膀上还留着风暴的痕迹。

许汀的目光落在沈驰言身上后，就有点移不开，那个男人仿佛有种魔力，一旦被他吸引，就再也跳不出来。

许汀想起先前在学校"表白墙"上看到的帖子：

【表白】：我的老天爷啊，为什么让我在年纪轻轻的时候遇见沈驰言，审美都被拉高了，以后还怎么面对身边的普通男生！我不想一直做颜控单身狗啊！

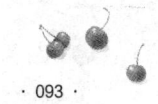
就像郭襄见到杨过，有些人，不需反复相遇，一眼即是惊艳。

司瑶半醉半醒，靠在许汀肩膀上，晕晕乎乎地说："汀汀，是我眼花了吗？台上唱歌的人，长得好像沈驰言啊！"

服务生恰巧路过，搭了句茬："你们认识言哥啊？"

司瑶借着酒劲咋咋呼呼："当然认识！K大一枝花，人称'沈小花'！"

许汀呛得直咳嗽，她伸手去捂司瑶的嘴，可是已经来不及了。

周围有人听见这一句，尖叫着喊了起来："沈小花！沈小花！"

许汀："……"

您鼻子底下长的是快进键吗？嘴也太快了吧，听见什么喊什么！

动静闹得不小，沈驰言只要不聋，肯定能听见。

许汀满头黑线，她一手拽着司瑶，一手用背包挡住脸，躲在沙发靠背后，对宋敬恒说："很晚了，我真的要回去了！"

不然，我怕沈驰言从台上跳下来宰了我！

宋敬恒站起来，说："我送你。"

（40）

出了酒吧大门，夜风一吹，司瑶彻底蔫了。这个时间不太好打车，许汀琢磨着是让家里的司机来接，还是打电话给裴景澜。

宋敬恒单手插在口袋里，笑着说："今天你能来，我很高兴。"

宋敬恒长得不赖，又故意拿捏着角度摆造型，还真有几分玉树临风的味道。

可惜，许汀根本没看他，只想快点离开，免得被沈驰言逮住。

宋敬恒突然向前迈了一步，将许汀堵在墙角，低声说："我单身，你呢？"

"嗯……嗯？"许汀先是敷衍地应了一声，又觉得不太对，抬起头，"你说什么？"

宋敬恒了然一笑，拿出手机，说："加个微信吧。"

许汀看了看递到她面前的二维码，慢吞吞地反应过来——这家伙不会以为她喜欢他吧？

这误会可有点大！

许汀有点尴尬，又不知道该怎么解释，斜刺里突然递来一个二维码，伸到宋敬恒面前，说："加她微信有什么用，又不能打折，加我的吧，点赞朋友圈，有机会获得免单大奖！"

宋敬恒和许汀同时转过头，看见沈驰言笑吟吟地站在那里，举着手机对宋敬恒说"看我干什么？扫码啊，有机会免单呢，别错过！"

"酒吧是你开的啊，"宋敬恒语气不善，"你说免单就免单！"

"其他店是谁开的我不清楚，"沈驰言指了指身后的"驰"字灯箱，"不过，你办生日会的这家，的确是我开的。"

宋敬恒：……

许汀：！！！

年纪轻轻，左手大 G，右手店铺，这配置也太奢华了！

宋敬恒自诩玉树临风，在沈驰言面前，还是被压了一头，有点下不来台。

沈驰言在许汀脑门儿上敲了一下，说："刚才带头喊'沈小花'的那个，是你吧？"

在宋敬恒面前，许汀一直话不多，看起来有点沉闷，面对沈驰言，她却变了个样子，笑弯了一双眼睛，说："我这是夸你好看呢，如花似玉，闭月羞花，人间绝色沈小花！"

沈驰言又在她脑门儿上敲了一下："这个时间打车不安全，我送你回去。"

沈驰言愿意当免费司机，许汀自然高兴。毕竟家里的司机是她爸的老战友，论辈分，许汀要叫一声叔叔，裴景澜又是一尊不好惹的凶神，哪一个她都不想麻烦。

许汀拖着快要睡着的司瑶乐颠颠地跟上去，她这副雀跃模样落在宋敬恒眼中，就是另外一番味道了。

宋敬恒"啧"了一声，阴阳怪气地说："刚进大学就搭上了酒吧老板，你还挺厉害，都是老同学，以后记得多送我几张优惠券。毕竟像我这种穷学生，可担不起……"

宋敬恒的话没说完，沈驰言抬手按下遥控器，停在宋敬恒身后的大 G 突然响了一声，车灯还闪了两下，把宋敬恒惊得一哆嗦。

沈驰言笑了笑："我就喜欢你看不惯我又干不掉我的样子！"

许汀："……"

嚣张个屁啊！

（41）

许汀把司瑶团吧团吧塞进了后座，她没留神，让司瑶的脑门儿在车沿上碰了好几下。

沈驰言笑着提醒："轻点，撞傻了可怎么办？"

许汀折腾得出了一身汗，说："没关系，他们家量产白大褂，医生集中营，药到病除，百治百灵！"

司瑶一个人占了整个后座，许汀只能爬上副驾驶座，沈驰言递了瓶水过来，说："凭一己之力吃掉了整份秘制羊排还有煲仔饭和虾球，挺渴的吧？"

许汀脸一红，讪讪地强调："能吃是福气，肚里有粮心不慌，懂不懂？"

沈驰言边笑边发动车子，许汀让沈驰言送她回出租屋。她说，司瑶醉成这个样子没法回家,让司家爸妈看见,准会揭掉司瑶一层皮。

车子拐出酒吧街,许汀问沈驰言:"学长,那家店真是你的啊?"

"不然呢?"沈驰言有点无奈,"你当我在吹牛?我哥送我的生日礼物,平时有专业人士负责打理,我就挂个名字,偶尔来唱首歌,收收钱。"

"大户人家啊!"许汀在沈驰言的肩膀上拍了拍,"我先前听过一个八卦,有个挺漂亮的女 coser 拼命倒追一个玩音乐的男 uploader,因为对方疑似高富帅。我一直在想这得帅到什么程度啊,看见你,我有点明白了。"

沈驰言有一下没一下地轻敲方向盘,心想,这个八卦的男主角就坐在你身边,开车送你回家呢,神奇吗?

其实许汀最想问的是,你都这个家庭条件了,怎么会跟我做邻居?就算租房子,也该租个公寓,或者租个带车库的吧。

这个问题涉及个人隐私,许汀也不好意思直接问。沈驰言扭头看她一眼,笑着说:"那时候跟我爸吵架闹离家出走呢,急着住,就在学校附近随便找了一个。之后觉得还不错,就一直住着了。"

对于沈驰言一眼就能看透她的想法这种事,她一点儿都不奇怪,倒是"吵架"两个字,让她脑补出一系列豪门恩怨——争家产、兄弟不和、外室上位……

电视剧里都是这么演的!

许汀突然想起什么,凑到沈驰言手边,小声问:"如果我跟你谈恋爱的话,我是说如果,你妈妈会不会拿着支票跟我说'给你一千万,离开我儿子'?"

这个不是电视剧里演的,是小说里看的。

沈驰言险些把车开进绿化带。

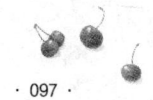
后座的司瑶突然睁开眼睛坐直身体，扑在副驾驶座的椅背上，一脸严肃地问许汀："你喜欢我，还是喜欢沈驰言？你要我还是要沈驰言？"

许汀摸着司瑶的脑袋安慰她："我喜欢你，我最喜欢你了，我永远喜欢你，躺下睡觉吧，听话，一会儿就到家了！"

司瑶哼了一声，伸手一指沈驰言："听见了吗？汀汀最喜欢的永远是我，就算拿得出一千万，你也排不上档次！"

这个醉鬼居然在偷听他们聊天？

许汀和沈驰言对视一眼，一齐笑喷。

到家时司瑶已经睡着了，瘫成了一具柔软且死沉的"尸体"。许汀试了几次，硬是抱不动，沈驰言推开车门走下去，说："我来背她吧。"

沈驰言将两个姑娘送进家门，许汀搁下钥匙，扶着司瑶往卧室走，走到一半又回头看着沈驰言，说："学长，你能不能稍等一下，我想请你吃宵夜，今天多亏有你帮忙。"

沈驰言虽然一点儿都不饿，对许汀做宵夜给他吃这件事，还是很感兴趣的，愉快地点头："好哇。"

许汀进卧室帮司瑶换衣服，沈驰言站在客厅里环视一圈，地毯、茶几、布艺沙发，还有两个造型很别致的收纳柜，布置很温馨。

沙发墙上刷了黑板漆，可以写字，沈驰言走过去，看见上面写着：

中国加油！汀汀加油！

沈驰言笑了笑，继续往下看：

请代我向可爱的、温暖的太阳问好，向宁静的大海问好。

《致蒲宁》里的句子，作者是契诃夫。

沈驰言觉得许汀这小孩真的挺好玩的，每天都热热闹闹，活得开心乐观，偶尔出错犯迷糊，也不会让人觉得笨拙或讨厌。

（42）

许汀从卧室出来时，沈驰言正站在书架前看书。书页翻动，沈驰言跟着偏了下头，侧脸被灯光剪出金色的轮廓，睫毛浓密，眼形流畅如燕尾，视线继续往下，越过鼻梁，是嘴唇和喉结。

书上说，男人的性感有一半源自喉结，形状、弧度与滑动的轨迹，都带着迷人的味道。

看着沈驰言，许汀忽然明白了这句话的含义，她想起沈驰言抱着吉他唱歌时的样子，英俊、桀骜，还有点不太明显的冷漠，好像唯他一人是有光的，其他人只能暗淡。

没来由地，许汀觉得心跳有点乱。

落地窗外是个小阳台，种着些绿植，月光落进来，沈驰言在此时抬头，露出一点笑。

沈驰言笑起来的样子十分好看，许汀脑海里仿佛绽开了漫天烟花，脱口而出："我能摸摸你的喉结吗？"

话音落地的瞬间，两个人同时一愣。

许汀唰地转过身，拖着僵硬的手脚朝厨房走，几乎顺拐，边走边念叨："啊，我煮碗面给你吧。晚上吃面比较好消化，你有没有什么忌口的？提前说哈！"

进了厨房，关紧房门，许汀背靠着门板急促喘息，脸色迅速涨红。

天哪！天哪！！天哪！！！

她怎么会说出那么丢人的话！

许汀把饮料送到沈驰言手边时，脸还红着。沈驰言换了个话题说要吃西红柿鸡蛋面，并且主动提出帮忙洗菜。

和唱歌相比，沈驰言洗菜时的表现算得上笨手笨脚，许汀让他把西红柿的皮剥掉，这位少爷举着一颗西红柿愣怔两秒，真挚地发问："怎么剥？用削皮刀吗？这玩意儿全是水分，一刀下去，不会满手流汁吗？"

许汀叹了口气，拽着沈驰言的袖子把他拎到一边，说："好好看着。"

在西红柿顶部切一个十字刀花，然后淋上热水烫一烫，轻轻一扯，表皮就被撕下来了。

沈驰言大开眼界，赞叹："还有这种操作！"

许汀无奈，把沈驰言往门外推："出去，别在这儿碍手碍脚。"

沈驰言仗着个子高，直接伸手扶住门框顶端，说："我不走，我要学艺。"

西红柿丁和姜丝一同下锅炒出汤汁，倒清水，大火烧开后放小青菜和调味料，最后放事先煮好的银丝面。许汀又煮了两颗溏心蛋，蛋黄像融化的芝士，香浓软糯。

沈驰言屈指在许汀脑门儿上轻轻一敲，说："手艺还不错。"

许汀歪着脑袋，露出一个有点得意的小表情，说："我很小的时候就会下厨房弄东西吃了，菜谱都不看，纯靠灵感，自由发挥！"

许汀小时候爸妈工作都忙，一个跟着歌舞团跑演出，另一个到处出差拿飞机当滴滴打车。家里请了两个阿姨，做饭的阿姨得顾涵之真传，满脑子养生食谱，每餐都是一桌子的绿菜叶，低油低盐低热量。许汀私下跟司瑶吐槽，这不是养我，这是养兔子。

阿姨手艺虽然不佳，但是人很好，许汀舍不得辞退她，就踩着小板凳亲自下厨给自己加餐开小灶。

所以，许汀会下厨，单纯是因为嘴馋！

她说得简略，话音落到沈驰言耳朵里就是另一番味道了。

小小年纪就要下厨做饭，料理家务，一定过得很辛苦吧。

之前还收了她买的一双鞋，挺贵的，早知道就不让她买了。现在折现还给她，她会不会觉得伤自尊？

沈少爷一贯我行我素，几时在外人身上花过这么多心思。他屈起指节在料理台上敲了敲，说："以后，如果有需要帮助的地方，一定要来找我，不必顾虑。"

无论是缺钱，还是被人欺负，都要来找我，我会帮你的。

许汀疑惑地眨眨眼睛，搞不懂这位少爷怎么突然煽起情来了。

（43）

汤面装在一个绘着樱桃图案的彩釉瓷碗里，沈驰言坐沙发上，许汀习惯性坐地毯，递了双筷子给他："尝尝！"

沈驰言发现许汀不仅碗碟配得精致，筷子也很好看，原木质地，一端刻着浅色的樱花纹样，枕形筷架上也有同样的花纹，搁在一起，看上去干净舒服。

夜色里，食物的味道格外诱人，沈驰言尝了一口，点头："很好吃！"

得了表扬，许汀笑得越发开心，眼睛弯着，唇边浮起一个浅淡的笑窝。

沈驰言家境好，祖辈都是商人，他从小跟着父亲和长兄参加宴会，见过不少漂亮女孩，身材窈窕，皮肤似雪，就连他的母亲年轻时也曾是名动一方的美人。

美人虽美，见过也就罢了，就像欣赏橱窗里的昂贵珠宝，沈驰

言从没对谁上心过。读本科那会儿，沈驰言帮学校拍过几段宣传片，投放在官网和官方微信号上，片子一上线，他就在学校出了名。校庆的时候传递薪火，系主任点名让沈驰言打头。那段时间，学校的论坛、贴吧、表白墙，处处都能看见"沈驰言"三个字。

不熟悉沈驰言的人，说他像竹，温文尔雅，修长挺拔。

稍微熟悉他的人，说他进退有度，容止雅重。

真正了解沈驰言的人则会说这家伙高傲得很，追他的女生那么多，没一个能真正靠近他。

可是在这个寻常的夜里，沈驰言却被一个笑容晃了眼睛。

其实，许汀不算特别漂亮，胜在干净，皮肤也好，像某种水果，看上去就很甜。

她爱笑，梨窝浅浅，今夜三分星光，悉数落在她眉眼之间，亮晶晶的，甜蜜动人。

沈驰言有点走神，许汀推他一下："吃啊，不然就凉了。"

沈驰言拍拍身边的空位，说："过来，给你个奖励。"

许汀面露警觉，拽过一个恐龙形状的抱枕挡在身前，说："你别使坏啊，当心我拿面汤泼你！"

沈驰言没作声，拉过许汀的手，搁在了自己的喉结上。

"不是说想摸摸吗？"沈驰言眨眨眼睛，"给你摸。"

男生的皮肤很干净，带着点淡香水的味道，许汀的手指搭在上面，隐隐触到脉络和骨骼的痕迹，陌生、脆弱、质感鲜明。

喉结缓缓滑动，拉出一条利落的线。

许汀的呼吸有一瞬停顿，紧接着，凌乱至疯狂的心跳几乎将她淹没，大脑中的多巴胺浓度直线升高，逼近沸点。

乱了、乱了，全都乱了。

许汀抬起眼睛，与沈驰言对视的瞬间，从他眼睛里读到温柔、宠溺，还有明亮的笑。

那样的神情下，没人能够不心动，许汀几乎忘了该如何呼吸。

与此同时，四周突然一黑。

停……停电了？

（44）

突然陷入黑暗，许汀吓了一跳，同时也冷静下来。她抽回手，挣扎着站起来，小腿却撞到茶几的边角，一跤跌下去，正摔在沈驰言身上。

沈驰言抽了口气，说："我好像徒手接住了一颗来自外太空的小星球。"

"对不起，对不起……"

许汀想从沈驰言身上爬起来，手链却不晓得钩在了哪里，她越挣扎挂得越紧，一团狼狈。

沈驰言忽然开口，懒洋洋地说："别动。"

腰上一暖，是沈驰言箍住了她。

男生手臂肌肉紧实，力量感十足，隔着薄薄的 T 恤压在腰间，触感鲜明。

这下不只是脸红，都要沸腾了，心跳激烈得像是在敲鼓。

"你喜欢那个人吗？"黑暗中，沈驰言声音听起来有点犹豫，"在我店里庆生的那个……"

许汀沉浸在沈驰言的气息里，脑子僵住，愣了好几秒才想起来他说的是谁，她连忙摆手："没有、没有，只是普通朋友，很普通！"

她拒绝得太干脆，甚至有点急。

沈驰言有些好笑地想，这么怕我误会啊。

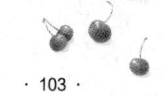

是因为喜欢我，才怕我误会吗？

手机屏幕亮起来，照出一小块区域，许汀发现，自己几乎是陷在沈驰言怀里，稍一抬头便能对上他的眼睛。

黑曜石似的眼睛，仿佛含着某种烈度，幽深明亮，令人眩晕。

许汀忽然明白论坛上为什么会有那么多关于沈驰言的帖子了。

沈驰言伸手过去解开许汀钩在他衣服上的手链，顺便在她脑门儿上弹了一下，说："起来，压得我腿麻！"

许汀连忙支着沙发爬起来，行动间险些一脑袋撞上沈驰言的下巴。

沈驰言捏了捏她的耳垂，玩笑道："你脖子上顶的是个凶器吗？"

男生指尖微凉，触感分明，许汀像是被劈了一刀，立即从沈驰言身边跳开，揉着那只渐渐烧红的耳朵，小声说："说话就说话，动什么手嘛！"

沈驰言在许汀面前向来没什么脾气："好好好，我下次注意！"

停电是跳闸引起的，重新推上去就好了。这么一折腾，时间已经过了十二点，沈驰言起身说他该回去了，许汀要送他，被他按回到沙发上。

沈驰言说："我就住你隔壁，腿长点一步就迈到了，送什么送。"

许汀想了想，露出一个憨憨的笑："也对。"

沈驰言走到玄关处，许汀突然叫了他一声，说："你喜欢甜品吗？小蛋糕、舒芙蕾之类的，我有时候会做一些，如果喜欢就分你一点儿。"

沈驰言立即想到"章鱼小面包"微博上那些色调温暖的美食视频。

送甜品给我？

要正式追我了？

沈驰言不爱吃甜的，喝奶茶都不加糖，却鬼使神差地点了头，说："好哇。"

（45）

第二天，许汀是被手机铃声吵醒的，不到八点，她模模糊糊地"喂"了一声，裴景澜的声音自电话另一端传过来："早上好，很抱歉打扰你，司瑶在你身边吧？麻烦把电话给她，我有话跟她说。"

礼貌有加，端正斯文，许汀却感受到一股寒气，冰得她连瞌睡都没了。

许汀推了推睡在另一侧的司瑶，小声说："家长找你，貌似心情不太好。"

司瑶还迷糊着，眼睛也不睁，趴在枕头上从许汀手里接过电话。

电话那端不晓得说了什么，司瑶直接拥着被子坐了起来。

许汀吓了一跳，伸出一根手指在司瑶肩膀上推了推，用口型无声地问："怎么了？"

那通电话持续的时间很短，前后不到三分钟，司瑶将手机还给许汀，目光呆滞，前言不搭后语地说："朋友圈，我的，去看。"

许汀有些莫名其妙，登录微信点开司瑶的头像，进入朋友圈，然后——

她就傻眼了。

@一只瑶瑶：裴景澜裴景澜裴景蓝拦斓岚兰阑！！！你在吗你在吗你在吗你在吗？

@一只瑶瑶：鱼哭了，谁知道；云哭了，天知道；裴景澜那个大傻帽要是哭了，有谁能知道！！！

@一只瑶瑶：山重水复疑无路，裴景澜天天学高数！

@一只瑶瑶：刀不锋利马太瘦，你拿什么跟我斗？铁子，听我一句劝，抓紧回我微信，今朝你薄情无义把我放逐，他日我涅槃重生必把你铲除。

@一只瑶瑶：裴景澜你到底去哪里了？快出来陪我玩啊！我表演吐泡泡给你看，Blueblue 的那种！

······

长长的一串新动态，时间显示都是昨天，许汀滑了三四下屏幕都没滑到头，目测没有一百也得有八十条，条条都带裴景澜。

应该是司瑶喝醉之后把朋友圈当成私聊了。

坏就坏在许汀昨天没刷朋友圈，就连裴景澜也是今早才发现，让司瑶丢了一宿的人。

司瑶把自己的手机递给许汀，气息微弱地说："汀汀，你帮我看看，那些动态有没有设置分组。"

司瑶的手机已经没电关机了，许汀找到充电器，信号接通的瞬间就有一堆新消息跳出来。许汀直接点开司瑶的相册，一排新动态，整整齐齐，全部好友可见，哪个分组也没屏蔽，所有的亲人、同学、朋友、老师、邻居，还有话都没说过的路人甲，统统看到了。

甚至有微商发来私聊，问：你卖的产品叫"裴景澜"？我看你刷屏刷了一晚上。

司瑶恼羞成怒，把那个微商拉黑了。

手机电量还没充到百分之十，司瑶就接到了院长老爹打来的电话，让司瑶到院办来，他有话跟她说。

司瑶跪坐在床上，抱着许汀的腿号啕："汀汀，我完了，老头儿非用手术刀把我片成人肉刺身不可。"

许汀摸摸司瑶的头，笑眯眯地说："记得淋点酱油和芥末，更入味。"

（46）

去院办的路上，司瑶试图把昨天酒后抽风发的动态全部删掉，删的时候免不了看到底下的评论，一群狐朋狗友，先是无声点赞，接着问号疑惑，然后就进入集体看笑话的状态，还有人押起了宝——

朋友A：赌一根香蕉，喝多了。

朋友B：跟一棵香蕉树，肯定喝多了。

朋友C：泡吧的时候我跟她在一起，我证明，确实喝多了，被搀走的。

于是共同好友们立即调转方向，在司瑶的动态底下愉快地聊起了昨晚的局什么名头，谁做东，以及有没有帅哥美女，等等。

司瑶扔下手机，绝望地抱头。

我这是交了一群什么朋友啊！

出租车司机透过后视镜瞄了她一眼："小姑娘，你一大早就往医院跑，是身体不好吧？"

司瑶面无表情："晚期，没救了。"

司机唉声叹气，踩油门踩得越发用力，生怕耽误了治疗时间。

途经一条藏在老巷子里的小吃街，街口竖立着不少招牌，司瑶拍了拍椅背让司机停车。

小吃街里有一家卖鸭血粉丝汤的老店，店里的粉丝汤和小笼包裴景澜都很喜欢。

司瑶下车去打包了一份，少辣，不要葱花和香菜，多加一份鸭肝。她拎着打包盒走进第三医院的大楼，迎面撞见换班的小护士，笑着同她打招呼："来找裴医生啊？他熬了一通宵，在值班室休息呢。"

等等，她不是要去院办见老爹吗，怎么跑到门诊来了？

司瑶摇了摇头，转身走去院办。

司瑶把院长办公室的门板推开一条半指宽的缝，贼兮兮地向里头张望，老爹正在打电话，神情严肃，白大褂一尘不染，嘴里全是专业名词，什么 64 排螺旋 CT，什么放射，什么工程师。司瑶听不懂，但毕竟在市三院的职工食堂混迹多年，敏感性还是有一些的，她意识到这通电话一时半会儿不会结束，于是，合上门板又退了出去，跟守在外间的院长助理说她过会儿再来。

助理指了指她手上的餐盒："这是给我的，还是给副院的？"

司瑶立即将袋子藏到身后："给我自己的，别惦记。"

助理有心逗她，故意嗅了嗅散在空气里的味道，说："闻出来了，是鸭血粉丝汤。我记得你不吃鸭肉和内脏啊，嫌腥味重，几天不见，变口味了？还是说，专门给别人买的？心外科有个小医生好像挺喜欢吃这口，他叫什么来着……"

司瑶她老爹的一干下属都是看着她长大的，在他们面前，她哪有什么秘密。

司瑶在助理的鞋面上狠踩了一脚，气咻咻地说："长舌妇！多管闲事！"

踩完转身就跑，助理站在她身后，欣然微笑。

值班室在住院部大楼里，司瑶路过护士站时被护士长拦下来塞了几颗糖，说是儿科那边用来哄小孩的。司瑶哭笑不得，说我都十九岁了，要少吃糖，会胖。

有个医生夹着病历本大步路过，刚好听见这一句，说："胖了也不怕，我们裴医生就喜欢丰满的。"

几个人笑成一团，司瑶落荒而逃。

谁说穿白大褂的都是天使，明明是一群长舌妇！

（47）

值班室没锁门，空调温度开得很低，扑面一阵凉风。

角落里摆着两张木架床，裴景澜侧躺在上面，脸朝外，头枕着自己的手臂，夏凉被揉得一团乱，胸口上还压着本倒扣的专业书。

司瑶放轻脚步，将打包来的食物搁在桌子上，然后绕到床前，小声叫他："喂，毒舌！"

裴景澜跟了一宿的手术，大概累坏了，睡得很沉，毫无反应。

遮光窗帘没拉好，有一线光柱漏进来，浮尘在其中飞旋不休。裴景澜睡得很香，司瑶觉得她的心跳也变得软绵绵的，像是揣了一口袋的棉花糖。她坐在床边，低下头，细细地观察起裴景澜的脸。

裴景澜生了双地道的丹凤眼，眼尾上翘，形状精致，开合时辉韵内藏，神光逼人，如今安静地睡着，只剩满满的清秀和干净。他鼻梁很挺，嘴唇又薄，不笑不说话时就显得有点严肃，心外科的小护士私下闲聊，说裴医生看起来美凶美凶的。

像极了血统纯正的缅因猫。

这个比喻太过形象，司瑶忍不住笑起来，边笑边用手指戳了戳裴景澜的脸，小声说："毒舌，你饿不饿？我给你带了鸭血粉丝汤！"

戳一下，没反应，司瑶得寸进尺，想再戳几下，手刚伸过去，就被扣住，然后用力一带，她直接扑在裴景澜身上。

她鼻尖撞在那人颈侧，酸溜溜地发麻。司瑶正要起身，裴景澜大概睡迷糊了，突然抬起手，搂住了她的背。

司瑶单手撑在床单上，吃不住劲，裴景澜的手在她背上轻轻一压，

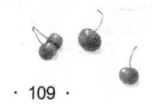

她又趴了下去。

这一次却趴得不太对劲，她舌尖尝到淡淡的薄荷香，唇上触感湿凉。

就像——

就像一个吻。

司瑶睁大眼睛，裴景澜离她极近，两个人几乎完全贴在一起。他没醒，睫毛低垂，看样子睡得还挺熟。

裴景澜呼吸温热，嘴唇却是冷的，大概是吹了太久的空调。无意识地，司瑶探出舌尖，碰了碰裴景澜的嘴唇。

很软，齿列间混杂着薄荷和柠檬的味道，有点凉，还有点甜。

如同浓度极高的巧克力，让人成瘾，沉醉其中。

一秒的停顿过后，司瑶手忙脚乱，头往后仰，直接从床上摔了下去。

哐……

好疼的一个屁股蹲儿。

摔这一下动静不小，裴景澜不想醒也得醒了。他低低地哼了一声，撑着上半身，慢慢坐起来，眼神里透着点茫然。

司瑶两只手搭在床边，小仓鼠似的，一脸紧张地瞅着他。

裴景澜眨了下眼睛："你什么时候来的？怎么坐地上了？"

这家伙到底是真睡着了，还是怕她尴尬在装模作样啊？

司瑶心里打鼓，指了指桌子上的打包盒："我带了小笼汤和鸭血粉丝包，抓紧吃，趁热。"

她说得乱七八糟，明显心绪不宁，说完，也不去看裴景澜的表情，推门就跑。

裴景澜也没叫她，伸了个懒腰，嘴角微微勾着，笑得像只狐狸。

他一贯浅眠，再累再困也很难睡得踏实，司瑶一进来他就醒了。狐狸故意露出尾巴，兔子还当自己占了便宜。

司瑶刚走，和裴景澜同科室的另一个医生就进来了，一眼瞄到袋子里的小笼包，喜笑颜开："有吃的啊？太好了，我快饿疯了！"

他正要伸手去拿，裴景澜捞起病历夹就抽："吃泡面去！别碰这个！"

小医生被抽了个正着，疼得"嘶"了一声，说："你还挺护食！"

裴景澜舔着牙尖，说："别的不护，就护这个。"

Chapter5.
柔软甜美小姑娘 VS 吐火球的小怪兽 /

（48）

"司瑶醉酒刷屏朋友圈"这件事，给许汀提供了不小的灵感。

朋友圈，善加利用，是个绝妙的小玩意儿。

许汀编辑了一条求职简历，表明自己想要应聘家教。她名校在读，高考全市第九，语数英都不错，英语更是直逼满分。

简历写好，许汀没急着发送，而是把阮清峭单独拎出来，设了个分组，然后在那条求职的朋友圈下，设置了分组可见。

也就是，只阮清峭一人可见。

发了朋友圈，许汀觉得不太保险，万一人家从来不看朋友圈，或者消息太多忽略了她这一条，可怎么办。

许汀心一横，索性点开阮清峭的头像，将那份求职简历私发了一份，还贼喊捉贼地注明这是一条群发消息。

才不是只发给你一个人看的，绝对不是！

发送完消息，许汀觉得自己不能总盯着手机看，太心焦了。她打开冰箱给自己倒了杯水，然后在客厅的空地上做了几个深蹲，又跳了一小段健美操，身上微微出了些汗，不舒服，那就洗个澡吧。

等许汀裹着浴巾包着干发帽，热气腾腾地从浴室里出来时，终于听到手机响了一声，她一路小跑地冲进卧室，拿起扔在床上的手机——

是司瑶，不是阮清峤。

一只瑶瑶：汀汀，你在干什么？老头儿把我关在院办抄《论语》，二十遍。

小面包：《论语》？哪一篇？

一只瑶瑶：《颜渊篇》。

颜渊问仁。子曰："克己复礼为仁……"

……

克己复礼。

翻译成白话就是，你要控制你自己啊！

许汀抱着手机笑倒在床上。

司副院长教育孩子的方式果然值得我辈借鉴学习。

许汀抱着手机又跟司瑶聊了几句，有点犯困，把手机塞到枕头底下，打算补个午觉。

半睡半醒，铃声又响了。许汀脸朝下，趴在枕头上，屏幕都没看，直接接起来。

一个清爽的男音："许汀吗？你好，我是阮清峤。"

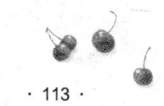

许汀愣住。

卧室的窗子开着，隐约能听到车流往来的声音，一面喧闹，一面寂静。

许汀僵着声音对电话那端的人说："稍等……"

许汀把还在通话中的手机远远拿开，搁在床边的小柜子上，然后撒欢似的在床上狠滚了两圈，还手脚并用地划拉了两下，直到脑子彻底清醒过来，她才重新接起电话，用平静的毫无波动的声音回答："您好，我是许汀。"

阮清峤说了句什么，许汀仰面倒在床上，眼睛盯着天花板，模模糊糊的，仿佛看见烟花绽开。

（49）

阮清峤会打电话来，自然是因为看到了许汀那条"群发"的求职消息，他说他妹妹也在找家教，问许汀有没有兴趣过来见个面，聊一聊。

她怎么会没有兴趣呢！她怎么可能没兴趣！

许汀头点得像小鸡啄米，又想起来阮清峤看不到，立即开口："有兴趣的，很有兴趣。"

两个人商量见面时间，许汀翻了翻课表，星期三空闲，没课。

阮清峤给了她一个地址，让她直接到家里来。

挂了电话，许汀觉得自己一点儿都不困了，精力充沛得甚至能到楼下去打一套二十四式太极拳，野马分鬃、白鹤亮翅什么的。

她清点了一下冰箱里的食材，火速换好衣服化上妆，支起三脚架，摆上相机，准备录制新一期的美食视频。

"今天教大家做提拉米苏，以马斯卡彭芝士作为主要材料。"

天气好，阳光好，心情也好，连声音里都带着笑意，她道："Tiramisu
在意大利语里是'带我走'的意思，这款蛋糕不仅象征着美味，还
代表爱和幸福。如果大家有了喜欢的人，可以做一个提拉米苏送给他，
告诉他，带我走吧，一起去看山川大海，领略四季更迭，最后带着
一身干净明媚的温柔，停留在心上人的怀抱。"

　　说出"温柔"一词时，许汀搅拌的动作顿了一下，脑袋里忽然
浮现出沈驰言的脸。
　　那天夜里，他拉过她的手，搁在自己的喉结上。
　　男生的皮肤很干净，带着点淡香水的味道，指尖下是脉络和骨
骼的痕迹。她略一抬头，正对上那双曜石似的眼睛，里面沉着温柔
至明亮的笑……

　　许汀不得不暂停拍摄，用蘸着凉水的掌心拍了拍额头，给自己
降温，连做了几个深呼吸，才把乱七八糟的画面从脑袋里赶出去。
　　冷静了一会儿，许汀重新开始工作，对着收音麦介绍制作点心
的步骤："做提拉米苏需要咖啡酒，如果手边没有成品，可以用意
式浓缩咖啡和白兰地按照四比一的比例混合代替，没有白兰地的话，
朗姆酒也可以。"

　　许汀是真心喜欢做这些甜美好看的小东西，动作和声音都十分
轻快，生蛋黄隔水加热，吉利丁粉充分浸泡，手指饼干正反两面都
要刷上咖啡酒，奶酪糊用刮板刮平……
　　空气里盈满各种好闻的味道，咖啡酒的醇浓、奶油的甜腻还有
微苦的可可粉。
　　等待白巧克力融化的间隙，许汀随手挑了一点儿搅拌器上的淡
奶油含进嘴里。

嗯，好吃！

她笑起来，不自觉地哼起了歌：

If you miss the train I'm on

You will know that I am gone

……

等等。

许汀用裱花袋挤花纹的动作一顿，这首歌她是从哪里听来的，又是什么时候学会的？

啊，是沈驰言唱过！可她明明只听沈驰言唱过一遍啊，怎么会记得这么熟！

甜点师不够专心，频频走神，这期视频自然翻车了。手指饼干吸收了过多的咖啡酒，软成一摊，裱花袋配错了花嘴，提起慕斯框脱模时手一抖，整块蛋糕直接走形。

味道虽然还是那个味道，卖相却一塌糊涂。

而且她材料放得太多，原本只打算做两人份，成品却足够四五个人吃。

破了相的蛋糕可怜兮兮地躺在盘子里，许汀垂头丧气，拿过手机给司瑶发消息。

小面包：瑶瑶，来吃蛋糕吧！

司瑶很快回复。

一只瑶瑶：老头子让我回家面壁思过，周末结束前不许出门，不然停发两个月生活费。

后面是一串委屈流泪的表情。

司瑶不能来，这么丑的成品也不好意思拿去送给其他朋友，许汀翻了翻通讯录，指尖刚好停在沈驰言的名字上，心下一横——

既然是因为你才毁掉的，那你就负责全部吃下去吧！

胖死你！

（50）

许汀切切改改，硬是把一个方形蛋糕弄成了圆形，表面洒满深色可可粉，再用白色糖粉拓出笑脸的形状。

人靠衣装马靠鞍，这么一收拾，好像也没那么惨了。

许汀托着蛋糕盘站在沈驰言的家门前，心里忽然生出几分紧张。

她晃晃脑袋，把那些乱七八糟的想法统统甩走，然后抬手敲门，半晌，里面传来清亮的一声："门没锁！"

拉开门，扑面一股橙花精油的味道，微带些苦，后调柔和，闻起来很舒服。

进门是客厅，许汀四下扫了一圈，没看见沈驰言的人影，正纳闷，忽然听见一声狗叫。接着，沈驰言慢吞吞地踱到她面前："找我有事？"

许汀转头看过去，顿时一股血气直冲脑门儿，整张脸都红了。

沈驰言刚洗过澡，发梢还在滴水，赤着脚，只穿了条运动裤，边沿很随意地挂在胯上。

他拿着条毛巾，边说话边擦头发，上臂肌肉绷起遒劲的纹理，犹如上好的青瓷。

雕塑般的好身材。

许汀只看了一眼，就不敢再看，脸红得一塌糊涂，气急败坏地喊："你怎么不穿衣服？"

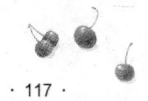

沈驰言无奈："喊什么！我把干净衣服扔在客厅里，这不正要穿吗？"

沈驰言拎起搭在椅背上的纯色 T 恤，两下套好，扭头见许汀还背对着他，不由得失笑："转过来吧，我穿上衣服了！这么好的身材，白给你看都不看，真是浪费。"

许汀把托盘往前递了递："我做的，做多了吃不完，送你一份。"

沈驰言也不客气，拎起勺子直接挖了一口。

马斯卡彭奶酪、奶油、可可，还有咖啡酒的味道，各种浓香聚在舌尖。

好吃，非常好吃，同时，沈驰言意识到这是一块提拉米苏。

含义是"带我走"的那个提拉米苏。

沈驰言是个聪明人，也懂情调，于是，问题来了——

许汀送他提拉米苏，还特意化了妆来，到底是什么意思？

之前偷偷塞给他一个音乐盒，现在又是提拉米苏。

暗示心意、变相表白，还是试探？

试探他对她有多少好感，对她的容忍底线又在哪里？

一念至此，沈驰言发现，他喜欢许汀做的蛋糕，也很喜欢那些藏在蛋糕背后的小心思。

甚至许汀喜欢他这件事本身，都让他觉得挺开心。

沈驰言有点花蝴蝶的属性，说穿了，就是招人。他长了张过于出挑的脸，家世又好，走到哪儿都是聚光点。即便安安静静地不说话，旁人的视线也总是会绕到他身上，一旦绕过去，就很难再收回来。

桃花虽然开了满地，沈驰言却没什么兴趣。

他这个人高傲、挑剔，还有点冷漠，世家公子娇生惯养出来的那点小毛病他全占了，平日温和开朗，不是本性，而是教养。

很多人都问过他同一个问题——沈驰言，你究竟喜欢什么样的？

漂亮的、优雅的、温柔的、纯情的，还是知书达理的？

好像都不是。

直到某一个瞬间，许汀对他笑，眼神清明，嘴角带甜，周身落满星子似的光，熠熠闪烁。

沈驰言恍然，原来他最想要的是一种生命力。

即便知道生活并不能尽如人意，依然会真挚地去爱它。

既有蓬勃朝气，亦有温柔理想，再平淡的日子，也能活得热闹，总有希望，总有笑容。

这样美好又干净的生命力，才是他所期待的。

（51）

许汀发觉沈驰言在走神，有点忐忑，问他："不好吃吗？"

沈驰言正要说很好吃，手机响了，他接起来，才说了一个喂字，对面就一阵笑骂，让他摸着自己的良心说说有多久没参加集体活动了，请他出山，比请诸葛亮还费劲，茅庐的门槛都踏平了，也不见他露面。

沈驰言被念叨得头大，举手投降说："你们在哪儿，我去，我现在就去。"

对面报出来一个地址，又啰啰唆唆地念出一串人名，说快点过来，等你结账呢！

沈驰言笑骂："一群土匪！"说到这里，他瞄了眼站在对面的许汀，话锋一转，"事先说明，我要带个人。"

听筒里一阵惊呼，追问："是女朋友吗？沈大帅哥的女朋友必须见见啊！"

　　沈驰言解释说："就一普通朋友，你们别瞎起哄，吓着人家。"

　　对面一阵贼笑，说："普通朋友？普通朋友能让你这么上心？背后肯定有故事！"

　　沈驰言懒得多说，挂了电话。

　　见沈驰言收起电话，许汀立即说："你晚上有约会吧？那我就不打扰了，蛋糕记得放在冰箱里冷藏，不然会坏。"

　　"不是约会，是聚会，"沈驰言拿着小勺又挖了一口点心送进嘴里，边嚼边说，"帮个忙，陪我去吧。"

　　许汀一愣，指着自己的鼻尖："我？"

　　"那群疯子一闹一通宵，不把我灌醉不算完，都是朋友，我不好脱身，"沈驰言说，"带着你，我就有借口了。"

　　许汀皱了下鼻子："原来我只是一个没有感情的工具人。"

　　沈驰言抬手在她脑门儿上弹了一下，说："算我欠你一个人情。"

　　沈驰言进卧室去换衣服，让许汀帮他把蛋糕放进冰箱，他抬手指了指，说厨房在那儿。

　　胖花作为一只"男狗"，自然更喜欢漂亮姑娘，它没兴趣看沈驰言换衣服，乐颠颠地跟在许汀身后进了厨房。许汀家里养着四只猫，很擅长和小动物打交道，摸摸脑袋再揉揉脖子，两下就把胖花征服了，大狗舒服得直眯眼睛，一个劲儿往许汀腿上靠。

　　沈驰言的厨房看起来挺像那么回事，也只是看起来而已，许汀打开冰箱冷藏室，里面居然只有两瓶矿泉水和半颗柠檬。

　　许汀跟胖花对视一眼，问："长得帅是不是真能当饭吃啊？每天照照镜子就饱了。"

　　胖花不明所以，吐着舌头舔了许汀一手口水。

沈驰言换了条林地迷彩的工装裤，配白 T 恤和运动手环，英俊利落。许汀的衣着也很简单，印花裙和运动鞋，两个人站在一处，意外合衬。

收拾停当准备出门，许汀弯腰换鞋，胖花凑过来舔她的脸。大狗一撞，许汀站不稳，身子歪过去，眼看要倒。沈驰言连忙伸手扶她，一扶一撞，她堪堪落进他怀里。

许汀的脑袋刚好撞在沈驰言的肩膀上，这个身高落差最适合拥抱，沈驰言下意识地就想揽住她，手伸到一半觉得不对劲，又收了回来。

沈驰言一身紧实肌肉，碰得许汀耳朵生疼，她抬手揉了揉，忍不住吐槽："你是钢铁侠吗？自带装甲？"

沈驰言无奈："我是铁甲小宝，能召唤卡布达巨人！"

两人一路斗嘴，连堵车都没那么无聊了。到了地方，许汀抬头一看，有点傻眼。

沈驰言带她来的地方叫"桂殿兰宫"，一家高级会所，十一层的大楼，涵盖了客房、酒吧、KTV 等，在当地挺有名，消费也高，最重要的一点在于，它是许松乔名下的产业。

也就是说，桂殿兰宫的幕后大老板，是许汀她爹。

鹤汀凫渚，桂殿兰宫。

她老爹堪称《滕王阁序》十级爱好者，就喜欢从文章里抠名字。

沈驰言停好车，自另一边绕过来，问许汀："发什么愣？"

许汀揉揉鼻子，心情复杂。

都是一个学校的，要是让沈驰言知道她是地产商许松乔的独女，传扬出去，她还怎么给阮清峋的妹妹当家教啊，明摆着醉翁之意不在酒嘛！

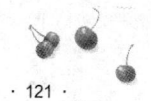

所以，她必须守住这个秘密，在计划成功之前，坚决不能让沈驰言看出端倪！

（52）

朋友在六楼开了包厢，沈驰言带着许汀直接进去，路过总服务台时碰见值班经理。

高中毕业的那个暑假，许汀在桂殿兰宫做过几天兼职，经理知道她的身份，眼睛一亮，要过来打招呼。许汀躲在沈驰言身后拼命摆手，做了个嘘声的动作。

经理察言观色，立即止了脚步，只说了句欢迎光临。

沈驰言疑惑地回头，许汀假装自己是在伸懒腰，边伸边说："这里装修挺不错的哈。"

走出电梯，就听见包厢里吊着嗓子在号《青藏高原》，歌是好歌，可惜没一个字在调上，原唱来了都救不了。

沈驰言低头凑到许汀耳边，小声说："别害怕，他们不咬人。"

许汀险些笑出来。

包厢光线昏暗，聚着八九个人，唱歌的啃西瓜的聊天的，还有一位估计是喝多了，正抱着干果盘给开心果取名字，这个叫奶牛，那个叫豚鼠。

拿着话筒的人一眼看见沈驰言，立即站起来招呼："我的少爷，可算把你叫出来了！"扭头看见沈驰言身旁还跟着一个许汀，又是一阵咋呼，"哪儿来的小美女？介绍一下啊！"

说话的人叫周鹤，是沈驰言发小，嗓门本来就高，又拿着话筒，快把天花板震塌了。

沈驰言将许汀挡在身后，说："这是我学妹，还在念本科，周鹤你把大嗓门收一收，马都要让你吓死了！"

"了不得，沈少都学会护短了！"一个留着长头发的男生笑着说，"世道真变了！"

许汀只是笑。她看得出，这群人里沈驰言跟周鹤关系最好，估计也是看在周鹤的面子，才会出来凑局。

简单介绍几句，沈驰言带着许汀在沙发上坐下。有人端着杯子要跟沈驰言喝酒，沈驰言指了指许汀，笑着说："对不住，一会儿要开车送人。"

"妹妹要唱歌吗？"周鹤站在点歌机旁边，朝许汀喊了一嗓子，"我给你点！"

不等许汀说话，沈驰言拿了桶爆米花搁在她手上，对周鹤说："你们唱吧，让小孩先吃点东西，垫垫肚子。"

周围又是一阵起哄，说沈少偏心，沈少护短。沈驰言脸皮厚，也不在乎，一脚一个，统统踹翻在沙发上。

桂殿兰宫的爆米花八十八块钱一桶，贵是真贵，好吃也是真好吃。许汀录了一下午视频，晚饭没吃，早就饿了，一颗接一颗，吃得停不下来。

沈驰言端着杯茶在手上，看她吃得好玩，又给她拿了点薯条和洋葱圈。许汀吃得专注，脸上蹭了番茄酱都不知道，沈驰言抽了张纸正要帮她擦，方才埋头给开心果取名的那位老兄突然凑到许汀面前，醉醺醺地说："这位妹妹真眼熟，我好像在哪里见过……"

许汀咬爆米花的动作一僵。

这人她的确见过，在饭局上，当时她跟在许松乔身后，还和对方打过招呼。

"开心果"盯着许汀多看了几眼，沈驰言抄起一个苹果砸过去，说："天底下的女的你都眼熟！离她远点！"

"开心果"被砸个正着，哀号一声。

周鹤朝沈驰言使了个眼色，示意，少爷，您下手也太黑了！

沈驰言挑了挑眉，意思是他敢不老实，我还能再黑点。

周鹤忍不住笑起来。

唱歌唱累了，有人提议玩"国王游戏"。

沈驰言举了举手，说："事先声明啊，有小孩在，提要求的时候都注意点，不要太过分！"

"我也是小孩呢。"有人笑着接了一句，"上次做心理测试，说我的内心世界还处于青少年状态，需要抚慰和呵护！"

"那你的智商状态是不是还没断奶啊？"沈驰言丢过去一颗圣女果，"叫声爸爸，爸爸给你换尿片！"

一屋子人笑了好半天。

外人都能看出来沈驰言在护着许汀，许汀怎么可能感觉不到，她拽了拽沈驰言的衣袖向他道谢。

沈驰言扭头看了许汀一眼。灯光忽明忽暗，深重的阴影里，沈驰言的眼神和五官异常深邃，他笑了一下，神情里浮起柔软的味道，轻声说："别担心，我在呢。"

莫名其妙地，她心跳又开始加速。

许汀胡乱抓过一杯茶喝了一口，喝完之后她才意识到，这个杯子沈驰言用过。

（53）

"国王游戏"的规则很简单，准备好数字相连的扑克牌，再加一张鬼牌。洗牌后每人抽取一张，牌面数字就是持牌人的号码。抽到鬼牌的人最先亮牌，即为"国王"，剩下最后一张未被抽取的牌，就是"国王"自己的号码。

"国王"不能看自己的号码，也不能看别人的，然后随意叫出几个号码，被选中的号码持有者必须听命于"国王"，必须回答"国王"提出的问题，或者执行"国王"的命令。

这个游戏没什么节操，玩得兴起，当众脱衣服的都有，所以沈驰言才会事先声明，不能太过分。

加上许汀，刚好十个人，周鹤数出十一张牌，又让服务生送来两打啤酒，笑着说可千万别让我抽到"国王"牌，不然灌你们一个水饱！

众人围坐在茶几旁，许汀紧挨着沈驰言，小心地看了眼自己的牌，红桃六，还挺吉利。

大概吉利得过了头，"国王"叫出的第一个号码就是六，要求是亲一下在座的某位同性。

要求不算过分，许汀还是觉得头皮发麻，她跟在座的都不熟，就算是同性，亲亲抱抱的也不太舒服。

周鹤对着话筒大声嚷嚷催六号亮牌，许汀正要举手，沈驰言忽然在她腿上拍了一下，然后抽走了她手里的牌，把自己的塞给了她。

不等许汀回神，沈驰言已经将牌扔在茶几上，指着周鹤说："过来让哥哥亲一口！"

周鹤也是个人来疯，长腿一迈直接跨坐在沈驰言身上，沈驰言按着周鹤的脑袋，在他额头上亲了好大一口。

周围一片叫喊，还有人吹了声口哨，气氛瞬间热闹。

坐在许汀对面的一个短发妹子大概看出了端倪，凉飕飕地说："愿赌就要服输，谁都不许搞小动作！"

沈驰言笑了笑，没说话，当着众人的面，抬起手臂搭在许汀身后的椅背上。

行动间，许汀闻到沈驰言身上那股淡香味，昏暗的光线让她头晕，有一种要溺毙在这间屋子里的感觉。

游戏继续进行，周鹤抽到了"国王"牌，嚷着让十号用卷纸缠头，缠成阿拉丁的模样，一直到游戏结束。嚷了半天也不见十号亮牌，这才反应过来，十号就是"国王"，周鹤实打实地坑了自己一回。立即有人拆了卫生间里的卷纸，集体动手，给周鹤做了次头部包扎。

游戏进行到这里，彻底热闹起来，众人笑闹着挤成一团。

有人喊了一声："沈少，唱歌吗？给你点一首！"

沈驰言摆摆手说不唱了。

许汀转过头："你唱歌那么好听，为什么不唱啊？"

沈驰言手上把玩着一只茶杯，笑着问她："你想听我唱吗？"

周边太吵，许汀没听清，往他面前凑了凑："你说什么？"

沈驰言贴在她耳边，用只有两个人能听见的声音，哼唱："但我的心每分每刻，仍然被她占有。她似这月儿，仍然是不开口。提琴独奏独奏着，明月半倚深秋……"

这是一首粤语歌，沈驰言发音纯正，带着点鼻音——

仍然倚在失眠夜，望天边星宿

仍然听见小提琴，如泣似诉再挑逗

为何只剩一弯月，留在我的天空

……

清朗干净的男音，带着淡淡的温柔味道，似乎可以治愈世间一切寒冷。

许汀腾地站起来，有些磕绊地说："我……我去下卫生间。"

她没用包厢里的小卫生间，而是推门出去。沈驰言也没提醒她，笑着喝了口茶。

周鹤撞翻一排人，硬挤到沈驰言身边，带着点醉意的视线在沈驰言身上扫了扫，低声说："言哥，我看出来了，你状态不对，以前出来玩，你没这么爱笑！"

沈驰言用自己的茶杯跟周鹤手里的酒杯碰了碰，只是笑，没说话。

卫生间里几乎听不见外头的音乐声，许汀站在洗手台前，对着镜子拍了拍脸。

冷静冷静，许汀你要冷静。

他说话，你心跳乱蹦；他笑，你心跳乱蹦；他唱歌，你心跳还乱蹦！

你是人类啊，直立行走的灵长类动物，不是满街乱跑的三蹦子，你要冷静！

话说回来，沈驰言的歌声好像有点耳熟……

（54）

许汀在卫生间里待了六七分钟才回去，推开门的瞬间，所有人的视线一并落在她身上，游戏不玩了，连歌都不唱了。

气氛不太对，许汀还以为脸上沾了纸巾碎屑，下意识地抬手去摸。有人指着摆在茶几上的一瓶葡萄酒，说："经理亲自送来的，说送给许汀小姐和她的朋友们……"

许汀眼前一黑。

倒霉经理可真能给她添乱！

"这酒挺贵，平时连折扣都没有，今天居然直接送了。"刚才说话的人上下扫了许汀几眼，阴阳怪气地笑着，"许汀小姐一定是

常客吧？"

"不是的。"许汀摆手，解释，"我之前在这里做过暑期工，跟经理相处得不错。"

何止不错啊，她来这上班的第三天就被经理摸透了家庭背景，那个惯会见风使舵的女经理都快搭台子把她供起来。一点儿打工的乐趣都没有，许汀只能辞职回家。

"什么样的暑期工能让经理送这么贵的酒？"那人揪着许汀不放，"我有点好奇，许汀小姐详细说说呗，我不缺这点流量！"

这话引起一阵怪笑。

要是连这么明显的恶意都听不出来，许汀脖子上顶的也就不是脑袋了。

许汀定了定神。她没去看沈驰言，而走到说话的人跟前，略俯下身，带着点笑意似的瞅着他："知道吗，像你这么不会说话的小朋友，搁在我们家，是要被打死的。"

周围又是一阵笑，那人脸色一变。

许汀伸手在他肩膀上拍了拍："桂殿兰宫是合法经营的娱乐场所，不存在任何上不得台面的东西，我在这里兼职做前台时的工作内容也是一样。长得龌龊不是你的错，可能出生的时候让产钳夹了。思想龌龊，也不怪你，大概素质教育还没普及到你们家。但是，连说话都龌龊，就是你的不对了。有时间去洗洗舌头吧，我瞧着上面沾着不少大肠杆菌，容易引起胃肠和尿道感染，不健康。"

说完，许汀直起身，将经理送来的那瓶葡萄酒拎在手里。

周鹤以为这丫头要动手，立即站起来，却听见许汀说："这酒既然是送给我和我朋友的，那我得带走。好酒配好友，配胡说八道瞎起哄的路人甲岂不可惜！"

一句话含沙射影，讽刺了　屋子人，周鹤的面子都有点挂不住。

沈驰言挑了挑眉，有点想笑。

他喜欢柔软甜美的小姑娘，更喜欢会吐火球的小怪兽。

你敢惹我，我就敢喷回去！

谁也不是好欺负的！

许汀这时才看向沈驰言，直接下令，毫不客气："我要回家，沈驰言，你送我回去！"

她昂着头，模样娇俏，脆生生的嗓音，像指挥骑士的小公主。

说完这话，许汀没再去看那些人的反应，转身就走。

屋子里的人齐刷刷地转头，一并看向沈驰言。

沈驰言站了起来，伸了个懒腰说："你们玩吧，我去送她。"

有人不愿意，说没尽兴。周鹤跳出来打圆场说，这么晚了，小姑娘一个人打车不安全，言哥送送也是应该的。

沈驰言走到包厢门口，方才被许汀数落了一顿、舌头上粘"大肠杆菌"的那位又开腔了，冷笑着说："我还是头回看见言哥这么上赶着呢，在夜场做兼职的，言哥真是不挑食！"

那人一开口，周鹤就预感不妙，冷汗都快下来了，立即拦在沈驰言面前，打岔说他喝多了，别跟他一般见识。

沈驰言推开周鹤，大步走到"大肠杆菌"面前，俯身盯着他，声音压得很低："我不搭理你，是看在周鹤的面子上。我脾气真的不太好，别惹我。"

说完，沈驰言在那人肩上拍了拍，他使了点阴劲儿，专挑有骨头的地方，狠狠一按。

那位疼得一抖，也没敢还手，沈驰言懒得再理他，头也不回地走了。

走到电梯口时被周鹤拽住，周鹤讪笑着让沈驰言别生气。

沈驰言抬手按下面板上的按键，对周鹤说："下回出来玩，再有刚刚说话的那个人，你别叫我，我跟他合不来。"

周鹤有点吃惊地看着他："你不会真喜欢上那个小女孩了吧？"

沈驰言甩下一句"你管得着吗"，扭头进了电梯。

（55）

到了停车场，沈驰言看见许汀靠在车门上等他，手里还拎着那瓶赠送的葡萄酒。沈驰言按下遥控器，开锁声吓了许汀一跳，她转头瞪他，气鼓鼓的样子像膨胀的小河豚。

沈驰言快步走过去，在许汀脑袋上揉了一下，说："还生气呢？脸鼓得像个球！"

许汀躲开他的手，皱着眉毛说："我想不通，在夜场做兼职就是不自爱吗？我行得正，坐得端，上班干活赚工资，他凭什么阴阳怪气地讽刺我啊！"

沈驰言静静地听完，将车门重新锁上，然后握住许汀的手腕，拉着她往回走。

许汀被他拖着走了几步："你干吗？"

"回去，"沈驰言说，"让那个人给你道歉。"

"大可不必！"许汀说，"我不缺那两句'对不起'，就是咽不下这口气，抱怨两句！"

沈驰言停下脚步："咽不下那口气？那宵夜呢？咽得下吗？"

许汀先是一愣，接着很用力地点头："咽得下！这个肯定咽得下！"

说好了要去吃馄饨，好消化还不油腻，路过一个街口，迎面吹来一阵裹着烧烤香气的夜风，许汀瞬间反悔，扭头朝沈驰言递去一个垂涎欲滴的眼神。

沈驰言半是无奈半是好笑，在烤串摊附近找地方停车。

这个时间大排档正热闹，许汀先下车去占位置。等沈驰言停好车，她已经荤素搭配点了一堆吃的，羊肉、牛肉、鸡翅、玉米，还有土豆和小龙虾。

老板动作麻利，烤好的肉串陆续送上来，许汀边用湿巾擦手边说："餐桌之上无友情，拼手速的时候到了。沈少，你要想多吃，就得跟我抢！"

说完，许汀拿起一串羊肉，美滋滋地三口啃完。

沈驰言看着她这副多吃多占还想圈地盘的小模样，越看越觉得好玩。

夜里有风，裹挟着烧烤架上的油烟吹过来，沈驰言挪了挪椅子，拦在许汀身前，替她挡住那股子油烟气，让她能吃得安生些。

大排档里饮品只有啤酒和碳酸饮料，许汀都不爱喝，沈驰言跑到隔壁街的超市买了两瓶水果茶，递过去时，盖子已经拧开。许汀左手羊肉右手虾尾，就着沈驰言手里的瓶子喝下一口，冰爽沁凉。

许汀吃得开心，举着一串羊肉哼着不知打哪里听来的歌："喜羊羊，美羊羊，懒羊羊，别看我只是一只羊，加点孜然会更香……"

沈驰言抬手在许汀鼻梁上敲了一下。

这都什么乱七八糟的！

许汀还他一个凶巴巴的眼神。

不懂欣赏！

就在这时，不远处传来凌乱的脚步声和惊呼，有人大声喊："抓贼！"

一道黑影子几乎擦着沈驰言的椅背蹿过去，动作很快。后面跟着一个满头白发的老伯，指着黑影蹿过去的方向，气喘吁吁地说：

"小偷……抓住……那个……"

沈驰言脸色一变，丢给许汀一句"在这儿等我"，起身就追。

小蛊贼动作快，沈驰言更快，手一撑，从一张空桌上跨过去，落地时几乎没有声音。

档摊的老板伸手要拦，结果晚了一步，跺着脚说："那帮蛊贼是惯犯，身上多半带着家伙，小伙子千万留点神。"

许汀脸色发白，起身也要跟过去，跑了两步才想起来，她的手机和沈驰言的钱包还扔在大排档的桌子上，只得返回来拿。

这一来一回耽误了些时间，许汀已经找不见他们了。

小巷深处没有做生意的摊子，连路灯都少，七拐八绕，暗影幢幢。

许汀心急如焚，忽然听见一声闷哼，接着是重物落地的声音。她急慌慌地跑过去，看见穿POLO衫的小蛊贼抡起棍子就要往沈驰言肩膀上砸。

许汀吓得魂飞魄散，拼命掩住嘴巴，不许自己尖叫出声。同时，她看见沈驰言右腿高抬，自上而下，一记挂劈，精准地砸在对方腕上。小蛊贼吃不住疼，木棍脱手，骨碌碌地滚进墙角阴影里。

沈驰言出手干净利落，还有点毒辣，直接看傻了角落里的小姑娘。

这……这跟她之前看过的男生打架怎么不一样啊？

他那个腿，是怎么抬上去的？还有那个手，怎么跟拍电影似的！

沈驰言一击得手，迅速调整身形，拧身平踢，足背绷得笔直。他加了腰背力量，气势惊人，小蛊贼退无可退，只能抬手去挡，直接被端飞出去，摔趴在地上。沈驰言两下抽出小蛊贼的鞋带，捆住他的手脚，让他再也跑不了。

许汀高悬的心终于落下，小声叫着沈驰言的名字。沈驰言转过头，看见许汀站在墙角处的暗影里，立即勾起一点笑。

看见他笑，许汀才放松下来，冰冷的手脚也开始回温。她正要跑过去，忽然发现沈驰言的衣服上沾着一片刺目的红……

（56）

大排档的老板没说错，小蚕贼手里的确有家伙，沈驰言没防备，被刮了一下，小臂上蹭开一道口子。伤口不深，但是有点长，出了不少血。

许汀头一次见到这种场面，脸色煞白，眼睛里全是泪，手忙脚乱地帮沈驰言按住伤口，哽咽着说："很疼吧？我削苹果碰破点皮，都能疼哭了，你都这样了得多疼啊……"

沈驰言刚跑了一阵，又打了一架，气都没喘匀乎，听见许汀这通念叨非常想笑。他背靠着石砖墙，伸手揽住许汀的肩膀，把她圈在怀里，摸着她的脑袋，说："别怕，就是一点儿小伤，不比你削苹果蹭破皮严重多少。"

沈驰言抬手帮许汀擦脸，却忘了自己手上又是血又是灰，脏得不得了，直接把许汀抹成了花猫，还不如不擦。

"要是疼得厉害，你就哭出来。"许汀看着他，声音很轻，慢慢地说，"哭鼻子一点儿都不丢人！哭完了，我给你做好吃的，你想吃什么我都给你做，我手艺可棒了……"

沈驰言恍惚听见胸膛深处传来温柔的跳动，如同尘封已久的旧屋子豁然敞开，阳光洒落，樱花飞旋。青砖黛瓦，屋檐茅舍，都染上了灿烂的味道，光芒中央，万物生长。

许汀几乎是靠在沈驰言怀里，睫毛与唇，都离他极近。

他们一个在哭，一个在走神，谁都没发现这个距离有多暧昧，又有多亲密。

小巷深寂，月光清凌凌地悬在头上。沈驰言忽然有一种冲动，他偏过头，慢慢靠过去，五官被暗影笼罩，有种锋利的英俊，像传说里仗剑天涯的侠客。

许汀似乎被他的动作吓到，睁大眼睛，连哭都忘了。她听见自己的心跳声，眼前浮起烟花般绚烂的颜色，沈驰言的脸掩在层层绚烂之后，看不清楚表情。

巷口响起尖厉的鸣笛，是警车。

沈驰言动作一顿，退回去，重新靠在石砖墙上，伸手从许汀头顶摘下一片碎叶子，笑着说："沾到脏东西了。"

他语气坦然，光明磊落，好像最初的目的就是为了帮她摘掉粘在发上的树叶。

（57）

警察来得很快，一眼看见小蟊贼被鞋带捆成了粽子，顿时集体笑开。其中一个年纪稍长，主动跟沈驰言握了握手，说："小伙子，身手不错。"

沈驰言笑了笑。

于是，兵分两路，进局子的进局子，进医院的进医院。

沈驰言的伤口需要清创缝针，处理好伤口，又配合着做了份笔录，一系列流程折腾完，天都亮了。医生给他开了点消炎止痛的药，让他到注射室去挂水。

小护士来给沈驰言扎针，沈驰言顺便跟护士要了几块酒精棉，拍拍身边的位置，对许汀说："过来！"

许汀一脸警觉地看着他："你又要干吗？"

"自己对着镜子瞅瞅，"沈驰言"啧"了一声，"满脸的血，吃过人似的！"

许汀这才发现她和沈驰言都是一身狼狈，尤其是她的裙子，第一次穿就弄脏了。

许汀小声问沈驰言："咱这也算见义勇为，能不能给报销个干洗费啊？"

沈驰言用酒精棉在许汀脑门儿上戳了一下，说她是貔貅！

许汀眯了眯眼睛，对着沈驰言的手腕一口咬下去，把他咬得吱哇乱叫。

输液的过程漫长且无聊，许汀有点累，坐在椅子上睡着了，脑袋时不时点两下，小鸡啄米似的。沈驰言主动靠过去，让许汀枕着他的肩膀，能睡得舒服些。

小护士来换药，看见那个高高帅帅的男生偏过头，嘴唇拂过女生的发顶，动作很轻，如同落下一个吻。

注射室的座椅有点旧了，灯光略暗，空气里还有刺鼻的消毒水味。

这并不是一个浪漫的场合，也没有任何美好的意境，小护士却感受到一种温柔，如同星辉落满海面，每一寸波涛里，都有细碎的光。

许汀忽然醒过来，猛地抬头。沈驰言被她撞了一下，险些咬到舌头，"咝"了一声，说："你睡魇怔了！一惊一乍的！"

许汀怔怔地瞅着他，眼眶还红着，神情里有疲倦的味道。

沈驰言忽然就心疼了，掌心贴上许汀的额头："做噩梦了吗？"

许汀缓慢地眨了下眼睛，半晌，轻声说："烧烤，忘记找钱了。"

当时她急着去追沈驰言，搁下两张纸币就走了，都没顾上让老板找零。

太亏了，真的太亏了！

沈驰言："……"

小时候抓周，你一定抓了个储蓄罐吧！

Chapter6.

你眼中，有山海，还有我最喜欢的风景 /

（58）

沈驰言跟学校请了两天假，大师兄小师妹排着队来问他是不是病了。沈驰言干脆发了条朋友圈，说被狗咬了。

许汀没什么照顾伤患的经验，老话说得好，药补不如食补，她一大早跑去菜市场买了点猪肝，洗净切片之后，将猪肝片连同提前泡好的大米一同扔进砂锅里，骨汤做底，小火慢煮。一小时后，米汤滚开，咕嘟咕嘟地冒起细碎的泡泡，香得不可思议。

许汀拎着保温桶敲响沈驰言家的门，里面传来干净的一声："进，门没锁。"

许汀生怕又像上次那样迎面撞见一幅《美男出浴图》，她将门板推开一条缝隙，探着脑袋向里面张望，见沈驰言衣着整齐地坐在窗边的藤椅上，才放下心来。

沈驰言穿了件棉质的 T 恤，臂上一截雪白的纱布，阳光自窗外涌进来，在他周身扑了浅浅的一层。他似乎在忙着什么，一直低着头。

许汀走进去，站在他背后："你在干什么？"

沈驰言循声转身，许汀一怔。

那家伙居然戴了眼镜，金边的，很衬肤色，有种斯文内敛的味道。很雅致，也很好看。

不，应该说，非常好看。

沈驰言搁下手里的东西，指了指许汀的保温桶："病号餐？"

"猪肝粥，"许汀说，"补血的。"

本以为沈驰言就算不会很感动，也会十分感谢，没想到这厮抬手一挥："我不吃内脏，拿回去重新做！"

许汀忍了半晌，到底没忍住，抡起抱枕砸过去："爱吃不吃！"

沈驰言笑着躲到一边，许汀这才发现，他手里拿的是个素色的长形瓷板，上面有水墨洇染似的纹样。

许汀眨眨眼睛："瓷刻？"

"还挺识货。"沈驰言推了推眼镜，对她招手，"过来！"

许汀没来得及迈步，大狗胖花先乐颠颠地跑了过去，挨在沈驰言腿边，一边摇尾巴一边蹭他，谄媚得很。

许汀："……"

我说您怎么一口一个"过来"，叫得如此熟练，原来是逗狗逗习惯了。

沈驰言见她没动，催了一句："过来啊！"

许汀依旧站着不动："我觉得你应该说'请'。"

沈驰言在大狗脑袋上拍了拍："去把那位小姐姐请过来。"

许汀："……"

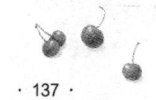

咬死你得了！

（59）

沈驰言手上的那组瓷刻已经涂过墨上好了蜡，光洁的素瓷面，用黑色线条勾出流云和远山，寥寥几笔，水墨神韵跃然其上。

沈驰言平时看上去有点没溜儿，泡吧唱歌，弹吉他怼客人，开着大 G 四处逛，像个十足的纨绔，很难把他和瓷刻这种需要书画和篆刻功底的艺术爱好联系在一起。

可是，今天。

夏日，午后，阳光极暖。金边眼镜上泛着金属色，淡淡的，雅致温润。

许汀忽然明白了，何为书卷气，何为君子温良。

沈驰言手指修长，细细抚摸着瓷刻上的落款："何烨，字景安，我的外公。这幅《远山流云图》是他生前最后一幅作品，我拓下来，刻在瓷板上，这样应该能保存得久一点儿。"

许汀坐在地毯上，和胖花　道挨在沈驰言腿边，仰头看着他。

这个角度看过去，沈驰言的鼻梁更挺，五官也更加深邃，英俊之上多了几分温文儒雅。

何烨，好熟悉的名字。

许汀试探着问："老先生是不是曾在国立美院执教？"

沈驰言眼神一亮："你也知道我外公？"

许汀摸摸鼻子，何烨曾做过顾涵之的老师，别墅的书房里至今还挂着老先生亲笔题的字——宽于慈善，不忤于物。

这段渊源要是说出来，等于自报家门，许汀很明智地咽了回去，心里却感慨，真是巧啊。

她和沈驰言之间，究竟还有多少巧合和缘分。

"外公唯一的兴趣就是国画，教了一辈子，也画了一辈子。他喜欢山水图，最爱画云，因为我外婆的名字里有个'云'字。"沈驰言扭头看着许汀，唇边勾起一点笑，"想不想听听他们的故事？"

许汀立即点头。

"从哪里开始说起呢？"沈驰言仰头想了一会儿，慢慢地说，"外公家里都是读书人，爱字画，好古玩，外婆则是厨娘的女儿，他们两个一块长大，后来又定了亲。外公说外婆很温柔，爱笑，处处宠着他，让着他。外婆读书不多，外公就教她认字。外公说，他教会外婆的第一首诗，是苏武的那首《留别妻》。"

结发为夫妻，恩爱两不疑。

许汀静静地听着，视线几乎无法从沈驰言身上移开。

"再后来，他们有了一双儿女，龙凤胎。女儿像外公，儿子像外婆，大家都说外公好福气，妻子贤惠，儿女双全。"沈驰言用绢布擦了擦瓷板的边角，眼神有些飘忽，像是回到了和外公一块生活的时光里，"可惜，这福气太短，生下一双儿女不到一个月，外婆就去世了。那时候，她嫁给外公还不到三年。"

还记得《留别妻》的最后一句吗？生当复归来，死当长相思。

长相思啊。

"十年青梅竹马，三年举案齐眉。外婆走后，外公没有再娶，他把一生的感情都给了外婆一个人。"沈驰言顿了一下，过了一会儿，才慢慢开口，"我的名字也是外公取的。他说，身为男子，当'辞章灿丽，驰名于世'，也当'言而有信，一诺千金'，所以我叫驰言。"

驰言，驰言。

沈驰言念一遍，许汀在心里跟着重复一遍，忽然觉得这是她听过的最好听的名字。

每一个音节都有希冀，每一处笔画都有墨香。

驰言，驰言，真是个好名字。

　

"不只是名字，还有性格。我性格里的很多东西，都是外公给的。"沈驰言继续说，"他教会我什么是坦荡，什么是磊落，还教会我，爱是神圣的，爱一个人就要从一而终。"

沈驰言的声音很轻，许汀却有微微震撼的感觉，蓦然动容。

她想起小时候在书房里和顾涵之一块看书，顾涵之读诗词，她读李碧华，里面有一个很漂亮的句子：

人间的规矩是从一而终。

她总觉得以他们的年纪，言说深情，为时尚早，却忘了，深情的基底不是年纪，而是对责任的参悟与承担。

担当与年纪无关，深情也不会耽于年少。

只看你选择的人有没有想过担负起你的一生。

　

沈驰言的手搁在藤椅的扶手上，骨节分明，根根修长。许汀忽然很想伸出手，与他握在一起。她很想知道，将来沈驰言会喜欢一个什么样的女孩，那个女孩个子有多高，容貌美不美，有没有读过很多书，会不会像她一样，给他做好吃的小蛋糕。

她都有点羡慕那个女孩了，羡慕对方会得到这样完美的伴侣。

英俊、善良、勇敢，且磊落。

他会像承担自己的人生一样，承担起那个女孩的全部。

多好的沈驰言啊，许汀想，未来的那个女孩，你一定要好好对他。

　

（60）

许汀有点走神，沈驰言伸手到她面前晃了晃，笑着说："很无聊的故事吧？"

"才不会。"许汀摇头，摸了摸瓷刻上的落款，忽然问了一句，"何老先生走的时候，有没有受苦？"

沈驰言也看向他亲手刻上去的那枚落款，轻声说："外公是在睡梦中走的，突发心脏病，很安详，没有受苦。"

"外公去天上找外婆了。"许汀在沈驰言的肩膀上拍了拍，"外公的小外孙该吃午饭了！"

许汀将沈驰言拉起来，推到客厅，安置在沙发上。

她带来的保温桶搁在沙发对面的茶几上，盖子旋开，饱满的香味散了满室。

沈驰言下意识地摸摸肚子，他还真饿了。

许汀找来餐具，盛出一份递给沈驰言。

沈驰言嘴上说不吃内脏，还是乖乖接过来。

小火慢煮了几个小时，米粒软烂，骨汤鲜浓，一口吃下去，有种暖洋洋的熨帖感。

许汀带点期待地瞅着他："好吃吗？"

沈驰言果断点头："好吃。"

许汀捧着脸，笑得很开心。

见她笑，沈驰言忍不住也跟着笑起来，两个人傻子似的对着笑了好半天。

吃过饭，沈驰言带许汀去看他做瓷刻的工作台。

工作台在书房里，临窗，大片阳光洒在上面，腾起浅浅的薄金色。

瓷刻的制作过程说起来容易，起稿、刻图、上色、封蜡，但是，每一步都需要坚实的书画和篆刻功底。

沈驰言握着许汀的手教她用金刚石刀，给她看自己临摹的碑帖。

许汀发现沈驰言居然写得一手好看的行草，楷书也很漂亮，最善颜体，中锋笔法，颇有筋骨。

许汀踮起脚，摸摸沈驰言的头发，故作诧异地说："难道你就是传说中的宝藏男孩？"

沈驰言回手在她脑门儿上弹了一下，许汀还他一个凶巴巴的表情。

沈驰言的书房面积不大，塞的东西可不少，书架、电脑、工作台，还有一架立式钢琴。

许汀立即挽起衣袖说："让你显摆了大半天，可算碰见一样我会的了。"

沈驰言挑眉，故意问了一句："会弹？"

许汀伸出两根手指，无比骄傲："八级！"

沈驰言点点头："相当于行政编制的副科级，不低了。"

许汀坐在琴凳上，准备来一段拉赫玛尼诺夫，证明自己也是满身的艺术细胞。她刚开了个头，手机就响了。司堭娈请她看电影，还附赠可乐、爆米花和晚饭。

许汀临阵倒戈，琴也不弹了，起身就要往外跑，被沈驰言扯着衣领拽了回来。

沈大少爷振振有词："好意思把伤患独自扔在家里，自己跑出去玩？"

许氏小厮莫名理亏："要不，带你一块去？"

沈驰言满意地点头："还算有眼色。"

直到坐进大G的副驾驶座，许汀才反应过来——

又不是我把你弄伤的，凭什么赖着我啊？

谁闯祸，谁善后，关我什么事？

许汀怒目而视，不等她说话，沈驰言直接塞了根棒棒糖过来。

许汀下意识地咬住，嗯，葡萄味，好吃。

沈驰言笑起来："吃了我的糖，好意思不带我看电影？"

许汀："……"

你跟裴景澜是从同一个狐狸洞跑出来的吧？

一个比一个狡猾！

（61）

电影院在商场顶层，停车场有电梯，可以直接上去。

原本是闺蜜友情局，结果多了个名叫沈驰言的人形立牌。许汀看着屏幕上缓慢变换的楼层数字，犯愁该怎么向司瑶介绍。

这是我朋友、小弟、跟班、保镖，还是专车司机？

许汀纠结了一路，见到司瑶后愕然发现，她白纠结了，因为那丫头也不是一个人来的。

裴景澜难得调休，衬衣西裤，风度翩翩，手上拎着香奈儿的口盖包，明显是司瑶的。

两个姑娘对视一眼，异口同声："他偏要跟来，我甩不掉。"

然后又异口同声地解释："别误会，他就是一个专车司机。"

这默契程度，旁边闲着没事看帅哥的柜姐都笑起来。

两个"专车司机"倒是淡定，礼貌地握了握手，互报家门：

"裴景澜，三院医生。"

"沈驰言，K大研究生。"

相视一笑，两人就算认识了。

电影开场前，裴景澜去买了两桶爆米花和四杯可乐，司瑶喝了一口，抱怨怎么一点儿都不冰！裴景澜手上拿的全是她的东西，笑着说："少喝点冰的，不然肚子疼。"

许汀在一旁看着，摇头叹息，多好的人啊，这么好的人就应该扣着玻璃罩放到博物馆里陈列，以供后人学习品鉴。

忽然头顶一重，有人箍着她的脑袋强迫她转了半个圈。

许汀被迫将视线移到沈驰言身上，看见那家伙似笑非笑地瞅着她，低声说："裴医生明显是棵有主的草，你就别惦记了，快把口水擦一擦。"

许汀气得追着沈驰言打。

今天看的是迪士尼的片子，动画电影。沈驰言的童年大部分时间都耗在了外公的书房里，读书练字，跟着外公欣赏那些錾刻在瓷器上的花草鸟兽，感受凝聚在匠人工艺里的千年岁月。他对卡通小人没什么兴趣，屈指钩了钩许汀的下巴。许汀正在兴头上，扭头瞪了他一眼，很快又转了回去，兴致勃勃地盯着屏幕上流动的画面。

侧面看去，许汀的轮廓很秀气，线条柔和，鼻梁精致，唇边旋出一点笑，眼睛闪闪发亮。

她在看电影，沈驰言在看她。

两个人凝视的对象不同，神情倒是同样的专注。

看得久了，许汀似乎有所察觉，疑惑地转过头，迎面撞上沈驰言的视线。

她眼中还残留着动画电影斑斓的颜色，清澈、明亮、生机勃勃。

沈驰言的心跳"嘭"地一乱，接着又柔软下来，像是在胸膛里养了一只很漂亮的小鹿，它衔着花，蹦蹦跳跳地提醒你——傻子，你遇见心动的人了。

许汀嘴角微弯，小声问他："怎么了，干吗看着我？"

沈驰言笑着摇头，拈了颗爆米花递过去，许汀扭头躲开。

无事献殷勤，不好不好。

电影剧情很棒，放映厅里一片笑声，沈驰言也在轻轻微笑，心里反复念着一个不知打哪儿看来的句子——

"你眼中，有山有海，还有我最喜欢的风景。"

（62）

散场时人潮汹涌，许汀不小心跟司瑶走散了。手腕上一暖，有人拽住了她，转过头就看见沈驰言站在后面，身形笔挺如旗帜，在凌乱的人潮里为她隔绝出一小块空间。

许汀仰头看他："瑶瑶不见了。"

沈驰言伸手在她头顶揉了揉，说："放心，裴医生跟着她呢，丢不了。"

影院出口直通游乐区，司瑶站在淘气堡前抻长了脖子张望，见许汀走出来，立即跳着朝她挥手。司瑶没跳两下，就被裴景澜按住。许汀以为这丫头要挨训，没想到裴景澜却蹲了下去，用拿惯了手术刀的手指挑起司瑶松散的鞋带。

许汀摇头感慨："裴医生真好啊，便宜那小丫头了！"

沈驰言挑眉："你喜欢裴医生那种类型的？"

许汀脸色微红，用手肘捅了他一下："胡说八道！"

电影很好看，许汀和司瑶十分满意，两个人挽着手臂商量晚饭吃什么。

转过拐角，迎面一阵钢琴声，是一家小型琴行在搞招生表演。

简易小舞台上摆着一架三角钢琴，弹琴的是个年轻女孩，穿了条蓝灰色长裙，裙摆雾霭一般绕在小腿周围，轻灵飘逸，仙气十足。

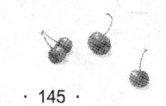

裙子的确很好看，相较之下，这姑娘弹琴的水平很一般。

许汀听了一耳朵，不到半分钟，两处刮音，踏板也不是很对拍。不过，这些错误都不明显，忽悠现场的外行观众还是绰绰有余的。

她扭头看了看沈驰言，露出一个有点得意的小表情，意思是，我弹得比她好！

许汀在想什么，沈驰言一眼就能看明白，勾起嘴角露出一点笑，意思是，你就吹吧！

两个人的目光交流进行到一半，身后忽然传来一声："真巧啊，居然在这里碰见！"

转过身就看见一个穿白外套的男生走过来，笑吟吟地打着招呼。

男生的眼睛看着许汀和司瑶，明显不是冲沈驰言或者裴景澜来的。

许汀盯着那人看了两秒，眼熟，非常眼熟，但就是想不起来叫什么。

许汀忙着思考这人到底叫什么，没顾上说话，气氛有点沉默。男生轻咳一声，不太自然地笑了笑，问她："不记得我了？"

还是司瑶先反应过来："宋敬恒，好巧！"

司瑶开口的瞬间，许汀也想起来了，对，宋敬恒，她参加过人家的生日会，误打误撞地送了个 Burberry 的卡片夹，险些闹出误会。

既然碰见了，少不得要尬聊几句，司瑶问宋敬恒怎么一个人逛街。宋敬恒指着舞台上弹琴的女孩说："陪女朋友来的，主办方特邀的独奏演员，从小学钢琴，初三就考过了十级，每年都要参加比赛，各种拿奖，特别厉害。"

许汀和沈驰言对视一眼，眼睛里同时飘过一行弹幕——既然这么厉害，为什么弹个《雪之梦》都会刮音、错音？

许汀挤挤眼睛，示意，可能我考的是个假八级！

沈驰言笑着在她头顶揉了一下。

尽量不打熟人的脸是中华民族的传统美德，许汀也没多说什么，笑着应和了两句。没想到宋敬恒显摆上瘾，意有所指地说："找女朋友啊，家庭容貌什么的倒是其次，主要还是看性格和内涵，有才艺、知上进才行，那种只会吃喝玩乐、穿名牌用名牌的，肯定不能要！"

许汀眨眨眼睛，越琢磨越不是滋味。

这位兄台，你是不是在讽刺我？

宋敬恒也知道自己说话不好听，补了一句："我没别的意思，许汀，你千万不要多想。不过，我女朋友这种类型的，真是可遇不可求，漂亮、懂事、多才多艺、知书达理还没有爱慕虚荣的臭毛病，算得上女生里的楷模了。普通女生完全不能跟她比，差得太远！啊，别误会，我真没有别的意思……"

好话丑话全让这位兄台一个人说了，许汀只能无奈。

宋敬恒乱显摆的当口，舞台上的个人独奏已经结束，进入到互动环节。主持人热情邀请会弹琴的观众上台展示，也欢迎想学琴的朋友现场体验，有小礼品赠送。

许汀正琢磨该怎么摆脱宋敬恒，忽然瞄见主持人直直地朝她看过来，伸出手做了个欢迎的动作，笑着说："这位观众想要上台吗？我们掌声鼓励一下好不好？"

周围一阵掌声，许汀一脸茫然。

谁上台？上什么台？我没说要上台啊，你看我干什么？

不等许汀回过神，沈驰言一把握住她的腕，拖着她往台上走，边走边说："学了那么久的琴，不在大家面前显摆一下岂不浪费？"

许汀：？？？

你放开我！我不想显摆！一点儿都不想！

（63）

主办方挺舍得下本钱，摆在舞台上的是一架黑色雅马哈，CX系列，做工精良。

上都上来了，总不能再下去，更何况，底下还有个等着看笑话的宋敬恒。

许汀硬着头皮坐在琴凳上，一脸震惊地瞅着沈驰言："四手联弹？"

"挑首曲子吧，"沈驰言活动手指，偏头看她一眼，"你擅长的。"

"贝多芬的D大调行吗？"许汀紧张得直冒汗，小声说，"高中那会儿学校有表演赛，弹的这个，印象深刻……"

"没问题。"沈驰言笑得很放松，"随意弹，我会配合你的！"

"受累问一句，您考到几级？"许汀几乎抓狂，"这么多人看着呢，万一出丑可怎么办？"

沈驰言耸了耸肩："考什么级啊，我就随便玩玩。"

许汀："……"

神啊，你显个灵，带我走吧！

主持人很擅长调节气氛，台下又是一阵掌声。许汀闭了下眼睛，试图给自己催眠——

不紧张，不紧张，你叫不紧张。

她轻轻吐出一口气，偏头看向沈驰言。沈驰言也在看着她，轻轻一笑，两个人同时落指。

黑白琴键跳动如精灵，华美乐章轻盈跃出。

第一乐章是Presto，节奏感很强，华丽灿烂。

最初，两个人的配合的确有些生涩，但沈驰言乐感一流，很快便跟上许汀的步调，甚至能做出一些细微的调整。

看美人起舞是一种享受，跟足够优秀的演奏者合奏亦然。

渐渐地，许汀露出惊叹的神色，沈驰言的技巧相当纯熟，绝对不是什么"随便玩玩"！

这个浑蛋，又逗她！

许汀心头火起，指尖用力一落，节奏提了上来，沈驰言笑着瞥她一眼，很快跟上。

鲜明的、欢畅的节奏里，似乎能听见风的声音，穿过森林，越过平原，有阴郁的柔和，亦有灿烂和热烈。浩瀚山海，浪漫宇宙，仿佛群星都凝聚指尖……

琴弹得好，弹琴的人长得也好，视觉和听觉的双份享受，越来越多的观众被吸引，聚了过来，效果比刚刚那场独奏好太多。

联弹结束时，台下掌声异常热烈。司瑶几乎跳起来，双手拢着在嘴边，高喊汀汀好棒，被裴景澜强行按住。

琴行的老板亲自上台跟两位联弹握手，看见沈驰言时"哟"了一声，说"小伙子长得很精神嘛"，又半开玩笑地问他："要不要到我这儿来当老师，给你最好的待遇！"

沈驰言笑着说："还在上学呢，课程忙，没时间做兼职。"

站在台上，许汀瞄到宋敬恒似乎正在和女朋友吵架，两个人互相推搡着，脸色都很难看。

许汀有点过意不去，心想，姑娘啊，我真不是故意要打你脸，实在是你男朋友太气人！

琴也弹了，奖品也领了，下台时，许汀小声问沈驰言："你真的没有考过级啊？"

沈驰言手上拎着主办方给的小礼品，同样低声回答："真没考过，但是，我给一个挺有名的老师做过琴童，在他的内地巡演上，都是小时候的事儿了。这几年我练琴也练得少了，手生，不然，弹半首 *La Campanella* 或者 *Flight of the Bumble-bee*，效果更好。"

挺有名的老师，内地巡演——好大的信息量。

许汀腿一软差点跪下，可怜兮兮地看着他："少爷，你行行好，我只是一个普普通通的业余小垃圾，*La Campanella* 那种等级的曲子，我真的跟不上，连看琴谱的勇气都没有，今天已经是超常发挥了。"

沈驰言笑着在她脑袋上揉了一下。

（64）

许汀出了风头，她自己没什么感觉，司瑶倒是开心得很，嚷着要去庆祝，吃饭唱 K 蹦迪，流程全部走一遍，哪个环节都不能落下。

许汀朝裴景澜拱了拱手，说："养这么一个能闹腾的宠物在身边，真是辛苦裴医生了。"

裴景澜笑容温和，淡淡地说："没关系，回去吃点阿立哌唑就好了。"

司瑶闻言，问了一句："那是什么？"

裴景澜笑容不变："一种药，用于治疗各类型的精神分裂症。"

司瑶："……"

毒舌！

司瑶做好了玩上一通宵的准备，她提议先去吃日料，不等裴景澜表态，许汀先开口，说："换一家吧，沈驰言受了点伤，日料多海鲜，对伤口不好。"

沈驰言自己都忘了身上还有伤，听见这话，不由得一怔，随即又轻笑起来。

你看，你的事情她都放在心上，偏心偏得理直气壮，偏爱也是。

想到这里，沈驰言伸手又在许汀脑袋上揉了揉。

他故意用了点手劲儿，许汀被他揉得跟跄了一下，不倒翁似的，回头给了沈驰言一个凶巴巴的表情。

于是，沈驰言又顺手在她的鼻梁上弹了一下。

动作算不上亲密，却透出一种温柔宠爱的味道。

许汀和司瑶走在前面，小女孩逛街，每路过一个商铺都想进去看看，裴景澜和沈驰言放慢脚步在后面跟着。裴景澜没问沈驰言是怎么受伤的，只问了几个关于愈合情况的问题，提醒他多补充蛋白质，还要多喝水。

两个人的身高都超过一米八，挺拔英俊，边走边聊时，神情里带着浅淡的笑意，很是养眼。沈驰言耳力好，听见两个年轻女孩小声说话：

"穿浅色衬衫的那个，好好看啊！"

哦，说的是裴医生。

"死心吧，他手上拿的口盖包是女款，准是给女朋友拎包呢！又一个'英年早婚'的！"

……

许汀和司瑶停在饰品柜台前，对着小镜子试戴耳钉。许汀随手将双肩包搁在旁边的吧椅上，沈驰言走过去，极自然地拎了起来。

许汀有些奇怪地看他一眼，也没多想，继续挑亮晶晶的小玩意儿去了。

裴景澜轻咳一声，和沈驰言相视一笑。

（65）

伤患饮食要清淡，说到清淡，淮扬菜是首选。

四个人刚在私房菜馆的包厢里坐下，裴景澜的手机就响了，大老板召他回去加班。

裴景澜拿着车钥匙起身要走，转头看到司瑶，又有点犹豫。

沈驰言见状，立即说："放心，我会送她们回去。"

裴景澜与沈驰言握了握手，临出门前，又看了司瑶一眼。

两个人刚才因为饮料的事拌了几句嘴，司瑶要喝酸梅汤，多加冰，裴景澜不许，说她一到夏天就过分贪凉，这样下去身体吃不消。

司瑶大概还在赌气，故意不抬头，用烤串的竹签在桌面上戳了两下。

裴景澜无奈地笑笑，跟许汀说了声改天见，转身走了。

裴景澜一走，司瑶的情绪明显低落下来，只吃了一点儿文思豆腐就说饱了，起身去卫生间。

司瑶推门出去，沈驰言用自己的筷子在许汀的筷子上敲了敲，问她："司瑶和裴医生认识多久了？"

许汀嘴上咬着块鱼肉，想了想："快三年了吧。"她很快反应过来，瞪着沈驰言，"不要在瑶瑶面前乱说话啊，她还是个小女孩呢，根本没有'喜欢一个人'这种概念！"

"那你呢？"沈驰言喝了口茶，含笑看向许汀，"有喜欢的人吗？"

只要她说有，沈驰言想，哪怕只是点一下头，就足够了，剩下的事都由我来完成。

许汀没料到沈驰言会这样问，明显愣了一下，好像有点震惊，险些弄掉筷子。

吓着她了吗？

沈驰言想，女孩子的暗恋都是害羞且含蓄的，这样冒失地问出来的确不大好。

要多顾及她的感受，也要多给她一些时间。

一念至此，沈驰言的表情柔软下来，轻声说："是我唐突了，对不起。"

司瑶这时从外面进来，将这个话题岔了过去。许汀低头喝茶，近乎慌乱地移开了落在沈驰言身上的视线。

她有喜欢的人吗？当然有啊！

她从高中时就习惯了看着阮清峋的背影，他用骄傲的姿态走在前面，她像离巢的雏鸟，踉跄着跟在后面，幻想有一天能以同样骄傲的姿态出现在阮清峋面前，告诉他，我长大了，我喜欢你。

这个梦想充斥着她的整个高中时代，是只有日记本和瑶瑶知道的心事，也是她偷偷埋在心里的秘密种子。

可是，面对沈驰言，听到沈驰言的问题，她脑袋里最先跳出来的竟然不是阮清峋。

也是在这一刻，她忽然意识到，她似乎很久都没有想起阮清峋了，甚至连阮清峋的样子都有点记不清了，像是隔着一扇铺满雾气的玻璃窗，水迹凌乱，面目模糊。

相较之下，反而是沈驰言的样子更加鲜活。

他在笑，相貌英俊，轮廓柔软。他蹙眉，黑曜石似的眼睛，幽深明亮。他在她耳边唱歌，清朗干净的男音，带着淡淡的温柔味道：

但我的心每分每刻，仍然被她占有。

她似这月儿，仍然是不开口。

……

为什么会这样？

她说瑶瑶还小，搞不懂什么是"喜欢"，那她自己呢？搞清楚什么是真正的喜欢了吗？

（66）

一对小姐妹各怀心事，都有点不在状态。许汀不小心被芥末呛了一下，司瑶随手拿了杯水递给她，她一口吞下去才意识到，司瑶给她的根本不是水杯，而是装酱油的调料碗。

许汀："……"

小朋友，你是否有很多问号？

司瑶后知后觉，连忙道歉。许汀苦着脸，说："完了、完了，喝这么多酱油，我会不会氯化钠中毒？"

沈驰言好笑地看许汀一眼，叫来服务员说再加一份百果蜜糕，让许汀吃点甜的中和一下。

这家私房菜馆许汀和司瑶来过几次，环境不错，味道也不错，鱼和面点尤其地道。司瑶忽然说："裴景澜晚饭都没吃就走了，饿着肚子上手术台一定很累吧？"

许汀眉梢一挑——会关心人了，难道小姑娘要开窍？

她立即怂恿："要不要打包些吃的给裴医生送去？"

司瑶正要点头，猛地反应过来，又摇头，无比坚决地说："不要，我才不管他！"

"也对，裴医生总是管天管地，冰的不许喝，冷的不许吃，也该饿一饿他！"许汀同仇敌忾，说到半路，却话音一转，"也不知道裴医生要跟的是小手术还是大手术。小手术还好，若是大手术，台上一站就是七八个小时，忙完了，天也亮了，累得倒头就睡。晚饭没人送，早饭没人管，这么饿下去……"

沈驰言不说话，笑吟吟地看着许汀把司瑶往沟里带。

司瑶终于听不下去，弱弱地说："麻烦再加一份翡翠烧麦和蟹粉狮子头，打包。"

许汀接了一句："还要麻烦沈学长送我们去第三医院。"

她一边说一边歪头看向沈驰言，露出一个"你看吧，我就知道会这样的"得意表情，完全忘了自己的事情还是一团糟。

沈驰言将许汀那些小表情全看在眼里，忍不住想，这小孩大概永远都长不大。

不过也没关系，只要她喜欢他，他就有足够的耐心和包容，许她长不大，许她一直天真，许她无忧无虑。

吃过饭，沈驰言开车载着两个姑娘以及打包的狮子头直奔第三医院。

医院里不好停车，司瑶在职工停车场给沈驰言找了个车位，然后提着外卖盒直奔门诊大楼，许汀和沈驰言留在车上等她。

CD 里播着音乐，沈驰言拿出手机，打开监控看看胖花在干吗，行动间，衣袖蹭上去，露出裹在小臂上的白色纱布。

许汀刚好看到，问他："还疼吗？"

沈驰言摇头说不疼。

许汀又问会不会留疤。

"应该会吧，裴医生说饮食上要多留意。"沈驰言靠在椅背上，扭头看着许汀，"忌辛辣忌油腻，多摄入蛋白质。我一个人住，糙惯了，忙起来三顿饭合成一顿，能吃饱就行，哪顾得上那么多。"

"这怎么行，伤口愈合需要营养。"许汀盘算了一下，"明天我没课，给你煮鱼汤！"

沈驰言铺垫这么多，等的就是这一句，嘴上却卖乖，假惺惺地客气着："给你添麻烦了。"

许汀抬手一挥，豪迈道："不麻烦，我手艺很棒的，你就等着流口水吧！"

沈驰言单手撑着额角，笑得有点狡黠。

（67）

司瑶从小就是市三院的团宠，每次来都会受到各种投喂。她拎着外卖袋子路过门诊大厅，碰见手术室护士长，直接被塞了一颗大苹果，又红又圆，还是洗干净的。

司瑶啃着苹果推开裴景澜办公室的门，迎面撞见一个短发女孩，红唇、热裤、吊带衫，细细的脖颈，锁骨上有一枚蝴蝶文身，还有漂亮的糖果色美甲。

办公室里没有其他人，女孩坐在裴景澜的工位上，跷着腿，手上玩着一个颜团子小摆件。

那个摆件是司瑶送给裴景澜的，裴景澜傻帽一个，拿着颜团子问司瑶："这是个成了精的汤圆吗？"

司瑶诓他，说："这是个成了精的豆包。"

后来，小摆件就多了个名字叫"豆包"。

有一次科主任的小外孙到办公室来玩，看上了"豆包"嚷着要带回家，裴景澜当着熊孩子的面把"豆包"锁进了柜子里，说什么都不给，受了科主任好大一个白眼。

看见"豆包"被陌生人拿在手上，司瑶有点小痛快，硬邦邦地丢过去一句："你是谁？怎么随便进办公室？"

司瑶语气不善，女孩挑眉，笑着说："我是裴医生的病人。"顿了一下，又补了一句，"也是他的高中同学。"

司瑶抿了抿唇："裴景澜呢？"

"不知道。"那女孩见司瑶一直盯着她手上的小玩意儿，随性抬手一抛，将颜团子扔进了垃圾桶，耸肩说，"我也在等他。"

司瑶眼看着颜团子进了垃圾桶，火气噌地涌上来。就在这时，突然听到一串惊天动地的哭喊，好像是从加护病房那边传来的，接着是点滴瓶砸碎和支架倒地的声响。

凌乱的背景音里，夹杂着一个清透的男音，在解释和规劝。

司瑶路都走不利索的时候就在三院混百家饭，只听个开头就知道发生了什么。她顾不得和那女孩计较，把餐盒往办公桌上一搁，转身跑了出去。

夜色深了，大部分病人已经休息，走廊上只亮着一排夜灯。裴景澜被围堵在加护病房门口，他贴着墙，身形笔挺，白大褂上映着暖融融的灯光，像是镀了层金边，妥帖、精致、纤尘不染。

隔壁病房的护工拎着暖瓶出来打水，顺便看热闹，撇着嘴跟司瑶说："一个男的，冠心病，做了支架，嫌贵，不按医嘱吃药，他老婆从老家弄来个土方子，吃了三个星期人就不行了，没救回来。早知今日，何必当初，现在哭天抢地的有什么用！"

护工常年待在医院里，见惯了这种场面，嘀咕了两句就要回去。就在这时，一个男性亲属一把掀翻裴景澜手上的病历夹，揪住他的衣领将他掼在墙上，指尖划过裴景澜的下巴，擦出好长一道红印子。

护士长挤进去试图把两个人分开，反而被推了个趔趄。裴景澜扶着护士长的胳膊，将她挡在角落里，争执声越发刺耳。

司瑶深深地看了眼那只扼住裴景澜衣领的手，扭头问护工："你的暖瓶里有水吗？"

护工一愣："有啊，刚打的，热着呢。"

司瑶从口袋里摸出张纸币塞进护工手里，说："算是我赔你的！"

不等护工反应过来，司瑶一把夺过他手里的暖瓶，对着地面便砸了过去。

"嘭"的一声，暖瓶从里到外摔得粉碎，巨大的声响几乎在走廊里震出回声。

家属吓得一怔，连哭闹都忘了，走廊静得针落可闻，众人纷纷扭头看过来。

司瑶站得稍远，又逆着光，有点面目模糊，裴景澜却一眼就认出她，脸色变了变，小声对护士长说："去把瑶瑶带走，别让她跟着掺和。"

裴景澜说话的时候，司瑶已经走到近前，抬手指着揪裴景澜衣领的人，说："放开他。觉得医生的治疗方案有问题，可以去起诉，去仲裁。放着合理合法正规渠道不用，在这里撒泼打滚算什么本事？你们不嫌丢人，我还嫌你们闹耳朵呢！"

家属见司瑶只是一个小女孩，以为好欺负，一个中年妇女直奔着司瑶扑过去。裴景澜见状，顾不得什么风度什么体面，一把拽住那女人，眼看着场面又要乱起来，人高马大的保安队长带着七八个保安适时出现。

对方见人多了，也怕事情闹大不好收场，没敢再往司瑶面前凑，最先动手的那位也悻悻地放开了裴景澜。

护士长瞅着空当把司瑶从人堆里拽出来，然后夹在中间两头劝架。

家属仍在骂骂咧咧，说医生治坏了人，还动手，没素质！

听见这一句，司瑶的火气又涌上来，她几乎要扑上去，被护士长死死按住。

"走廊里有监控。"司瑶说，"可以去查，看看到底是谁先动的粗，然后报警。我爸爸说过，三院的医生绝不能被欺负。"

一干家属齐齐变了脸色。

短暂的混乱后，医患双方都被请进了值班室。裴景澜拉住司瑶的手，轻轻一握，低声说："去办公室等我。"

司瑶帮着保洁阿姨清理干净碎玻璃，回到办公室时，短发女孩已经走了。她打包来的外卖却躺在垃圾桶里，不知道是不小心碰掉的，还是故意扔掉的。

颜团子压在打包盒下面，蟹粉狮子头的汤汁洒出来，把小摆件染得一身脏。

司瑶咬了咬嘴唇，一口气哽在心口，格外憋闷。她打电话给许汀说今天晚上不回家了，去行政楼睡，明早蹭她爸的餐卡吃职工食堂。

三院职工食堂的豆腐脑和肉包子远近闻名，非常好吃。

许汀完全不知道里面发生了什么，也没多想，嘱咐司瑶少和裴医生拌嘴。

司瑶闷闷地应了一声。

（68）

裴景澜过了将近一个小时才回来，下巴上的印子破了皮，有点渗血。司瑶剥开一个创可贴递过去，裴景澜没接，而是抬了抬头。司瑶赌气不肯过去，裴景澜也不作声，只是看着她。

办公室里一片安静，电脑机箱发出细微的运作声。

僵持片刻，司瑶先绷不住，别别扭扭地走到裴景澜面前，将创可贴按在他的下巴上。

她故意用了点劲，裴景澜"哒"了一声，握着她的手腕，说："没轻没重。"

司瑶迅速收回手，退到办公桌的另一侧，垂下视线看着垃圾桶里的外卖盒。她想说我给你带了吃的，但是被扔掉了。

这话有点挑拨离间的味道，司瑶还没想好该怎么说，裴景澜倒是先开了口。

他坐在转椅上，用钢笔在桌面上敲了敲，斟酌说："瑶瑶，你今天的行为的确很勇敢，但是并不可取。如果保安队长没有及时赶到，我可能没办法很好地保护你。你太冲动，也太冒失，下次再碰到这种情况，我希望你首先考虑的是自己是否安全。"

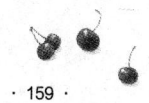

如果你在这种混乱里受伤，裴景澜想，我会疯的。

司瑶原以为就算得不到表扬，感谢的话总能听到两句，没想到裴景澜一开口先丢给她一串指责——冲动、冒失、不可取！

我是在为谁冲动？又是在为谁冒失啊？

司瑶气得七窍生烟："我在你眼里是不是除了捣乱什么都不会做？什么都做不好？"

裴景澜叹气："瑶瑶，你不要曲解我的意思。"

"一年前，你送走了第一个医治无效的病人，"司瑶眼圈红红的，看着他，"也是在这间办公室，你说，下次死神再想从你手里抢命，要先掰断你的手术刀。那个时候我就觉得你责任心太重，只顾别人，不顾自己。也是在那个时候，我下定决心，无论发生什么我都会挡在你身前。裴景澜，我不是心血来潮一时冲动，也不是路见不平头脑发热，保护你这件事，我早就做好了准备。"

裴景澜抬起头，直直地看进司瑶的眼睛里。他恍惚感到心脏正在被某种东西填满，一种蓬勃跳动、永远滚烫并温柔的小东西。

司瑶别过头，避开裴景澜的视线，她闭了下眼睛，轻声说："算了，就当是我多事。"

司瑶要朝外走，裴景澜却站起来拦住她的去路。

司瑶瞪他一眼，语气里腻着一点儿鼻音，奶凶奶凶地吼他："让开！"

裴景澜抬起手，碰了碰她微红的眼睛，低声说："再说一遍——保护我的那句话——你再说一遍。"

两个人离得很近，呼吸都融在一起，司瑶的视线范围被裴景澜身上的白袍满满占据。

她有点紧张，正要躲开，裴景澜忽然低下头，逼近她，几乎到了眼睫交错的地步。

裴景澜故意放柔了声音，哄她："再说一遍好不好？我想听。"

司瑶呼吸一滞，就在这时，有人敲门，裴景澜下意识地挡在司瑶身前。

值班护士探头进来，一眼看过去，根本没看到司瑶，有点无奈地对裴景澜说："裴医生，17床的病人要见你，她各项数据都没问题，就说不舒服。"

不等裴景澜作声，司瑶从他身后走出来，问小护士："17床的病人是个女的吧？短头发，锁骨上文了只很小的蝴蝶？"

司瑶突然冒出来，吓了小护士一跳。

小护士认出这是副院长的女儿，神色里登时多了几分玩味，点头说："没错，是她。"

"病人在等你呢，"司瑶拎起搁在一旁的背包，边朝外走边说，"想听什么好话，让病人跟你说吧！"

当着小护士的面，裴景澜不能拦司瑶，眼看着司瑶走出去。

关门声响起，裴景澜抬手在额角处揉了揉，露出一个有点无奈的笑。

（69）

妇产科的值班医生姓梁，是司瑶的远房姨，也是看着她长大的。司瑶红着眼圈跑到妇产科的值班室拼床，梁医生只当她又和副院长老爹吵架了，也没多问。

临睡前，司瑶收到裴景澜发来的信息，问她是不是给他带宵夜了。

他看见了垃圾桶里的外卖盒，里面装着一口没动的蟹粉狮子头。

那是裴景澜最喜欢的菜。

不提这茬还好，提起来就是一肚子火，司瑶什么都没说，直接

把裴景澜拉黑了。

让女病人给您带宵夜去吧!

医院值班室不是什么安静的地方,司瑶睡不踏实,一整夜都是迷糊着过来的,不到六点就醒了,后脑勺一跳一跳作痛。

洗漱完毕,梁医生给了司瑶一张饭卡,让她先去吃早饭。

时间还早,职工食堂里人不多,卖包子和豆腐脑的那处窗口还是排起了队。司瑶懒洋洋地坠在队伍尾端,刚点开消消乐的图标,就听见裴景澜的名字。

"就是裴景澜,错不了,这个姓氏不常见,名字又取得这么言情……"

司瑶往旁边瞟了一眼,说话的是一男一女,穿着白大褂,但是眼生,认不出是哪个科室的。

女医生:"不会吧,裴医生很有修养,一看就是家境很好。"

男医生:"家境好不代表出身好,你知道他妈是干什么的?我跟你说……"

两个人边走边聊,端着餐盘坐在靠近立柱的地方,离得远,周围杂音又大,说话声就听不清了。司瑶拽过外套的帽子兜在脑袋上,坐在两人身后的位置,低头继续玩消消乐。

"裴景澜的亲妈杀过人,里头蹲着呢,据说判了十几年。"男医生压低了声音,"他爸婚都没离就跟现任老婆搞到一起了!有钱?光有钱有什么用!一头是杀人犯,一头是不负责任的渣男,没看出来,裴医生还是个混血,就是混得有点脏。这种人搁在学术上来说,就是天生的基因低劣。"

"低劣又怎么了?"女医生笑笑,"人家长得帅,还会拍马屁,保不齐哪天就碰上个有钱的女病人……"

一男一女很快吃完，端着餐盘站起来，司瑶故意从两人中间穿过去，肩膀狠狠一撞，餐盘倾倒，汤汤水水淋漓着洒下来，泼了两人一身，将白大褂染得一团脏。

女医生一声尖叫，拽住司瑶，要她道歉。

拉扯间，有人认出这是司副院长的女儿，嚷嚷着要去院办讨个说法。

正一团糟时，身后突然传来一个炸着火星子似的声音："这是什么地方？菜市场吗？推推搡搡的，像什么样子！"

众人循声回头，看见司正奇背着手走过来，身后跟着白大褂笔挺的裴景澜。

司正奇做了多年业务副院长，什么风浪没见过，一身钢浇铁铸似的精悍气息，不怒自威。

那女医生一见司正奇，立即面露委屈，说大小姐不看路撞了人，还不肯道歉。

女医生负责告状，男医生负责添油加醋，一唱一和，配合默契。

司正奇看向女儿，等着她给出一个合理的解释。司瑶垂着眼睛不说话。

护士长也过来吃早饭，正撞见这一幕，裴景澜背着众人朝护士长使眼色，让她马上去妇产科请梁医生。

梁医生一向护短且偏疼小辈，有她在司瑶能少吃点亏。

司瑶不说话，场面就成了一边倒。司正奇只能说："向周医生和任医生道歉。"

司瑶神情执拗，说："我不！"

这个反应就是火上浇油，那一男一女越发不依不饶，拽着司正奇说："副院长，您也看见了，她这是什么态度啊？小小年纪就这么不懂礼貌，以后还了得！"

梁医生迟迟不来，裴景澜急得皱眉，他正想劝两句，就听司正奇再度开口，声音里带着明显的恼怒："我再说一遍，向两位医生道歉！"

司正奇天生大嗓门，司瑶哆嗦了一下，依然倔着脾气不肯低头："我不！"

司正奇彻底火了，扬手要打。裴景澜心头一震，顾不得会被人抓住话柄，一把握住司正奇的手臂，说："副院，您消消气，这么多人看着呢，瑶瑶又是个女孩，万万打不得！"

司瑶从小连句刻薄些的责备都没听过，更别说挨打，直接吓蒙了，眼眶里全是泪。

梁医生终于赶来，护在司瑶身前，说："副院长，孩子有错可以教育，但绝不能动手！更何况两位医生未免把自己形容得太无辜了。"

来的路上，护士长向梁医生说了大概经过。梁医生平复了一下情绪，开口时字字清晰："瑶瑶不是那种无事生非的孩子，肯定事出有因。据我所知，任、周两位医生入职没多久，就把建院以来真真假假的八卦是非聊了个遍，人在麻醉科，舌头都快伸到肛肠科了，今天的事恐怕也是嚼舌头引起的吧！"

不等那一男一女分辩，裴景澜立即接口："二位是在谈论我吧？"

"二位似乎对我的私事很感兴趣，"裴景澜脸上带着点笑，看起来风度翩翩，"没少四下打听。据说，连后勤的老花匠都问了一遍，记者搞暗访似的。副院长，瑶瑶念高中时，我给她补过几天课，也算半个老师。瑶瑶一直很敬重我，我猜她一定是听到了什么不好的言论，才会一时冲动使了小性儿。"

梁医生偷偷捏了一下司瑶的手，司瑶立即趴在她肩膀上，哽咽着哭出声音。

这一哭，就证明裴景澜的猜测正中要害。

梁医生开场，裴景澜递进，护士长又站出来以局外人的身份敲了两下边鼓，连反驳的余地都没给那两人留。

局面瞬间翻盘，那一男一女勉强挤出一个尴尬的笑。

司正奇冷笑一声，甩手走了。

Chapter7.

喜欢你就像喜欢春天的熊 /

（70）

闹剧终于收场，梁医生要带司瑶回值班室，司瑶丢下一句"我要回家"，低着头跑远了。

裴景澜的工作表上排了四台手术，根本抽不出身。他被司瑶拉黑了，只能打电话给许汀，听筒里传来的却是"您拨打的电话已关机"。

许汀答应沈驰言煮鱼汤给他吃，大清早跑到菜场买了新鲜的鲫鱼和豆腐，处理干净的活鱼下油锅煎至两面金黄，然后小火慢炖，直到浮起奶白色。出锅前撒些香葱，清香扑鼻。

只有鱼汤太单调，许汀又做了一份肉末蒸蛋和素炒青菜，足足忙了一上午，连手机自动关机了都没发现。

临近十一点，有人敲门，许汀打开门一眼扫过去没瞅见人，只有大狗胖花蹲在门前的脚垫上，嘴里叼着个字板夹，倒三角形的耳朵垂在脑袋两侧，憨憨傻傻的样子格外可爱。

板子上夹着张 A4 纸，上面是一幅手绘的四格漫画。

第一格里画着一个仰望夜空的小男孩；第二格，流星落下来；第三格，小男孩伸手抓住一颗星星；第四格，小男孩把系着蝴蝶结的星星送给了一个梳着羊角辫的小女孩。

末尾还有一个手写的句子，沈驰言的字迹一贯漂亮——

送你一颗星星，希望你的夜空，星河长明。

许汀摸了摸那颗系着蝴蝶结的小星星，轻笑起来。

厨房里的小炖锅发出声音，许汀立即折回去，走到半路，脑袋里忽然闪过一道灵光——

她好像忘记了一件事。

挺重要的事。

沈驰言几乎一夜没睡，天色大亮时，他给自己冲了杯热可可。

熬夜做的瓷刻摆在工作台上，刚上了色，还没封蜡，青釉的瓷板上刻着行草写的"岸芷汀兰"，是他准备送给许汀的礼物。

洗漱完毕，沈驰言擦着头发打开衣柜，手指拨过里面的一排衣服。

不能穿大牌限定，会有距离感，也不能穿得太学生气，衬不出身材。

他挑来挑去，选了件古巴领的黑色衬衫，领口翻成 V 字形，露出些许锁骨和隐约的胸肌曲线，显得脖颈很长，喉结线条格外精致。

换衣服时，沈驰言有些好笑地想，随便吃个午饭而已，怎么弄得像是要和心上人约会。

心上人啊。

沈驰言对着镜子抓了抓头发，忽然又笑了。

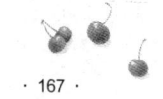
他想，这真是个美好的词。

胖花拱开卧室门钻进来，挨在沈驰言腿边愉快地吐舌头。沈驰言在它头上揉了揉，说："等小姐姐来了，不许拽人家裙子！男女授受不亲，你个'男狗'也要注意分寸！"

胖花"呜"了一声，黑眼睛圆得像葡萄，湿润且无辜。

（71）

许汀来得比沈驰言预料的要早，他刚把封过蜡的"岸芷汀兰"瓷刻装进盒子里，敲门声就响了，一声一声的，听起来很急。

沈驰言几步迈过客厅，绕到玄关去开门。

门一拉开，不等他开口，许汀直接塞了两个保温桶过来，语速很快地说："吃的喝的都在这儿，你慢用，我还有事儿，就不陪少爷用膳了。"

说完，她一溜烟地进了电梯，没影了。

沈驰言酝酿了好半天的那句"我做了个瓷刻，想送给你"愣是没找到机会说出口。

不止瓷刻，我还专门配了衣服，选了手表，换了香水，收拾得英俊潇洒人见人爱，你都不想仔细看一眼吗？

跑这么快，打算去见谁啊"面包同学"！

含着金汤匙的小少爷，多少有些骄纵，烦躁感涌上来时，更是不管不顾。

去他的风度翩翩、温文儒雅，你拿我当星期天消遣呢！

沈驰言憋了一肚子火，抬手就要把保温桶往垃圾箱里砸，手伸出去又犹豫了，停顿两秒，到底没舍得，踹了垃圾桶一脚，转身回卧室了。

关门的力道很大，"嘭"的一声，胖花缩着脑袋趴在沙发上，大气都不敢喘。

收到沈驰言，不，胖花送来的漫画时，许汀隐约觉得自己忘了一件什么事，直到鱼汤煮好，蒸蛋出锅，她伸手去拿放在高处的樱桃盘子时，蓦地想起来，她把阮清峋忘了。

今天是她跟阮清峋约好面试家教的日子。

看一眼腕表，剩下的时间只够她给自己洗个澡，再吹干头发，化妆什么的完全来不及了。

时间紧迫，许汀急匆匆地敲开沈驰言的家门，丢下两个保温桶后转身就跑。电梯门合拢的瞬间，沈驰言似乎叫了她一声，她也没理，估计那家伙也没什么要紧事，回头再说吧。

紧赶慢赶，还是迟到了五分钟。房门打开的瞬间，许汀连门口站的是谁都没看清，直接一个九十度鞠躬："我来晚了，非常抱歉！"

动作幅度太大，直接把头上的发夹甩了出去，落在地板上，"啪"的一声。

许汀："……"

不丢人，不丢人，一点儿都不丢人，今天我是"不丢人"。

一声轻笑。

阮清峋穿着浅色 T 恤和牛仔裤，轮廓柔和，不像在学校时那么清冷。他退后一步，让许汀进来，边摇头边说："毛毛糙糙……"

许汀的脸一直红到了耳根。

阮清峋的父母都在家。阮爸爸有点严肃，话不多，阮妈妈看上去很温柔，给许汀倒了杯柠檬水，又端来洗好的水果。

阮清峋站在中间互相介绍"妈，这是我学妹，历史系的，叫许汀，

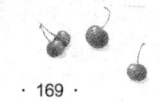

'岸芷汀兰'的汀。"

许汀原本想说"阿姨好"，结果被阮清峭带跑了调，脱口而出："妈，你好！"

话音落地的瞬间所有人都愣了，紧接着，连表情严肃的阮爸爸都笑了起来。阮妈妈更是笑得不行，拉着许汀让她随便坐，说棠棠在房间看书呢，她去叫棠棠出来。

阮棠刚满十五岁，念高一，正是叛逆的年纪，许汀原以为她会看到一个鼻孔朝天的熊孩子，没想到却是一个穿白色吊带裙的小公主。

大眼睛，轻薄的齐刘海，看起来挺乖的。

小公主坐在沙发上，拿起一个苹果，抛玩着说："你和阮清峭比，谁的成绩更好？"

懒洋洋的声音，带着点被宠坏了的傲娇。

嗯，小公主只是看起来挺乖，骨子里依然是个熊孩子。

"学长是保送，我虽然没有他那么厉害，"许汀笑了笑，"但是也差得不远。"

阮清峭倒茶的动作一顿，似乎想说什么，看了许汀一眼，却没作声。

"保个送嘛，也不是多了不起！"小公主哼了一声，下巴朝阮清峭所在的方向挑了挑，"听说你们两个是一所学校的，丑话搁前头，我最讨厌闷葫芦，如果你也和他一样闷，现在可以走了！"

这话说得很不客气，还有点不礼貌。

阮妈妈沉下脸色，不赞同地看了小公主一眼："棠棠，好好说话！"

小公主话音里全是挑衅，阮清峭倒是淡定，余光都没往阮棠身上飘一下。

许汀没兴趣掺和别人的家务事，只不过，这孩子总想给她一种下马威的嚣张感，实在让人受不了。她索性怼了她一句："有时候未必是性格沉闷，也可能是话不投机半句多。毕竟有些人就喜欢踩在你的容忍底线上蹦迪，拿没礼貌当有性格。"

阮棠愣了愣，大概是没想到这个看起来脾气很软的小家教敢直接拿话敲打她。接着，她又笑了，咬一口手上的苹果，边嚼边说："来都来了，就先试试吧，先给我讲两道数学题。"说完，起身进了自己的房间。

（72）

阮棠的房间收拾得很漂亮，纯色系的墙纸和窗帘，靠近书桌的地方是一整面书架墙。

桌边有一套数学卷子，许汀翻了翻，准备挑两道不是特别难的错题给她讲讲。阮棠伸手去拿零食篮里的鱼片，许汀用笔尾压住，看着她说："补习期间不许吃零食、玩手机。我会尽量满足你的要求，相对的，你也要尊重我的工作。"

"你还挺像那么回事。"小公主笑了笑，靠在椅子上歪头瞅着许汀，"听说是阮清峤介绍你来的，你们很熟吗？"

"不熟，只是校友。"许汀在卷子上敲了敲，"这里会用到一个重要公式，仔细看，要背下来。"

"那你知不知道，他不是我的亲哥哥，"阮棠把玩着一个小书签，笑吟吟地说，"他是收养的，家里人不要他，扔在垃圾桶里，我妈看他可怜……"

"我是来当家教的。"许汀写下一串公式，抬起眼睛看着她，语气很柔，慢慢地说，"对你们的家务事不感兴趣。再者，弃养也好，收养也好，错不在孩子身上，在于不负责任的家长和那些乱嚼舌根

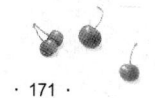

的无聊之辈。你年纪还小，又这么漂亮，别跟村头大娘学，最大的爱好就是嗑着瓜子聊家常。"

小公主"啧"了一声："干什么这么袒护他！"

"不是袒护，"许汀将写好步骤的草稿纸推到阮棠面前，"是没兴趣。看题，这里需要用到……"

两张卷子讲了一个半小时，期间阮妈妈进来送了一次水果和饮料。小公主趴在桌子上，明显有点心不在焉。许汀琢磨着，她这兼职估计要黄。

意识到这一点，许汀并没有失落，反而松了口气。

同时，她也意识到，她对阮清屿似乎并没有想象中那么执着。

不等许汀开口，小公主忽然说："先补一个月吧，每周两次，时间暂时定在周末。我尽量不吃零食不玩手机，你也不要总是挑我毛病，更不许说我笨，怎么样？"

许汀一愣："啊？"

阮妈妈倒是很开心，连声答应："行、行、行，只要你愿意，怎么样都行！"

阮清屿听见动静，扭头看了一眼。许汀迎面撞上他的视线，脑袋里莫名闪过一个念头——沈驰言有没有把她做的鱼汤全部喝掉啊？

煮了将近一个钟头呢，也不知道那家伙识不识货！

家长预付了一个月的薪水。这也是许汀第一次正式拿到兼职工资，挺开心，连说了好几声谢谢。

小公主咬着棒棒糖丢下一句"真虚伪"，转身回卧室去了。

阮妈妈让许汀留下吃个晚饭，许汀连连摆手，说不了，家里人还等着我呢。

阮清峋自沙发上站起来，说："这里离地铁站有点远，我送你吧。"

他迎面走过来，肩膀被光影剪出金色的轮廓，瞳仁的颜色偏浅，像新裁的琉璃片。许汀一时忘了拒绝，由着阮清峋跟在她身后，一道出了家门。

（73）

黄昏，天边浮着沉沉的红光。

一声清脆的电子锁。

阮清峋拉开捷豹的副驾驶车门："上车，我送你去地铁站。"

许汀这时才回过神："不麻烦了，离得也不远，我……"

阮清峋不说话，只是看着她，眼睛里像是藏着一片深寂的雪原。

许汀莫名感受到一股压迫般的气场，她收了话头，乖乖上车。

车子出了小区，直奔地铁站，车厢里一阵安静，许汀正搜肠刮肚地想话题，忽然听见阮清峋叫了声她的名字。

阮清峋在方向盘上敲了两下，说："你怎么知道我是保送？"

这个问题……

许汀摸摸鼻子："我们是同一所高中的，我比你低一届。"

有一段时间我天天跟在你身后，你去图书馆，我也去；你跑步，我也跑；你吃川菜，我也吃！结果看书睡着了，跑步崴了脚，吃川菜辣出盲肠炎，住了一个星期的医院。

多么壮烈！

阮清峋转过头看了她一眼。

就在许汀被他看得浑身发紧时，他又转了回去，什么都没说。

许汀："……"

这都什么毛病?

车里再度安静下来。

许汀试探着开口: "这次能顺利找到兼职, 还提前拿到薪水, 多亏了学长帮忙, 要不, 我请你吃饭吧?"

吃饭什么的, 许汀也就随口一说, 以阮清峤"冰山来客"的人设, 肯定不会答应。

帅哥都是靠喝露水活着的, 哪用得着吃饭!

没想到阮清峤居然"嗯"了一声, 说: "行啊, 正好还没吃晚饭。"

许汀: ? ? ?

冰山, 你怎么了冰山? 你不该是这个反应啊!

许汀请客, 地方自然要阮清峤来挑。

车子停在一家很有年代感的面馆前, 许汀盯着招牌看了好一会儿, 又拉开车门坐回了副驾驶座, 一脸郑重地对阮清峤说: "学长, 我出来做兼职不是因为缺钱, 而是为了锻炼能力! 所以, 你想吃什么尽管提, 不要有顾虑!"

阮清峤挑眉: "你以为我是怕你结不起账, 才带你来这儿的?"

许汀摊手: "不然呢?"

阮清峤"呵"了一声, 转身下车, 许汀只能跟上去。

小面馆面积不大, 价目表直接贴在墙上, 阮清峤要了两碗牛肉面和一盘红油肚丝, 老板在后厨, 遥遥应了一声。

阮清峤从筷筒里抽出两双筷子, 一双递给许汀, 说: "十几年的老店, 我常来。"

许汀看了看沁着油渍的桌面, 犹豫半晌, 还是把袖子撸了上去。

衣服可以再洗, 让别人觉得尴尬就不好了。

服务员把面和肚丝端了上来，老汤上漂着葱花、香菜、牛肉片，还有焯过水的小青菜，扑面一阵香味。许汀低头吃了一口，烫得吐舌，边呵气边冲阮清峋比了比拇指："好吃！"

阮清峋"嗯"了一声，专心吃面。

许汀定定地看了他一会儿，叹着气想，阮清峋大概就是那种表达欲很低的人吧。

（74）

两个人都不说话，省去不少时间，一顿饭不到半个小时就吃完了。许汀摸着肚子想，这大概是她请过的最省事的一次客！

思绪一偏，她又想到沈驰言，也不知道他晚饭都吃了什么。

一边想着，许汀一边翻出手机看了看，没有未读消息，也没有未接来电。

没礼貌的家伙，喝了她做的鱼汤也不知道说声谢谢！

面馆隔壁有个小卖部，临街的货架上摆着些哄小孩的小玩具，许汀买了两个竹蜻蜓，想着回去贴在沈驰言车里，就当是送他的小礼物。

阮清峋看到她手里拿的小玩意儿，叹了一句："多大的人了。"

许汀拉过安全带："今天发工资嘛，给朋友买个小礼物！"

阮清峋终于露出一点儿笑："好昂贵的礼物！"

阮清峋直接将许汀送到家门口。下车时，阮清峋叫了她一声，指着她手上的竹蜻蜓，说："小礼物不打算送我一个吗？"

许汀立即隔着车窗递过去一个蓝色的，笑着说："都送都送，见者有份！"

阮清峤撕下固定贴的封膜，将竹蜻蜓粘在香水座旁边。他碰了碰竹蜻蜓的翅膀，扭头看着许汀，说："我记得你，高中时去图书馆，你经常坐在我后面，还盯着我看，我以为你会主动过来跟我打招呼。"

许汀一直以为她的暗恋很隐秘，无人察觉，没想到早就惊动了正主，顿时紧张得脑袋都有点转不动了。她磕磕绊绊地说："学长那么风云，大家……大家都在看你啊，不止我一个！"

阮清峤想了想："可我总觉得，你看我的眼神和别人不一样，所以我才会察觉。"

这个话题太危险，稍不注意就会把心剖出来，许汀没再说话。阮清峤叹了口气，又恢复成淡漠清冷的样子，说了句"早点休息"，开车离开了。

许汀站在原处，一直看着那辆车，直到它消失不见。

她抬手抚上自己的胸口，心脏安静蛰伏，没有悸动，没有凌乱，没有不可抑制，也没有火焰燃烧般的热烈。

就像老友重逢，一切都限定在可控的范围内，礼貌、妥帖、规矩，又疏离。

喜欢一个人不应该是像养了只小鹿那样吗？跳来跳去，咚咚乱撞。

为什么面对阮清峤，她会变得这样冷静？

想不通。

许汀带着一脑袋困惑走进电梯。

楼道灯寿命将尽，光线昏暗，临近家门，许汀低头找钥匙，手指刚碰到背包拉链，身后突然响起一道懒洋洋的声音："把我一个人抛在家里，跑去跟别人约会？"

那声音响得忽然，许汀吓了一跳。紧接着，她闻到熟悉的气息。

不必转身去看，只凭借那味道，许汀就认出了说话的人，气恼地瞪他："沈驰言，你是专业盯梢的吗？能不能别随便吓唬人？"

一眼瞪过去，别的没看清，先看到沈驰言的手臂，裹着纱布的地方明显有血迹渗出来。

许汀一把握住他的手："伤口是不是裂开了？你怎么弄的？"

离得近了，许汀才发现沈驰言不仅穿着运动装，手上缠着拳击绷带，肩膀上还挂着两个半旧的拳套。

许汀气得够呛："你去打拳了？伤口还没长好呢！"

沈驰言练完拳在俱乐部冲了个澡，头发还是湿的，背心短裤腱子肉，衬着那张没什么表情的脸，一身桀骜和野性的味道。

他背倚着墙，目光垂下来，冷冰冰地看向许汀，问："谁送你回来的？"

那辆捷豹正停在沈驰言家的阳台下，离得远，角度也不好，沈驰言只看到半个侧影，是个男人，很年轻，衣品不错，小女孩最喜欢的类型。

许汀顾不上什么男的女的，眼睛只看着沈驰言的伤口："你那里有医药箱吗？"

"没事，也不是多大的口子。"沈驰言抽回手，插进裤袋里，轻描淡写地说，"玩你的去吧，不用管我，风花雪月多重要啊！"

这语气酸得都能下饺子了！

"风你头的花雪月！"许汀气得够呛，恨不得给他一脚，"我今天面试家教，雇主好心送我回来，你吃的哪门子醋啊！"

"醋"字话音落地，许汀没觉得哪里不对，沈驰言却心头一震，他这一整天的焦躁和烦闷都找到了源头。

是啊，他在吃醋，他居然也学会吃醋了。

念中学时，沈驰言就是人群里的焦点，他从来都是潇洒开始，从容结束，一贯的霸道又骄傲，挽留、揣度、试探，那些细腻的心路历程统统跟他没关系。

他自诩潇洒，气概豪迈，却不曾想，之所以会这样，只是不够喜欢。

以前，他常听朋友说，沈驰言，你不是没有心，你只是不够喜欢。

当你真正遇到喜欢的人，你自然会明白，什么是忐忑，什么是敏感，什么是患得患失。

你愿意哄她，愿意逗她，愿意看她笑，也愿意不计条件和原则地去原谅她。

你终会遇到这样一个人，她是神明赠你的糖。

他的心跳忽然沉下去，变得轻而柔软。

许汀还在为伤口喋喋不休，沈驰言却笑了。

他想，原来，我竟是这样喜欢你。

（75）

沈驰言说谎不脸红，他说他那里没有医药箱，连纱布都没有。

许汀无奈，只能打开家门让他进来。

小房子还像他第一次来时那样，干净整洁，沙发墙上刷了黑板漆，写着：你是公主，也有骑士，只不过要收配送费。

沈驰言挑了挑眉，没忍住，笑了。

许汀让沈驰言在沙发上坐下，揭开纱布看了看，还好，只是有点渗血，不算严重。她从箱子里拿出酒精、碘伏还有药棉，说："可能有点疼，你忍忍。"

沈驰言笑起来："你拿我当三岁孩子吗？"

还怕疼？

许汀哼了一声，嘀咕："你不像三岁，像三岁半，说翻脸就翻脸，还得要人哄！"

许汀的动作很轻，药棉按在伤口上，几乎感觉不到疼。消毒、上药，然后是纱布和胶条，许汀垂着头，一绺细发从额角飘下来，拂过沈驰言的手腕，软软的，带着香味，很痒。

沈驰言用另一只手帮她挑开，她抬了抬头，还他一个浅浅的笑。

沈驰言第一次这样认真地去看一个人，或者说，这样认真地打量一个女孩。

素颜，皮肤通透，唇形微翘，像含着笑意。

很干净的相貌，微带些甜，处处都与他的心意合衬。

似乎注定了她将会被他喜欢。

包扎好伤口，许汀满意地在沈驰言的手背上拍了一下，她正要邀功，抬头的一瞬，却直接跌进沈驰言的眼睛里。

四目相对，小说和电影中常见的桥段，以前她从不觉得有什么吸引力，直到——

直到身处其中。

许汀觉得那只在阮清峋面前走失的小鹿好像又回来了，蹦蹦跳跳，咚咚乱撞。

呼吸、心跳，同时加速，热烈得如同燃烧。

耳畔悄无声息，玻璃窗折射出流动的光影，落下来，投映在两人中间，有种虚幻的美。

空灵且明亮。

沈驰言眯了下眼睛。他偏着头，慢慢贴近，视线柔且轻软，凝

在许汀的唇上，用目光勾勒着女孩的唇形。

许汀像中了定身术，动弹不得。

她静静地看着，看着他靠过来，眉眼间镀着星辉似的光。

一面是停滞的呼吸，一面是凌乱的心跳，她夹在其中，无从抵挡，又偷偷期盼。

两人间的距离拉近到极致，连视线都模糊了，呼吸里全是沈驰言身上那种好闻的味道。

许汀的睫毛颤了颤，正要合拢，恍惚间听见一声轻笑。

沈驰言停在距她极近的地方，嘴角慢慢勾起，露出一点儿笑，轻声说："晚安，小朋友。"

然后——

然后，他就起身走了。

还细心地帮许汀关了玄关处的灯。

许汀呆坐在沙发上，有点回不过神，心跳依然凌乱，小鹿躁动不已。

手机响了一声，有人发来视频通话的申请。

许汀找到手机，屏幕上映出司瑶略带困惑的脸，两个人对视半晌，同时开口："你会在什么情况下想要亲吻一个人？"

司瑶：？？？

许汀：？？？

沉默三秒，两人再度异口同声："你什么情况？"

（76）

司瑶险些当众挨老爹一巴掌，面子里子统统挂不住，她直接回了家，把自己反锁在卧室，别说饭了，水都不肯出来喝一口。

女主人出差在外，家里只有一个上了年纪的保姆，隔着门板想尽办法哄她。先前还能听见点哭声，后来，大概是哭累了，卧室里彻底安静下去。

保姆急得团团转，扭头去找司正奇。司正奇一颗心也悬着呢，又放不下身段，绷着脸，说："不管她，饿得狠了，她自然会出来！"

保姆叹息着想，就您闺女那脾气，只怕饿死了都不会出来！

正僵持着，裴景澜提着礼品来敲门，见到司正奇直接认错，说今天的事责任全在他，是他没处理好私事，弄得同事失和。他会去劝劝瑶瑶，让她不再任性。

伸手不打笑脸人，也打不了诚挚认错的，裴景澜一席话面子里子都顾全了，还给司正奇留好了台阶，可谓周全至极。

司正奇挥了挥手，淡淡地说："上去看看吧，你的话她大概能听进去。"

保姆就等着这一句呢，立即带着裴景澜往楼上走，边走边嘱咐："你多问问瑶瑶想吃什么，我抓紧给她做，这都饿了一天了，身体肯定吃不消！"

裴景澜笑着说好。

保姆把裴景澜带到司瑶的卧室门口，转身回了厨房，一点儿不好奇裴医生会用什么方式忽悠司瑶开门，反正他总有办法。

裴景澜抬手敲门，故意沉下声音，说："瑶瑶，关于那些流言，我想我需要解释一下。"

话音还没落地，卧室门就打开了，司瑶气恼地瞅着他："解释什么！你没做错任何事，有什么好解释的！"

"与对错无关。"裴景澜极自然地迈步进去，边走边说，"我只是不想让你通过别人来了解我。"

裴景澜进了卧室，顺手把一个颜团子的小摆件搁在司瑶的床头柜上，温声说："一切和我有关的事，我都会主动告诉你，不需要外人夹在中间添油加醋。"

裴景澜是在下班之后赶过来的，时值傍晚，他站立的地方刚好有一片暖色的天光，似霓虹，映得眉眼温润。

司瑶忽然有些不敢看他，故意别开视线，落在颜团子身上，有些赌气地说："我还以为早就弄丢了。"

"怎么会。"裴景澜笑了笑，"即便丢了，我也会想办法把它找回来。"

挺普通的一句话，此刻听来，却有种说不清的暧昧。

裴景澜凑近一步，指尖碰了碰司瑶的脸，轻声问："今天吓坏了吧？"

离得近，司瑶的呼吸里全是裴景澜身上的味道。她盯着他喉结处的领针，嗫嚅："没吓着，但是生气！"

也说不清到底是在气谁，反正就是生气！

裴景澜笑了笑，退开一步，手指在书桌上敲了两下："那有没有兴趣听一个关于童年的故事？"

"不想说也没关系，"司瑶立即道，"我永远相信你是好人！"

裴景澜招招手，让司瑶挨着他坐下，然后揉了揉她的脑袋，笑着说："小时候我养过一只猫，通身雪白，皮毛很软，摸起来手感跟摸你很像。"

司瑶正要凶他，他话锋一转："不过，那只猫不到半岁就死了，饿死的。我妈妈生下我时，并没有准备好要做一个母亲，所以，她经常不记得自己还有个儿子。她有很多朋友，喜欢出去玩，又不想带上我，就把我锁在卫生间里。最长的一次，我被锁了三天，除了冷水，什么都没有。我抱着那只小猫，用手捧水给它喝，最后它还是死了。"

司瑶惊讶地抬了抬眼睛。

相识以来，裴景澜给了她太多的温柔与包容，在她本就美好的生活里，又点缀了一颗星。她从来没有想过，星星的背面居然是这样冷酷的过往。

裴景澜的手一直搭在司瑶的头顶，有一下没一下地顺着她的头发："我只在妈妈身边生活了六年，她就去坐牢了。偷小超市里的面包，被抓住，失手打死了店主，之后我的抚养权就变更到了爸爸这边。虽然老爸并不想要我，但是我想跟着他，因为他有钱，他能让我吃饱饭，还能让我上学。我想读书，念大学，去更好的地方。我想有更好的人生，而不是留在原生家庭的阴影里，沉下去，变成一摊无药可救的烂泥。"

（77）

裴景澜的故事不算长，算上标点符号都不到八百字，搁在作文纸上，可能只够写满半篇。司瑶却觉得很难受，眼眶发酸。

"医院里的那些流言并不是造谣，大部分都是真的。"裴景澜捏了捏司瑶的耳垂，他脸上带着笑，眼神里却浮起一丝哀伤，"我的确是在那种混乱得近乎肮脏的环境里长大，可我从来没想过认命，我渴望能变得更好，也相信我能变得更好。"

裴景澜捏住司瑶耳垂的手指有点抖，细微的，几乎不可察觉。

司瑶不太会安慰人，有点无措。她抬起手，搭在裴景澜背上，半圈半抱地搂住他，说："谁说你不好？我的裴医生最好了，比超人还要厉害，超人会治冠心病吗？会做搭桥手术吗？肯定不会啊，所以，还是我的裴医生更厉害！"

裴景澜原本的确有些伤感，被司瑶这么低段位地一安慰，险些

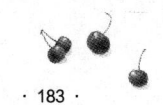

笑出来。他靠在司瑶肩上，有些无奈地说："小朋友，安慰人不是这样安慰的。"

出力还不讨好，司瑶有点犯小脾气，瞪着他："那你说怎么样才算安慰？"

裴景澜抬手在司瑶的鼻尖上弹了一下，说："看着我。"

司瑶的视线随着裴景澜的手指移过去，与他四目相对。

裴景澜的眼睛很漂亮，映着黄昏时的暮色，仿佛沉着鲸落的深海，明润静谧，光影斑驳。

司瑶下意识地屏住呼吸，连心跳都变得很轻。

她看见裴景澜靠了过来，呼出的气息吐在她脸上，灼热的，近乎滚烫。

她看见裴景澜微微泛红的耳根，看见他鼻梁上有一个细小的痣……

她看见了一切，却没有动，也没有阻止。

于是，那个吻便落在了她唇上。

极轻的吻，贴合研磨，缠绵得近乎漫长。

裴景澜的手搭在司瑶颈后，不许她乱动。司瑶连换气的机会都没有，只能去推他，却触到了衬衫下坚硬的肌肉纹理。

长时间做手术锻炼出的紧实体魄，带着年轻男人独有的流畅和消瘦。

像雕塑，精雕细琢，鬼斧神工，又比呆板的石像更富情调和生命的美感。

于是，滚烫的越发滚烫，炽热的顷刻燃烧。

司瑶的脑袋彻底乱成了一锅粥，整个世界都在她眼前分崩离析，只剩裴景澜看向她的眼神，是唯一的火种。

（78）

你会在什么情况下想要亲吻一个人？

手机屏幕的两端，司瑶和许汀，一对小姐妹对立发呆。

不知过了多久，两个人再度开口，几乎是在同时——

许汀："你说沈驰言……"

司瑶："你说裴景澜……"

话说到一半，两人觉得不对劲，又同时改口——

许汀："你和裴景澜……"

司瑶："你和沈驰言……"

算了，流年不利，今天不宜聊天。

挂断视频通话，各自关机睡觉，许汀平躺在床上，看着天花板。

她想起沈驰言的眼睛，搭在琴键上的手，还有他靠过来时，淡淡的温暖气息……

这……这还怎么睡啊！

许汀翻了个身，抱着枕头趴在床上，睡裙吊带纤细，脖颈也是细细的。耳尖上浮起糖果似的红，她抬手揉了揉，劝自己要冷静。

冷静冷静再冷静。

目光一偏，竹蜻蜓搁在窗边的小桌上，翅膀上映着点月光。

许汀忽然坐起来，换上 T 恤短裤，拿着竹蜻蜓下楼去了。

第二天，沈驰言取车时，一眼看到有个小玩意儿立在他的风挡玻璃上，红艳艳的翅膀被风吹得旋转不休，带着点耀武扬威的味道。

他愣了片刻，拍照发给许汀。

S：嗯？

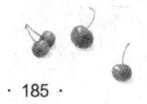

许汀很快回复。

一只小面包：出入平安。

沈驰言缓慢敲出一个问号。

竹蜻蜓能保平安？你确定？

哪个半路出家的业余道士告诉你的！

沈驰言无奈摇头，抬手将竹蜻蜓摘下来，按在了车内的仪表台上。

这么个轻飘飘的小东西，放在外面，走不了一公里，就会被吹跑了。

今天做文献抄读，沈驰言来得早，刚拐进校门，就看见前面人行道上有个挺眼熟的影子。

离得近，不能鸣笛，沈驰言降下车窗喊了一声："阮清峋。"

阮清峋弯腰凑近车窗，很规矩地打着招呼："小叔叔。"

"说过八百遍，在学校别这么叫。"沈驰言"啧"了一声，"让人听见，还以为我留过级呢，跟侄子一块上学！"

阮、沈两家是远亲，沈驰言和阮清峋年纪差不多，辈分上却高了一级。

沈驰言勾了勾鼻梁上的墨镜，说："上车，捎你一段。"

阮清峋摇头说不用，抬眼看见那个杵在仪表台上的竹蜻蜓，也没细看，顺嘴调侃了一句："返老还童？"

"滚蛋！"沈驰言啧他，转头又嘚瑟起来，"定情信物，懂吗？"

这个暧昧的词语让阮清峋眉梢一挑，再度看了眼那个竹蜻蜓，看得很仔细，忽然想到沈驰言说过，他和许汀是邻居，住在一个小区……

阮清峋也有私心和好奇心，只不过家教太好，从来不会多问。他笑了笑，说："周六来家里吃饭吧，新鲜的太湖蟹，你爱吃这个。"

"行啊，"沈驰言应了一声，"我也好久没见到棠棠了。"

停好车，沈驰言绕到食堂去买豆浆，旁边的奶茶铺在更换价目表，他瞄了一眼——女巫红豆、邂逅芝士、芒果小鹿……名字取得还挺有特点。

他视线滑到最后一排，冰沙栏里，有一款饮品叫"春天的熊"。

沈驰言目光一顿。

（79）

许汀一大早也有课，古代史，她晚上没睡好，有点犯困。任课老师突然猛敲黑板，声嘶力竭："主持修筑都江堰的人叫李冰，谁再写李冰冰，我就亲谁！"

司瑶坐在许汀身边，嘴里咬着块水果糖，摇头叹息："好残忍的刑罚。"

老师：？？？

教室里一阵哄笑。

司瑶默默立起书本挡住脸。

课间休息，司瑶趴在桌子上拉着许汀的衣袖小声聊天，挨着教室门的同学突然回头喊了一声："许汀，有人找！"

许汀从后门绕出去，看见一个年轻女孩，穿着工作服，围裙上印着奶茶店的logo。她将提在手上的袋子递到许汀面前，说："同学，你要的饮料。"

许汀有点蒙："我没叫外卖呀？"

女孩核对了一下许汀的姓名和手机号码，都对得上，她没送错。

　　店里生意忙，女孩将饮料交给许汀便急匆匆地走了。许汀翻出小票，商品栏里印着：春天的熊，数量1。

　　村上春树在《挪威的森林》中写，喜欢你到什么程度？像喜欢春天的熊那样。

　　底下还有一句留言：公主，今天骑士的配送费，我帮你付。

　　司瑶一脸好奇："谁给你叫的外卖？"

　　沈驰言。

　　许汀脑袋里跳出的第一个名字。她拍了张照片，在微信上发过去。

　　一只小面包：咦？

　　学物理的扫把小星星：今天是国际饮料日，喝甜的，不长肉。

　　许汀：……

　　我信你个鬼！

　　可是那个"春天的熊"，到底什么意思啊？你随手一挑，还是故意……

　　有人自旁边走过去，许汀连忙将小票收进背包里，做贼心虚似的，耳尖上烧出一点点红。

Chapter8.

去见你的路上，云朵都像棉花糖 /

（80）

补习时间定在周六下午三点，不耽误小公主早上赖床，吃过饭后，再补个幸福的午觉。

当司瑶知道许汀居然去做了阮清峋妹妹的家教时，下巴险些掉下来，对许汀比了比拇指，说："曲线救国这一块，您真是相当敬业了。"

说话时宿舍里没有其他人，许汀背靠着枕头，手里的书翻过一页，她的思绪有点飘，半晌，怔怔地说："最开始，我的确是奔着阮清峋去的，但是现在，我只想好好给阮棠上课，对得起家长付我的工钱。"

司瑶耳尖，从许汀的话音里听出不少深意。她攀着组合床中间的栏杆，探身过去，小声说："汀汀，你是不是不喜欢阮清峋了？"

指尖在书页上来回摩挲，刻下几道浅浅的印子。许汀咬紧嘴唇，轻声说："也许，我从来没有认真地喜欢过阮清峋。"

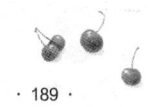

司瑶下巴抵着栏杆，想了想，又问："那么，你真正喜欢的人是谁呢？"

你真正喜欢的人是谁？

真是个正中靶心的好问题。

许汀准时去上课，阮清峋不在，阮妈妈在厨房里忙活，阮棠小公主像是刚睡醒，懒洋洋地瘫在客厅的沙发上，见到许汀也没打招呼，拿着遥控器一个劲儿换台。

许汀先进了卧室，过了五分钟小公主才晃悠进来，手上拿着一包薯片，咯吱咯吱地嚼。

许汀看了眼腕表，说："三分钟内吃完，然后我们开始上课。"

"上课？"小公主睨她一眼，"你还真把自己当老师了？考过教资吗？面试排第几？"

许汀也不生气，拿出手机点开秒表，计时三分钟。

被人盯着不说，吃个东西还得计时，阮棠顿时胃口全无，把包装袋往地上一扔，拖着椅子在书桌旁坐下。

许汀也收起秒表，翻开数学课本。

小公主的心思明显不在学习上，总想跟许汀聊家常。许汀告诉她这里要做辅助线，她说许那啥，你有没有男朋友？许汀告诉她那里要套用公式，她说，许那啥你谈过几次恋爱？

许汀叹了口气，抽过演算纸，在上面写了个"汀"字，边写边说："我叫许汀，'岸芷汀兰'的'汀'，你可以叫我汀汀。"

小公主撇了下嘴，没说话，忽然听见外头大门响了一声，接着是阮妈妈无比热情的声音："小言来了，快进来，里面坐！"

听见"小言"两个字，阮棠的眼睛唰地亮起来，课本一扔，转身往外跑，椅子被带倒了都没顾上扶一下。

卧室门"嘭"的一声打开，又"嘭"的一声合拢，不过合得不太严，留了一条两指宽的缝。

许汀听见小公主叫了声小叔叔，脆生生的，充满活力，哪有半分懒散的味道。

能让叛逆小公主瞬间变成乖巧小可爱，这位"小叔叔"的功力着实不一般。许汀有点好奇，想透过门缝偷看一眼，又觉得不太礼貌，生生忍住了。

她将课本翻过一页，外面的人笑着赞了一句："小公主越来越漂亮了！"

这声音让许汀彻底愣住。

许汀没有过目不忘的能力，也不是什么对声音分外敏感的奇才，她能记住这个声音，只是因为最近它出现的频率实在太高了，高得都有点虚幻了。

小公主语气骄傲地说："我已经很用功地在读书了，家教还在我房间没走呢，不信我带你见见她！"

阮棠推开卧室门的那一瞬，许汀有种扭头从楼上跳下去的冲动。她几乎不敢动，僵着身形维系着低头看书的动作。

沈驰言倒是平静，他倚着门框，表情里带着点戏谑的味道，说："原来这位就是小许老师。棠棠，怎么不给许老师倒杯水呢？"

小公主没看出两人间的端倪，应了一声跑出去倒水。

沈驰言关上门，走到许汀身边，双手撑在桌面上，俯身看着她，半笑半戏谑地调侃："真巧啊小许老师，我怎么走到哪儿都能碰见你？"

许汀绝望地抱住脑袋。

这个问题也是她想问的。

谁能想到沈驰言居然是阮清峋和阮棠的小叔叔？

您今年贵庚啊？有两个这么大的晚辈？

太巧了，真的，巧得许汀都想问问上帝和玉帝，二位是不是闲着无聊，拿她涮锅玩呢！

（81）

知道许汀就是新请的家教，沈驰言索性坐下不走了，声称要陪小公主一块学习。

小公主倒是很开心，规规矩矩地说："小许老师，我们开始吧！"

沈驰言来时，补习进行了不到三十分钟，这意味着，许汀要在沈驰言的眼皮底下讲一个半小时的课。

许姓小倒霉内心哭号，神啊，你带我走吧，实在不行，也可以弄死我！

许汀负责全科补习，做完数学题又打开英语书讲"过去完成时"，这个概念有点绕，小公主又心不在焉，听了几遍都没听懂，耐心告罄，气哼哼地把笔一摔，说："你能不能好好讲？别以为你是阮清峋的同学，我就没办法辞退你！"

许汀已经被磨得没脾气了，顺嘴顶了一句："辞吧辞吧，此处不留我，自有留我处，处处不留我，我干个体户！"

阮棠："……"

沈驰言坐在书架前看书，听到这里，笑了一声，用卷成圆筒的电视报敲了敲小公主的肩膀，温声提醒"好好说话，不可以没礼貌！"

当着小叔叔的面，小公主还算收敛，没有直接发作，丢下一句"我要上厕所"，起身出去了。

阮棠一走，屋子里就剩许汀和沈驰言两个人，气氛变得有点玄妙。

许汀埋头看书，只当沈驰言不存在。沈驰言偏偏撩闲上瘾，他伸脚过去踢了踢书桌的桌腿，低声问："你怎么知道阮棠和我有亲缘？"

怎么知道？

我不知道啊大哥！不然，打死我我都不会来。

许汀满头崩溃，嘴上却没作声，在草稿纸上反复默写——Keep calm。

冷静冷静，保持冷静。

"Calm"写到一半，隐隐听到一声轻响，束在脑后的马尾猛地一松，许汀连忙抬手按住。

绑头发的小皮筋断了。

她走得急，忘了在包里放一个备用的，看来要向小公主借一根了。

可是，她刚把小公主惹毛了哎。

有什么东西落在桌面上，"啪"的一声。

许汀抬起头，看见沈驰言屈指一弹，一条双圈的白松石细手链滑到她面前。

沈驰言懒洋洋的，笑着说："借你用。"

门外有脚步声，小公主要回来了，许汀抓过手链，绕在头发上，两下缠好。

她发色偏浅，与暗纹流转的白松石格外合衬。

沈驰言的手指在书封上"嗒嗒"敲了两下，点头道："还挺好看。"

头发扎起来，露出白皙的脖颈，空调的冷风洒在上面，凉丝丝的。

许汀忽然不敢去看沈驰言的眼睛。

　　小公主推门进来，脸色依然不太好，倒是没再闹什么幺蛾子，安生到补习结束。

　　时间一到，许汀飞快收拾好东西，冲出去跟阮妈妈道别。

　　她要立刻、马上、加着倍速地离开这个是非之地。

　　许汀动作太快，慌手慌脚，在客厅里跟阮清峋撞了个正着，险些一头扑进人家怀里。

　　阮清峋打球回来，满身的汗，冲了个澡，头发还湿着，声音里都饱含着水汽，皱着眉毛说："跑什么？有狗撵你？"

　　话音未落，一道纤细的影子自阮清峋身后绕出来，笑吟吟地瞅着许汀所在的方向："我就知道你在这儿！怎么样，抓住你了吧！"

　　女孩叫余焕然，许汀知道她的名字，但是没什么交集，更算不上认识。许汀以为余焕然在跟自己说话，一时有些茫然，却见余焕然直接越过去，走到她身后，拉住了沈驰言的胳膊。

　　许汀脑袋里滑过一道灵光。

　　对了，当初阮清峋让她到男寝楼下取身份证，她正好目睹余焕然纠缠阮清峋。她还以为余焕然是阮清峋的女朋友，后来才弄明白，余焕然要找的是阮清峋的小叔叔。

　　问题来了——阮清峋的小叔叔又是谁？

　　就是沈驰言啊！

　　转了一圈，这朵烂桃花可算找到源头了。

　　许汀默默咬住嘴唇，忽然觉得牙齿酸痛。

　　不舒服，浑身上下都不舒服。

　　身后，沈驰言果断向旁边迈了一步，让余焕然的手落了空。

　　他揪住许汀背包上的带子，将许汀拽回来，隔在自己与余焕然中间，笑着说："难得碰上，一起吃顿饭吧。"

许汀嘴角一抽。

这是要吃铁锅炖吗？

什么乱七八糟的都扔进去，一锅烩了？

（82）

许汀是阮棠的家教，还是阮清峋和沈驰言的校友，她留下吃饭，阮妈妈自然欢迎。

席间，通过众人的对话，许汀得知阮、沈两家是远亲，余焕然曾住在阮家隔壁，慢慢地，三个人就认识了。余焕然比许汀大一岁，考上大学后中途退学，专心运营自媒体。

阮爸爸在公司加班，阮妈妈是桌上唯一的长辈，笑着夸余焕然厉害，又年轻又漂亮，还会赚钱，不知道哪个男人好福气娶到这么好的老婆。

阮妈妈说者无心，余焕然听者有意，眨着眼睛看向沈驰言，意有所指："阿姨别取笑我了，我还单身呢。"

许汀的位置挨着沈驰言，堪堪被余焕然的目光攻势波及，她垂下手，在沈驰言的手臂上拧了一下，示意——小伙子，人家姑娘都已经暗示得这么明显了，你不表示一下吗？

许汀拧的这一下手劲不小，沈驰言疼得嘴角一抽。他轻咳一声，避开余焕然的眼神，夹起一块小排，正要放在许汀面前的餐碟里，阮清峋的筷子恰巧也在此时伸了过来，于是，两只手四根筷子，同时顿在许汀面前。

沈驰言明显一怔，阮清峋抬起眼睛，两个人沉默对视，气氛突然变得有些玄妙。

许汀：？？？

你俩投喂宠物呢？

阮妈妈见状，立即笑着打圆场："小许老师千万别客气，一定要多吃点。鸡翅和排骨是我的拿手菜，几个孩子都特别喜欢。"

许汀果断无视沈驰言的排骨，接过阮清峭夹来的鸡翅咬了一口，笑着夸阮妈妈手艺好。

沈驰言当众坐了个冷板凳，反手把排骨扔进自己嘴里，连肉带脆骨，嚼得咔嚓作响。

余焕然坐在沈驰言对面，将几个人的小动作看得分明，忽然说了一句说："小许老师的确要多吃点，你太瘦了，瘦得胸口都平了！"

阮棠抱着碗，哧的一声笑出来。

沈驰言掀起眼皮扫了余焕然一眼，不咸不淡地说："这不是一个礼貌的笑话。"

余焕然耸耸肩："开个玩笑而已嘛，那么认真干什么！"

许汀最讨厌这种随意拿别人开玩笑，末了还要给人家扣上一顶不经闹的帽子的人。她踩着余焕然的话音怼了一句："当事人觉得好笑的才是玩笑，作为当事人，我觉得不好笑。"

余焕然两头被堵，脸色沉了下去。

埋头吃饭的阮棠忽然看了许汀一眼，咬着筷头说："我以为能上 K 大的都是些无趣的书呆子，没想到你还挺好玩。"

这话打击面可有点广。

许汀看向桌上另外两个 K 大校友。

阮清峭："……"

沈驰言："……"

许汀忍笑点头："没错，我就是个有意思的书呆子。"

这顿饭的主菜是花雕醉蟹，许汀不太会剥蟹壳，在家吃蟹时，都是保姆剥好的。阮妈妈又格外热情，特意分了一个大的给她，许汀瞅着张牙舞爪的两只蟹钳，止不住地犯愁。

不吃吧，辜负了阮妈妈的一番心意；吃吧，她实在没把握做到优雅又得体，啃得乱七八糟的，那多丢人啊。

她正纠结，面前突然一空，有人端走了许汀的碟子，接着，另一个碟子摆在她眼前，里面码着剥好的蟹肉和蟹黄。

许汀惊讶抬头，沈驰言有些不耐烦地说："我用剪子剪的，不是牙啃的，放心吃吧！"

许汀本来挺感谢他，一听这话，只想抄起姜醋汁淋在沈驰言的脑袋上。

余焕然手上摆弄着一截蟹腿，凉凉地刺了一句："多大的人了，螃蟹都不会吃！"

"哟哟哟，这话听着可真酸！"阮棠小公主吃饱喝足，又干起了起哄架秧子的老营生，笑嘻嘻地瞅着余焕然，"有本事你也让小叔叔给你剥蟹壳啊，看我小叔叔理不理你！"

小公主功力过人，两句话把余焕然挤对得黑了脸。眼看着气氛要僵，阮妈妈适时站出来和稀泥，说："别光顾着斗嘴，多吃点菜，我的手艺不够好吗？"

她一边说一边往阮棠嘴里塞了几个虾仁，暂时堵住了小公主那张招灾惹祸的嘴。

许汀低下头，藏住嘴边抑制不住的笑意。

沈驰言瞄到她的小动作，在桌下踢了踢她的鞋尖。许汀一脚踩过去，没踩空，直接落在沈驰言的脚背上。沈驰言任由许汀踩着，然后癫痫似的抖了两下。

他一抖，许汀也跟着抖抖抖，手里的小勺险些撞在门牙上。

许汀立即收回脚，沈驰言仗着自己腿长，故意伸过去，挤在许汀腿边，时不时地用膝盖碰她一下。

阮妈妈招呼许汀，让她多吃菜。许汀夹起一片香菇，沈驰言余光瞄着她的动作，膝盖猛地撞过去，不重，可也不轻，许汀身形晃了晃，即将到嘴的香菇掉回到碟子里。

许汀恨不得一筷子扎过去，偷偷瞪他一眼。

沈驰言只当看不见，端起杯子喝了口水，唇边一抹顽劣的笑。

谁让你乱吃别人夹来的菜，真当我没脾气呢。

（83）

吃过饭，许汀主动帮忙收拾碗碟，阮棠忽然拍拍她的肩膀，示意有话要跟她说。

走进天台，小公主坐在吊床上，一条腿垂下来，晃啊晃。许汀被她晃得发飘，问了一句："有事儿？"

小公主弯起一点笑，开门见山："你喜欢我小叔叔，对吧？"

许汀惊得险些跳起来。

小公主继续说："虽然你和余焕然我都不喜欢，但是，两害相权取其轻，相比之下，还是你更顺眼些，所以，我会帮你追我小叔叔的。"

"你说谁是两害呢？不是，谁说我要追他，也不是，谁说我喜欢他了？"许汀面露惶恐，"我……"

"不必解释。"小公主露出一个"我懂我懂我都懂"的神秘微笑，挥手打断许汀的话，继续说，"别看我小叔叔像只花蝴蝶，随时都能招来桃花三两枝，其实本人很纯情很好追的。"

许汀被"桃花"两个字带跑了思路，脱口而出："那余焕然怎么没把他追到手？"

话一出口，许汀恨不得给自己一巴掌！

什么叫不打自招？这就是啊！

这浓郁的酸气，都能烧出一份酸汤肥牛了！

小公主的笑容越发高深，她整了整裙摆，说："余焕然是剃头挑子一头热，她跟我小叔叔三观不合，而且小叔叔不喜欢她那类型的，每次见到她都绕着走。不要把余焕然当成假想敌，更不要把时间浪费在对付余焕然上，没意义。"

假想敌……

对付……

许汀嘴角抽搐，都不知道应该从哪一句开始吐槽了。

她这是误入了哪个宫斗剧的剧组吗？

那年杏花微雨，你说你是果郡王，呸，沈郡王……

小公主从吊床上跳下来，拍拍许汀的肩膀，说："放心，我会帮你制造机会的，你可千万要抓住哇，别浪费我的一番苦心！"说完，小公主蹦蹦跳跳地走了。

许汀站在原地，头都大了。

她靠在栏杆上吹了半天风，等自己冷静下来，才回到屋子里。小公主坐在客厅的沙发上玩手机，许汀看见她就想绕着走，猛地一回身，险些撞到沈驰言。沈驰言说："要回去吗？我送你吧，反正也顺路。"

余焕然听到这一句，正要搭腔，小公主忽然脆生生地喊了一嗓子："小叔叔！"

沈驰言循声回头，小公主趴在沙发扶手上，半是撒娇半哀求地说"我好久都没和你一块玩了，野营啊，烧烤啊什么的，以前你总带着我的！"

小公主长得很漂亮，黑色长发柔软顺直，软着嗓音撒娇时，让人很难拒绝。

沈驰言挑眉："补习补腻了是不是？又撺掇我带你出去玩？"

"不止带我，大家一起去嘛。"小公主掰着手指头点人，"叫

上我的两个闺蜜，还有阮清峤，再带上小许老师，支帐篷、烧烤、钓鱼、晒太阳，热热闹闹的！春光正好，行乐趁早！"

小公主数了半天，屋子里的人几乎都点到了，唯独没有余焕然。

许汀不想掺和这出"沈郡王宫斗"大戏，正要脚底抹油，被沈驰言扯着衣领揪了回来。

沈驰言脸皮够厚，当着众人的面，直接屈起手臂支在许汀的肩膀上，仗着自己个高，拿许汀当架子使。许汀踢了沈驰言一脚，他也不躲，笑眯眯地摸摸许汀的头发，说"别着急，一会儿送你回去！"

我是着急吗？我是嫌你烦人！能不能把你的猪肘子挪开！

许汀简直要气死了，隐约感觉到有人在看她，转过头正对上阮清峤的视线。

阮清峤一贯的寡言、清冷，站在欢笑声的边沿，静静地给多肉浇水。

他看了许汀一眼，目光也是一贯的平寂疏淡，似乎天生比旁人少了些情绪。

许汀忽然想到试课那天，小公主挑衅她时说的那些话——他是收养的，家里人不要他。

阮棠都知道的事，阮清峤必然也知道，这就是他清冷性格的源头吗？

许汀有点跑神，沈驰言在她脑袋上拍了一下，说："那就这么定了，明天去露营，我和阮清峤一人一辆车，想去的抓紧报名。"

许汀立即举手，想说我明天有事，大事，奥特曼邀我开视频会议，探讨保卫地球的重要问题，脱不开身。

不等她开口，沈驰言一把捞过她的手腕，抓住，说："你在默认名单上，不用报名了！"

"可是……"

"没有可是，棠棠很少主动邀请外人一块玩的，"沈驰言微微低头，故意凑近她，"给个面子嘛！"

小公主趴在沙发扶手上，黑色长发像绸缎，软软地铺满肩头，眼巴巴地看着许汀："小许老师，一块来玩嘛，人多才热闹哇！"

俗话说吃人嘴软，她刚吃完人家一顿饭，还有好大一个螃蟹，总不能搁下筷子就打东道主女儿的脸。许汀叹了口气，算是明白了什么叫逼上梁山，什么叫身不由己。

阮清峋站在窗前，收拾架子上的多肉植物，睫毛低垂，衬衫的领口微微敞开，侧脸清秀安静。他像是没听见众人的话，又像是不感兴趣，带着点不食烟火的冷淡气息。

许汀不由得多看了几眼，下颌一紧，有人拨着她的下巴强迫她转过脸，沈驰言挑眉："家里没有烧烤食材，明天上午你陪我去买，早点起床啊，不许睡懒觉！"

谁睡懒觉了，你少胡说！

小公主笑声清脆，许汀气得红了脸。

（84）

从阮清峋家出来，许汀脸上的热度还没散，沈驰言自身后跟过来，说："走那么快干什么？"

许汀没回头，心想，只有我走得够快，沈驰言那个奇葩就追不上我！

阮家有两个车位，沈驰言占了一个，隔壁是阮清峋那辆捷豹。

取车时沈驰言往旁边扫了一眼，正看见杵在香水座上的竹蜻蜓。沈驰言动作一顿，后知后觉地回过味，问许汀："那天是阮清峋送你回来的，对吧？"

难怪他在阳台上看见那辆捷豹时，会觉得特别眼熟，当时他脑袋被猪油糊住了，没有多想，现在一琢磨，有意思的细节还真不少。

天卷正版

许汀莫名心虚，转着眼珠试图把这个话题搪塞过去。

沈驰言"啪"的一声拍掉许汀去开车门的手，靠在车身上，挑眉道："捷豹上的竹蜻蜓也是你送的？你做公益呢，人手一个，颜色随机！用不用再给你拉个横幅，发两张传单，宣传一下竹蜻蜓免费送？"

哎哟哟，这股子醋劲啊，说翻脸就翻脸，真是……

真是太好玩了！

接触的时间越长，许汀越觉得沈驰言就是个宝藏，外表看着桀骜难驯，骨子里却住着一个任性的小朋友，占有欲爆棚，还醋劲十足。

许汀并不喜欢斤斤计较的男生，胡搅蛮缠更是雷点，却一点都不讨厌沈驰言傲娇中又带着点蛮横的样子，甚至想摸摸他的头，再让他叼一张 PH 试纸在嘴里，看看会不会变成红色。

许汀被自己的想象逗笑了，沈驰言在她脑门儿上拍了一下，说："严肃点，交代问题呢！"

许汀收起玩笑的表情，立正站好，严肃纠正："才不是人手一个呢，那是专门给你买的！我第一次拿到兼职工资，想到的第一件事就是买个小礼物送你。原本想着我们一人一个的，结果阮清峋说他也想要，所以，不是我主动给他的，是被要走的，明白吗？"

沈驰言低下头，凑近许汀，半眯着眼睛，轻声问："你什么时候认识阮清峋的？很熟吗？私交不错？"

这哪是提问，分明是致命三连。

许汀语塞。

一方面她不想在沈驰言面前说谎，另一方面她又不想让沈驰言知道她曾经暗恋过阮清峋。

等一下，为什么是曾经？

许汀的思维有点跑偏，忽然听见一道声音："驰言，你现在有空吗，我想跟你聊聊？"

余焕然自许汀身后绕过来，嘴上叫着沈驰言的名字，眼睛却看着许汀，带着点欲言又止的味道。许汀立即向旁边让了一步，说："你们聊，我可以自己打车回去。"

说完，她拿出手机准备叫个车。

不等许汀找到软件图标，手上骤然一空，沈驰言夺过她的手机，顺着车窗扔在副驾驶的座位上，对她说："小区对面有便利店，去帮我买份关东煮，然后在那儿等我，咱俩的账还没算完呢！"

许汀无奈："手机被你拿走了，我没法付钱。"

沈驰言直接抽出钱包丢进她怀里："还想吃什么一并买了吧，我请客。"

许汀："……"

您可真大方！

（85）

小区人工湖旁边有个凉亭，白色的，周围栽着不少绿植，很漂亮，蚊子也挺多。

沈驰言刚走进去就被咬了两口，痒得想骂街，皱眉道："长话短说，行吗？我特别招蚊子，快被咬成释迦果了。"

余焕然转过身，眼底泫然有泪，哑声道："你今天什么意思？又是夹菜又是剥螃蟹的，故意做给我看？"

"别胡乱给我加戏啊，我没那么无聊。"沈驰言拍死一只吸血蚊子，向旁边避了一步，笑着说，"我只对喜欢的人好。"

余焕然脸色苍白，几乎是在哭吼："那我呢？"

"我三年前就跟你说过，"沈驰言看着她，"别把时间浪费在我身上，没意义。朋友一场，我不想让你太难堪，但是，你也要懂得适可而止。"

"我到底哪里不好?"余焕然抬手捂住眼睛,身形晃了晃,像是承受不住,反复呢喃,"我到底哪里不好?哪里不如她?"

"我对你没有那种感情,不代表你不好。"沈驰言没有伸手去扶她,背倚着凉亭立柱,静静地说,"这中间不存在任何逻辑关系。不要因为一段轻飘飘的感情就自我怀疑,更不要自我否定,有趣的人和有趣的事还有很多,以后会遇到的,别着急。"

余焕然支撑不住,瘫软在凉亭里的石凳上,长发在风里轻轻摇曳,越发显得身形纤弱。

沈驰言也不知道他的话她能听见去多少,叹了口气转身要走。

余焕然忽然叫了他一声,哽咽着问:"为什么要拉黑我?做不成恋人,做普通朋友都不行吗?"

"在你真正放弃我之前,我觉得我们没必要保留联系方式,"沈驰言没回头,淡淡地说,"这对彼此都是一种尊重。"

说完,沈驰言沿着石子路朝外走,没走几步,身后传来崩溃的抽泣声。

沈驰言顿住脚步,长长地叹了口气,又绕回去,躲在余焕然看不到的地方拨阮清峋的电话:"峋哥,帮个忙,把余焕然送回家,她现在情绪不稳,我怕她脑袋一热弄出什么幺蛾子。"

阮清峋的声音里一贯没什么情绪,他"嗯"了一声,忽然说:"你真的喜欢许汀?"

"怎么,"沈驰言低笑着,"你要跟小叔叔竞争一下吗?"

阮清峋沉默两秒:"为老不尊。"

沈驰言舔了舔牙尖,说:"没关系,小叔叔行得正坐得端,不怕公平竞争。"

"既然不怕，"阮清峋说，"你怎么不敢自己送余焕然回去？"

"那样会让她以为自己还有机会。"沈驰言背倚着一根灯柱，站在浅银色的星辉下，轻声说，"给不喜欢的人留有幻想，是一种很没品的行为，我受到的家教不许我这么做。"

（86）

饭点早就过了，便利店里几乎看不见人，许汀先打包了一份关东煮，竹轮、魔芋丝、白萝卜、鱼丸和鱿鱼卷，选一样在心里念一句沈驰言是强盗。

在货架间转了两圈，她拿了一瓶矿泉水，还有一包果汁软糖。

付款时下意识地去找手机，手伸进口袋里才想起来，手机被没收了，许汀叹了口气，只能打开沈驰言的钱包。

钱包里可以放照片的地方夹了张卡片，圆滚滚的字体写着：漂亮又可爱，积极又向上。

许汀愣了愣，这卡片原本是她写给自己的，结果误打误撞，连同兔子八音盒一并送给了沈驰言。

便利店挨着长街，车流斑斓如星河，许汀在街边的长椅上坐下，一边吃糖一边等沈驰言来接她，不，等沈驰言来还她手机！

晚上温度下降，不像白天那么热，有风吹在脸上，凉凉的，很舒服。

灌木丛里跳出一只流浪猫，大概是饿了，叫个不停。许汀扎起一块白萝卜，用纸巾垫着，搁在地上。小猫谨慎地嗅了嗅，一辆私家车开过去，气流带起强劲的风，小猫"喵"的一声又蹿回到灌木丛里，没了踪影，只剩白萝卜躺在地上。

许汀单手托着下巴，叹息着想，余焕然说有话要单独跟沈驰言讲，应该是要表白吧。

他们两个从小就认识，余焕然一定喜欢他很久了。

当余焕然说"我喜欢你"的时候，沈驰言会是什么样的表情呢？

惊愕、拒绝，还是……

还是接受？

他会接受吗？

他如果真的接受了……

她感觉胸口突然闷疼得厉害，像是病了，又像是被人刺了一刀。

许汀觉得冷，她环起手臂抱住自己。耳边满是杂音，有音响里飘出的歌声，有引擎的轰鸣，还有路人的脚步声。

一个小女孩牵着妈妈的手，蹦蹦跳跳地边走边说："妈妈，我好喜欢那个毛绒熊啊，下一次我再得小红花，你买给我，好不好？"

妈妈没作声，小女孩软着嗓音哀哀地求："妈妈，我真的好喜欢，你给我买吧。"

我真的好喜欢。

真的好喜欢。

许汀心里的声音似乎和小女孩的话音重叠在一起，就像一直在52 赫兹的频率里孤单吟唱的鲸鱼终于找到合拍的伙伴，亦如天使在《圣经》的序章里，展开白色的翅膀。

淡色的星辉中，月亮的尖角上挂满温柔。

许汀恍惚听见自己的心声在慢慢加强，仿佛一场交响乐，整个银河都赶来给她伴奏，繁星齐鸣的恢宏奏鸣里，藏着怦然心动的一句——

我真的好喜欢你。

沈驰言，我好喜欢你。

许汀倏地站起来，险些打翻手上的关东煮。

她找到答案了。

那些一直困扰她的不解和茫然，都在此刻有了答案。

为什么她面对阮清峋时会不再心跳加速？

为什么她格外介怀余焕然和沈驰言的关系？

为什么一想到沈驰言可能会接受余焕然的表白，她就心口疼？

因为她喜欢他啊！

养在心头的小鹿，只有在面对喜欢的人时才会复活，脸红心跳的感觉，也只在喜欢的人面前，才会出现。

你看看，这么多证据，都在证明着她的喜欢，她却迟钝得到今天才发觉。

还来不来得及啊？

（87）

许汀捧着装关东煮的小纸盒扭头往回跑，跑了两步又顿住，人家单独说话呢，她贸然过去搅和，多不礼貌！

可是她也不能傻站在这里，等着三振出局吧？

一步迈出去，又收回来，许汀原地表演了一出"举棋不定"。

身后突然传来一声鸣笛，距离太近，炸雷似的，许汀吓得险些跳起来，回过头就看到沈驰言隔着风挡玻璃对她笑。

许汀下意识地看向副驾驶座，空的，没有余焕然。她偷偷松了口气，一巴掌拍在车头上："哪个驾校教你顶着人按喇叭的？"

沈驰言笑着推开副驾的车门："上来，送你回家！"

车窗半降，夜风吹进来，沈驰言额前的头发有些乱，很随意地盖过眉毛，越发显得眼神清朗，英俊与桀骜，俱是干干净净。

许汀的耳朵瞬间就红了。她避开沈驰言的目光，慢吞吞地爬上车，边爬边小声试探："余焕然呢？你把她扔哪儿了？不用送回去吗？"

许汀那点道行，四舍五入一下，约等于没有，两句话就把脑袋里的小心思全暴露了。

沈驰言强忍着笑意，顺嘴胡诌："她住得近，不用送。"

这个回答太模棱两可了，听不出来两人的关系究竟进展到哪一步。

许汀心一横，打了记直球："她是不是喜欢你？"

沈驰言偏头看了许汀一眼，神情隐在暗淡的灯光下，有种慵懒的味道，四两拨千斤地把球踢了回去："这么关心我的感情问题，是不是有私心？"

"才不是呢！"

许汀像被踩了尾巴，脸上有点红，随手扎起一个魔芋丝塞进嘴里，嚼了两下才反应过来，这份关东煮是给沈驰言买的。

红灯，沈驰言探头看了一眼，问："有鱼丸吗？给我一颗。"

有是有，不过，许汀只拿了一根竹签，她刚用过，拿什么给沈驰言扎鱼丸啊。

许汀索性破罐子破摔，耍赖道："这是我买的，想吃自己去买！"

"还挺护食！"沈驰言挑眉，忽然凑过来，附在许汀耳边，轻笑着说，"我被余焕然叫走，你是不是吃醋了？"

不等许汀参毛，沈驰言直接夺过她手里的竹签，扎起一颗丸子塞进嘴里："味道不错！"

许汀彻底没脾气了，抱着小纸盒愣怔半晌，忽然说："这样不好。"

引擎声把那点话音盖了下去，沈驰言扭头看她："什么？"

"我说你不能这样做。"许汀抬起头，皱着眉毛，正色道，"你明知道余焕然喜欢你，如果你打算接受这份感情，就不要总是逗我，更不能用那种暧昧的方式。爱情是世界上唯一可以自私的东西，只属于两个人，多一个都不行！想做人家男朋友，就要承担起那份责任！当然，我也会避嫌，以后再不搭你的顺风车了！"

许汀不太会说大道理，开头郑重其事，后来不自觉地带上了几分委屈。

沈驰言特别喜欢许汀小动物似的神情，又凶又委屈，又怕说话太重，伤了情分。

他单手打着方向盘，另一只手伸过去，搁在许汀脑袋上揉了揉。

许汀立即甩开他："都说了，要有分寸！"

"你说得对。"沈驰言再度把手搁回到许汀头上，拨不倒翁似的揉了两下，笑着说，"我以后会注意的。"

许汀心跳一沉，这算是默认了？

不等她露出沮丧的神情，沈驰言慢吞吞地补了一句："在一段单向的感情里，不该给对方留有任何幻觉，我不仅要拒绝余焕然，还要适当地跟她保持距离，才不会引起误会。"

许汀一怔，藏在心头的小鹿仿佛踩到一团棉花，轻飘飘的。她眨眨眼睛，一脸期待地瞅着他："你拒绝了？"

那我是不是可以追你了？

许汀在想什么，沈驰言用余光都能看明白。他抿了抿唇，藏住即将漫上嘴角的笑意，点头说："是啊。"

是啊，抓紧追我吧。

车子拐进小路，许汀依稀记得这里有个小夜市，她推了推沈驰言的手臂："停车。"

沈驰言减慢车速："怎么了？"

"你不是不乐意和别人收一样的礼物嘛，"许汀勾起嘴角，露出一个浅浅的笑，"竹蜻蜓不算数，再送你一个。"

送你一个我亲手赢回来的，当聘礼，让所有人都知道，这家的公子本小姐定下了！

（88）

夜幕中的城市特别热闹，人流、霓虹、烤串的香味，还有卖饰品的小摊子，音箱里流淌出动感的音乐。

小夜市不大，人倒是不少，许汀小小的一个，沈驰言生怕她走散了，或者被人捡走，拉过她的手腕，牢牢握住。

穿过不到两百米的步行街，有个小广场，聚了不少玩轮滑和滑板的孩子，滚轮上流动着七彩的光，旁边还有一队跳广场舞的阿姨。

舞曲一响，沈驰言只听前奏就笑了，捏了捏许汀的耳朵，说："大黄蜂？是你吗大黄蜂？"

许汀的手腕被他握住，不方便一肘子捅过去，只能祭出凶巴巴的眼神！

沈驰言笑得越发欢乐。

身后传来轮子摩擦地面的声音，接着，有什么东西撞在沈驰言的脚踝上，还挺硬，沈驰言疼得"咝"了一声。他皱着眉毛回过头，看到一块印着涂鸦纹的滑板，一个戴着鸭舌帽的小男孩跑过来，怯生生地说叔叔对不起。

许汀掩着嘴巴偷笑，沈驰言敲了敲小朋友的帽檐："叫哥哥！"

小朋友乖乖改口："哥哥！"

沈驰言用一包口香糖从小男孩手里借来滑板，他抬脚踩上去，对许汀说："看好了啊，炫技表演，只此一次！"

许汀刚想说你少吹牛，将看见沈驰言脚下一蹬，滑了出去。

他滑得很快，眨眼间就绕着小广场转了半个圈，附近玩滑板的孩子都看过来。沈驰言绕回到许汀面前，他伸手打了个响指，同时重心偏移，改变发力脚，做了个倒滑外加翻身豚跳的动作。

沈驰言个高腿长，这个动作他做出来格外漂亮，围观的孩子们一阵欢呼，还有人拍手叫好。许汀忍不住笑起来，她想，沈驰言大概就是天生的孩子王，走到哪儿都招小孩。

夜风闷热，踩在滑板上风一样飞掠的感觉，非常舒爽。沈驰言玩了四五分钟，最后翻板落地，脚尖在板子上轻轻一钩，然后抄手接住。

一系列动作流畅至极，利落英俊。

许汀冲他竖了竖拇指。

几个小孩围过来，嚷着："叔叔，不，哥哥，教教我们吧！你那个外翻是怎么做到的？还有带板跳转180度，帅死了！"

沈驰言弯下腰，在鸭舌帽小孩耳边说了句什么。小孩点点头，转身跑到许汀身边，说："姐姐，滑板可好玩了，你要不要跟我们一块学？"

许汀摇摇头，说："不了，最近轮椅涨价，挺贵的，分期付款还收手续费。"

沈驰言气得想笑，直接把许汀拎过来，放在滑板上，说："来，感受一下，你跟轮椅之间还有多远的距离？"

沈驰言在滑板的翘头上轻轻一踢，滚轮转动，许汀重心不稳，晃着手臂向后栽，沈驰言眼疾手快，一把捞住许汀的腰，直接将她捞进怀里。

沈驰言穿了件棉质T恤，布料之下是紧实的肌肉纹理和炽热的体温，他刚运动过，带着一点儿汗味，脖子上的银色项链光芒微弱。

小屁孩跟着起哄，许汀脸红得要爆炸，一把将沈驰言推出去好远。

沈驰言大笑，眉眼柔和的样子，格外好看。

许汀有点不敢看沈驰言，转着眼睛四处乱瞄，忽然看到一个摊位，

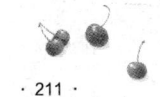

热热闹闹地围着一群人，棚沿下挂着好多毛绒玩具。

她也没叫沈驰言，转身就走，穿过围观的人群，挤到最前排。

守摊的老板拎着腰包招揽生意："试试吧，打中五个就给奖品，特别好玩！"

许汀抬手挥了一下："老板，玩一次多少钱？"

老板埋头找零，头也不抬地说："十块钱五次，打中得越多奖品越大！"

沈驰言跟着许汀挤过来，他看了看摊位上摆的东西，有些惊讶："你会玩这个？"

许汀昂着下巴还他一个骄傲的小表情，指着奖品栏里的玩具，说："看看，喜欢哪一个？我给你赢回来！"

沈驰言挑了挑眉。

（89）

这是个射箭摊位，几米之外的平地上立起一块蒙着红布的木板，上面挂着五颜六色的小气球，一排挨着一排，码得十分整齐。

许汀指着奖品栏里一个奇丑无比的大猩猩问老板："那个要怎么赢？"

拉弓也是个体力活，来玩的多半是男孩，老板看了许汀两眼，说："那个可是头奖，五十块钱二十五支箭，百发百中才行。"

沈驰言挑眉："百分百中？这得是奥运会金牌选手的水平吧？"

人群里飘起几声窃笑，老板脸上挂不住，瞪了沈驰言一眼，转身正要走，许汀却叫住他："五十块钱，给你！"

见到钱，老板脸色一变，又笑了。

摊位看着简陋，设备倒是挺齐全，还有护臂和手套。许汀将老板给的箭筒套在腰间，数好二十五支箭搁进去，然后拎起一把弓掂了掂分量。

弓是张反曲弓，外形上仿照了复仇者联盟里鹰眼手中那张，不过做得有点糙，配件只有箭台，磅数偏高，弓弦还有点松。许汀背着老板偷偷调了调，然后走到白线后站好。

老板笑着问："需不需要场外指导？教教你怎么站位，怎么拉弓，怎么瞄准。"

沈驰言看见这副奸商嘴脸就搓火，正想怼他两句，许汀已经将箭搭在了箭台上。

沈驰言没玩过这个，看不出门道，单纯觉得许汀双脚分开，跨立的姿势非常好看。

她腰很细，专注于瞄准的眼神静而沉稳，带着某种力量。她头发上还绕着沈驰言的白松石手链，黑色的发，暗纹精致的璀璨松石，映在一处，格外好看。

灯光如水，落在许汀的侧脸上，从额头到鼻尖再到下巴，一条完美的折线，与沈驰言的心跳频率莫名吻合。

沈驰言有点移不开眼睛，恍惚想起曾在书上看过一句很美的话——所谓喜欢，就是你看向一个人时，眼里的光。它带着恰到好处的温柔，干净，明亮，一尘不染。

许汀瞄准不需要很长时间，短暂定格后，不等众人回过神便松了手，弓弦嗡嗡震颤，箭携着微弱的风，"哆"的一声钉在蒙着红布的木板上，气球应声爆裂，飞出一点搞气氛用的彩色亮片。

不只是沈驰言，连老板都惊了一下，拍着巴掌喊了声好。不等话音落地，许汀的第二支箭已经飞了出去。

接着是第三支、第四支，气球爆裂声连成一片，五颜六色的亮片纸飞得到处都是。

更多的人被吸引过来，老板连招揽生意都忘了，看得目瞪口呆。沈驰言起先也有点惊讶，慢慢地，一种引以为傲的情绪浮上来，让他忍不住想要微笑。

许汀总说他是宝藏，其实，这个冒冒失失一头闯进他生活里的小姑娘，才是真正的宝藏。她总能在不经意间露出身上的闪光点，让人赞叹，也让人惊艳。

她有很多小主意，总是开开心心的，嘴角带甜，会做漂亮好吃的小点心，会弹琴，还会昂着下巴跟他说，喜欢哪一个，我帮你赢回来！

她是他无意中碰见的惊喜，也是神明慷慨赠予的礼物，带着樱花色的星辉落在他指尖，于是心口和掌心，同时有了滚烫的温度。

（90）

二十五支箭，百发百中，这个要求的确苛刻。许汀射第十三支箭时滑了手，在第二十二支上又滑了一次，即使这样，开头的十连中，也已经足够惊艳，现场一阵接一阵的掌声。

老板还算大方，当场拿下架子上的大猩猩，递到许汀面前，说："拿去、拿去，小姑娘真有两下子！"

大猩猩挂在架子上时，隔得有点远，只能看到大概的轮廓，等拿到手上，许汀才发现，这玩意儿真是丑啊，通身黑不溜秋，一点儿杂色都没有，毛还刺刺的，不柔也不软。

许汀将大猩猩递给沈驰言，看着他的眼睛说："我赢回来的，送给你！"

夜风很轻，带着点不知名的花香味，从耳边飞过去，撩得发丝颤动。

月亮黄澄澄的，像饱满的梨子，筛下深浅不一的光影。

沈驰言忽然觉得心跳有点乱，他轻轻咳了一声，说："送礼物总得有个由头吧，生日礼物？感谢礼物，还是……"

"纪念礼物，"许汀说，"纪念在这个夏天的尾巴上，我遇见了你。"

从此，有了心动，也有了心事。

沈驰言垂下眼睛，和许汀对视着，两个人的目光在街灯下相遇。

还记得陈粒唱过的那首歌吗？对你的偏爱太过于明目张胆。

我偏爱凌晨四点的海棠，也偏爱层林尽染的山谷，这世间有诸多美好，我最偏爱的是你。

沈驰言咬了咬嘴唇，他正要说你有没有想过和我在一起，手机突然响了。铃声仿佛一道魔咒，惊醒了陷入时空停滞的两个人。

电话是阮棠打来的，小公主叮嘱沈驰言多买些鸡翅和牛肉丸，明天露营时烤着吃。

沈驰言跟阮棠聊了两句，挂断电话时，许汀已经走到前面去了。沈驰言呼出一口气，拎着那个丑兮兮的大猩猩快步追上。

（91）

将近十点，沈驰言的车子才开进小区，许汀靠在副驾驶座的椅背上睡着了。她歪着头，碎发垂下来，拂过鼻梁，随着呼吸微微颤动。

沈驰言熄了火，转过身正要叫她，一眼瞄见她领口下的锁骨，雪白细腻，角度的关系，旋出一个精致的窝，盛着一点儿沐浴露的香味。

没了引擎声，周围静悄悄的，沈驰言呼吸一顿，他忽然觉得有点渴，还有点饿，说不清是什么感觉，胃里发空，想一口咬住什么，嚼碎了，吞下去。

沈驰言晃晃脑袋，推门下车。关门声惊醒了许汀，她揉揉眼睛，缓了一会儿才彻底清醒，解开安全带走下来，看见沈驰言靠在引擎盖上嚼口香糖。

许汀打了个呵欠，说："谢谢你送我回来。"

沈驰言伸手在她脑袋上弹了一下，说："明天别弄早点了，我带你去吃，然后去超市买烧烤用的食材。"

两人在电梯里大概商量了一下明早出发的时间和要买的东西，然后各回各家。

一脚踏进家门，许汀踢掉鞋子，衣服都没换，扑在沙发上拨司瑶的手机号码。

电话很快接通，不等司瑶开口，许汀一股脑地说："瑶瑶，我找到答案了！我真正喜欢的人是谁——这个问题我找到答案了！我喜欢沈驰言，不是崇拜偶像，不是一时兴起，是真真切切的喜欢！他生气，我会想哄他；他吃醋，我觉得可爱，连他随便玩个滑板我都觉得好帅好帅！天哪，我真是要疯了！"

许汀把脸埋在沙发上的靠枕里，耳朵尖上透出一点儿温度上升的红。半晌，她听见听筒里传来一声轻笑，然后是一个男人的声音，说："恭喜你啊。"

许汀怔了怔，把手机拿到眼前看了眼屏幕，是司瑶啊，她没打错电话。

停顿三秒，许汀抖着嗓音问："裴……景澜？"

"是我，"干干净净的男声回应她，"司瑶睡着了，要我叫醒她吗？"

"不用、不用……"

许汀尴尬半晌，憋出一句："早点休息，注意身体。"

挂断电话后，许汀才反应过来。

她都说了些什么乱七八糟的啊！

Chapter9.

全世界都知道，她在心动 /

（92）

许汀跟沈驰言说好七点多出发，她不到六点就醒了，洗澡吹头发化妆，然后把衣柜里适合露营穿的衣服全翻了出来，一件一件试，又觉得哪件都不满意，最后一通视频通话叫醒顾涵之，让老妈帮忙选一套。

顾涵之隔着屏幕瞄了眼许汀的衣柜，手指纤纤，点了两下："那件浅色的露肩，对对对，配热裤，不要那条，左手边那个，再左一点儿，对，就是它。"

许汀偏瘦，腰细，肤白，锁骨明显，小腿线条精致，露肩款的上衣和热裤很适合她。

挑完衣服，顾涵之又帮她选首饰，耳线、choker、细细的关节戒指。

许汀思考了一下，把银制手链摘下来，换上了沈驰言借给她的那条白松石手串。长发铺在肩上，干净、秀气，还有一点点妩媚的味道，非常好看。

顾涵之上下看了看，也很满意，笑着说："我的汀汀长大了，这是要出去约会？"

许汀唇边旋起一个浅浅的梨窝，说："今天跟他和他的朋友一块去露营，想留个好印象。"

顾涵之凑近屏幕，八卦兮兮地问："他长得帅不帅？"

许汀想了想，用力地点头："很帅，而且有礼貌有担当，我很喜欢他。"

"评价这么高啊，"顾涵之笑眯眯的，"一定是个很优秀的男孩子。"

许汀脸色红红的，小声说："先别告诉爸爸，我们还没有正式在一起呢。"

"肯定不告诉他。"顾涵之一挥手，"糟老头儿什么都不懂，就会添乱。"

许汀笑倒："顾女士，那个糟老头儿可是你老公！"

许汀满屋子折腾的时候，沈驰言也没闲着，他把之前做好的"岸芷汀兰"瓷刻翻出来，在行草书成的字迹下面添了一簇红豆图案，枝干虬结，果实赤红，很有意境。

上了色，封过蜡，沈驰言将瓷刻搁在盒子里装好，打算挑个适当的时候，送给许汀。

红豆，又名相思豆，愿君多采撷，此物最相思。

也不知道那个傻子能不能明白。

七点一刻，沈驰言准时敲响隔壁的房门。许汀开门时，他正在发消息，无意识地瞄过去，指间动作一顿。

眼神，梨窝，锁骨，肩线，还有极淡的香水味。

说不清哪一处更动人。

确定心意后的第一次见面，许汀有点紧张，她背着手，藏住钩缠在一起的手指，说："我们去吃小笼包吧，好不好？"

沈驰言没说话，定定地看着她。

许汀心尖一抽，有点底气不足，小声问："怎么了？"

沈驰言没说话，伸手过去，撩了撩许汀耳垂下细细的耳线。

他指尖偏凉，擦过许汀的颈侧皮肤，掠起细碎的痒，麻酥酥的。

许汀不自觉地歪了歪头，迟疑着问："不好看吗？"

楼道里很暗，沈驰言又背着光，五官轮廓中掺进阴影，衬出几分锋锐与利落并存的英俊。他低垂着视线，瞳仁漆黑，仿佛洒了光雾，淡淡地说："人多的时候记得披件外套。"

许汀睫毛一颤，呆呆地说："我没准备外套，现在回去拿？"

"不用。"沈驰言看着她，故意说，"到时候穿我的就行。"

（93）

早餐应许汀要求吃了小笼包和瘦肉粥，刚出锅的包子很热，许汀伸手去拿，烫得一缩。沈驰言嗤笑一声，用筷子夹起一个，搁在许汀面前的碟子里。

一个穿背带裤的小男孩坐在许汀旁边，四五岁，圆头圆脑的，晃着两条小短腿跟身边的女人说："妈妈，那个姐姐好好看！"

娃他妈也是个神人，抬手往孩子嘴里塞了块剥好的蛋白，边塞边说："人家男朋友在旁边坐着呢，你就别惦记了，容易挨打。"

许汀：？？？

沈驰言笑得险些呛住。

只玩一天，又不过夜，沈驰言原本想找个烧烤场，帐篷、烧烤架之类的都可以租，带着钱就行，更方便。结果小公主不同意，说烧烤场人多，又乱又脏，玩起来不痛快，闹着要用自己准备的东西。沈驰言在小孩面前没什么原则，一切谨遵小公主吩咐。

于是，吃过早饭，沈驰言带着许汀直奔超市，肉串、丸子、鸡翅、蔬菜、水果，还有各种酱料，许汀又挑了点果汁和矿泉水，沈驰言伸手要拿啤酒，被许汀一巴掌挡了回去，开车呢，喝什么酒！

沈驰言抬手在许汀脑袋上揉了一下。

阮棠说要约上她的两个闺蜜一块来玩，许汀提议再给小朋友买点零食。沈驰言拿了一根棒棒糖，葡萄味的，没往购物车里放，而是塞进许汀手里，说："小朋友都有糖吃，哪个都不能亏待。"

乱七八糟的东西塞满了一个后备厢，然后掉转方向赶去阮清峋家接人。阮棠早早就下楼等着了，两个闺蜜站在她身边，都戴着太阳帽，看上去很文静。

零食是讨好小孩子的首选武器，三个姑娘收到许汀送的零食后，都活跃了不少，笑眯眯地跟许汀和沈驰言打招呼，姐姐好，叔叔好。

沈驰言叹了口气，说："我这个迷幻的辈分啊。"

许汀有点想笑，不等她勾起嘴角，目光一顿。

余焕然跟在阮清峋身后走出来，手上拎着一个挺大的包，应该是装帐篷用的，看到许汀后极自然地跟她招了招手，说："早啊。"

"真不是我要带她一块玩的。"阮棠咬着一根棒棒糖，凑到许汀耳边，低声说，"一大早她自己跑过来，我摆脸色她也当看不见，皮厚得很！"

阮棠吃的是草莓味的棒棒糖，果香浓郁。许汀摸了摸口袋，找到一根葡萄味的，撕掉包装含进嘴里。

阮棠嫌弃："多大的人了，还吃糖！"

许汀笑眯眯地说："女孩子永远十六岁。"

阮清峋的车载着帐篷和烧烤架，后座都占了，只剩副驾驶座一个空位。阮棠直接把余焕然推过去，说："我跟小姐妹坐小叔叔的车，正好多你一个，快去快去！"

余焕然像是换了脾气，一句话都没多说，扭头上了捷豹的副驾驶座。许汀忍不住多看她几眼，余焕然似有察觉，露出一个温婉的笑。

笑得许汀冒出一身鸡皮疙瘩。

沈驰言的车后座装了三个小女孩，活像装了三个话口袋，一路上又说又笑，还能挤出空来吃零食，沈驰言打心眼里觉得真是好神奇。

居然能忙得过来。

许汀瞄到沈驰言的神色，往他嘴里塞了个爆米花，说："别嫉妒，你也有零食吃。"

沈驰言嚼了两下，说："这个奶油太少了，吃着不香，给我找个奶油多的。"

许汀丢给他一个"就你事儿多"的眼神。

"小叔叔，"闺蜜甲嘴里塞着一颗话梅，忽然叫了沈驰言一声，问他，"你跟汀汀姐是男女朋友吗？"

又是叔叔又是姐姐的，听着好跳戏啊。

沈驰言推了推鼻梁上的墨镜，不等他开口，阮棠慢悠悠地说："许汀是我的家教老师。"

闺蜜甲"哦"了一声，又往嘴里塞了颗话梅，好半天才反应过来，这个回答好像有点驴唇不对马嘴。

家教就不能是男女朋友了吗？这也不存在什么冲突啊！

所以，你们两个到底是不是在谈恋爱啊？

吃瓜群众发出疑惑的吼声。

（94）

车子开到郊区，视线里再也看不见高楼大厦，连呼吸都轻松起来，三个姑娘趴在车窗上，一边看风景一边说话，又是一通叽叽喳喳。

沈驰言借着换挡，在许汀手背上撩了一下，轻笑着说："你小时候也这么吵吗？"

"我现在就是小时候啊。"许汀一脸严肃地瞅着他，"我们女孩子永远十四岁。"

"跟棠棠说的时候还是十六岁呢，"沈驰言"啧"了一声，"眨眼又降了两岁，你们女孩子的年纪都这么有弹性吗？"

许汀笑倒在副驾上。

开车还带着孩子，不方便上山，沈驰言在河边找了个好位置，空旷开阔，又临近水源。

阮清屿带了三顶帐篷，都是家用型的自动款，扔出去就能自行撑开，再铺上一层防潮垫，非常方便。

三顶帐篷围出一大片空地，可以用来支烧烤架。阮棠带着两个小姐妹选了中间的红色帐篷，剩下两男两女自然要按性别分配，余焕然主动对许汀说："我们用黄色的那顶好不好？"

许汀一看见余焕然对她笑，就觉得心里发毛，忙不迭地点头，说好好好，都可以。

余焕然进了帐篷，沈驰言敲了敲许汀的脑袋，低声说："看见她你心虚什么？"

许汀一阵无语。

我不是心虚，是尴尬，总有一种抢了人家心上人的违和感！

河边景色不错，水清草绿，天特别蓝。沈驰言带了相机，阮棠让他帮忙拍照，三个小女孩簇拥在沈驰言身边，朝有野花的地方走过去。

许汀留下帮阮清峋收拾烧烤架和食材。阮清峋五官偏冷，气质也是，看上去很不好相处。

许汀恍惚想起高中时第一次见到阮清峋的情形，少年自艺术楼的天桥上走过去，衣领雪白，脊背笔挺，带着点不合年龄的冷漠，日落在他身后，蔓开金色的雾。

非常有意境的画面。

许汀听见有人在小声议论："看，那个就是阮清峋，年级第一，很有名的。"

"哪个 qing，哪个 xun 啊？"

"'清傲'的'清'，'嶙峋'的'峋'，名字很好听吧！"

冲动小人拼命怂恿许汀，追上去，跟他说，你好，我叫许汀，可以认识一下吗？

害羞小人瑟缩着拽住许汀的裙角，劝她，别去别去，多难为情啊！

最终，害羞打败了冲动，她眼看着阮清峋走过去，转弯，绕过楼梯，消失在视线里。

然后……

然后，阮清峋保送，很少出现在学校，再然后，她也毕业了，来到 K 大，遇见了沈驰言。

是沈驰言在短暂的惊艳后，给了她长久的心动，是沈驰言让她明白什么是确切的喜欢。

她喜欢的人，叫沈驰言。

许汀有点走神，竹签穿过蘑菇刺进指甲缝里。十指连心，许汀惊叫一声，疼得险些哭出来。阮清峋循声回头，握住许汀的手拉到眼前看了看，说："别沾水，我去拿创可贴。"

两人离得有点近，几乎是头碰头，阮清峋的呼吸吐在许汀的手背上，带着细碎的暖意。

就在这时，一声清脆的"咔嚓"响起。

是快门声，相机快门声。

许汀以为是沈驰言，莫名心虚，立即抽回手，转头看过去，却是一怔。

余焕然手里举着单反相机，镜头对着他俩，笑着说："不介意我拍张照片吧，刚刚那个画面挺美的。"

许汀有些尴尬，不等她开口，阮清峋淡淡地回了句："我介意，删了吧。"

说完，阮清峋转身进了帐篷，再出来时，拿着一个小小的旅行医药包。他抬手将医药包扔进许汀怀里，没再说话，往河边去了，留许汀在原地，和余焕然大眼瞪……大眼。

（95）

沉默两秒，余焕然率先开口，笑着问："要不要我帮你？"

许汀拆了张酒精棉片，边擦手边说："我可以自己处理，就是刺了一下，不严重。"

许汀有点摸不清余焕然到底是怎么想的，在阮家吃饭时，明里暗里地挤对她，这会儿又变成知心小姐姐。

医药包里东西挺全，简单消毒后，许汀在指头上包了个创可贴。

余焕然在旁边看了一会儿，忽然说："我们之前是不是见过？"

许汀眨眨眼睛："在男生宿舍楼，那次……"

"不是在学校。"余焕然仔细看了她一眼，继续说，"是在 uploader 的线下聚会上。你是做美食视频的吧？"

许汀非常想否认，但说谎不是什么好习惯，纠结半晌还是点了点头："随便弄着玩的。"

"ID是什么呀？我能关注你吗？"余焕然一脸真挚地瞅着她，"我现在专职运营自媒体，社交圈有限，没什么聊得来的朋友，在生活里能认识一个志同道合的，真的很不容易。"

她说得恳切，许汀也不好拒绝，拿出手机点了几下。

余焕然和许汀一道低头看屏幕，头像旁的 ID 栏里写着——

暗恋 RQX 的小土豆。

许汀手一抖，"咔嚓"一声，屏幕变成黑色，被锁住了。

太久没用手机登录微博，她都忘了，上面还有一个昵称无比直白的小号。

匆匆瞄了一眼，余焕然大概也没反应过来那三个字母代表什么，笑着问："是追星用的小号吗？名字挺可爱的。"

许汀嘴角僵硬，飞快切换账号，找到二维码，余焕然再度探过头去看，"章鱼小面包"。

互相扫码，关注对方，许汀顺便看了眼余焕然的主页。

@ 余燃余燃，知名美妆博主，粉丝有四百万，满屏的精修美照，浓妆、细腰、大长腿。

许汀算了一下，余焕然的粉丝数是她的十倍，还要再拐个弯。

啧啧，人比人，气死人。

关注微博后，又加了微信，余焕然晃了晃手里的相机，说："没电了，我先去换块电池，再来帮你弄食材。"

余焕然刚转过身，许汀立即拿出手机，登录微博，改掉了小号的昵称，还有头像。她来不及搜网图，随便从相册里找了张纯白的背景替换上去。

毁尸灭迹！

（96）

沈驰言带着三个小孩拍照拍了将近一个小时，回来时裤脚上湿了一片。

许汀指了指他："下河捞鱼去了？"

沈驰言一把抓住许汀的手腕，碰了碰指尖的创可贴，皱眉道："怎么弄的？"

众目睽睽，许汀想要缩回手，却被沈驰言按住，只能实话实说："竹签子扎手了。"

"笨死你吧。"沈驰言嗤笑一声，然后又开始催，"快快快，把炭点上，烤点肉吃，折腾一上午，都要饿抽抽了！"

"馋死你吧！"许汀原样喷了回去。

沈驰言摸摸她的头发，笑得很软。

两人那点小动作悉数落在余焕然眼睛里，她笑了笑，往鸡翅上又撒了一层辣椒。

阮棠指挥沈驰言给她拍了好多照片，从河边回来后，又拿着手机绕着烧烤架一通拍。小公主的闺蜜凑到许汀身边要跟她合影，许汀举着两串肉丸子，配合着摆了个造型。

拍完许汀，小姑娘扭头看向沈驰言，表情有点犹豫。许汀帮她喊了一嗓子："小叔叔，过来合个影呗！"

天气热，沈驰言举着水瓶，边喝水边浇在脸上降温解暑，水珠晶莹，喉结滑动，通身野性和桀骜的味道。他猛地听见这声小叔叔，顿时呛住，捂着嘴巴一通咳，捡起一颗小石子朝许汀砸过去。

许汀迅速低头，石子没砸着她，倒是砸中了阮清峋。

阮清峋掀了掀眉毛："您贵庚啊？"

干这么幼稚的事儿!

沈驰言将喝空的水瓶捏扁,笑着说:"不到六十,年轻着呢!"

人多的好处就是随便说点什么,都能笑成一团,气氛非常融洽。

火终于点起来,小公主拿着刷子主动帮忙刷酱,边刷边说:"蓉蓉不能吃辣,彤彤喜欢甜一点儿的。"

蓉蓉和彤彤就是她带来的两个闺蜜。

许汀拿着夹子给鸡腿翻了个面,抬脚踢了踢沈驰言的鞋跟,小声说:"看看人家,还是女孩子知道心疼人,爱吃什么都记得住!"

沈驰言摸摸下巴:"我爱吃牛肉和青椒,少刷酱,多放椒盐,你也要记住我的口味哟。"

许汀忍了半晌,到底没忍住,在沈驰言肩膀上抽了一巴掌。

打你个为老不尊的!

沈驰言笑着跳到一边,洗了个苹果,打算给许汀送去,扭头发现阮棠正眼巴巴地瞅着他,立即将苹果递到小公主手上,说:"最好吃的苹果当然要留给最漂亮的小公主!"

小公主满意地哼了哼,凑到沈驰言耳边,小声说:"小叔叔,你是不是喜欢小许老师啊?"

沈驰言伸手在她脑门儿上弹了一下:"你可不许捣乱!少欺负人家!"

"谁欺负她了!"小公主鼓起脸颊,"我可是'助功','助你成功'的'助功'!"

小公主丢给沈驰言一个"愚蠢的人类,好好学着点"的高傲眼神,举着苹果跑到许汀身边,说:"小许老师,这个苹果看起来好甜,我都洗干净了,你吃一口吧!"

许汀手上沾了油,不方便去拿,就着小公主递来的手,在苹果上咬了口，说："谢谢你啊，很好吃！"

小公主弯了弯眼睛，举着苹果又跑到沈驰言面前，说："小叔叔，小许老师说这个苹果很好吃，你要不要尝尝？"

脆生生的嗓音，传进在场的每一个人耳朵里。

许汀一怔，余焕然不留神，掀翻了手上的调料盘，阮清峋也扭头看过来。

小公主背对着众人，朝沈驰言使了个眼色。沈驰言笑了笑，说："是吗？我尝尝。"

他从小公主手上接过苹果，在许汀咬过的地方咬了一口，点头说："嗯，果然很甜。"

他一边说，一边朝许汀看过去，眼睛里全是笑。

一下还不算，沈驰言又连着咬了几口，半个苹果瞬间下肚。

许汀的脸一下就红透了。

"小许老师，"阮棠的闺蜜突然喊了一声，"鸡腿要煳了！"

许汀连忙用夹子把鸡腿夹起来，还好，只煳了一点皮，还能吃。许汀抽了个纸碟，把鸡腿放进去，打算一会儿自己吃掉。

沈驰言瞄见她的动作，叼着苹果晃悠过来，端走了那个装煳鸡腿的碟子。

许汀瞥了他一眼，没说话，捏了点椒盐撒在那个烤煳的鸡腿上。

您老的口味，少酱多椒盐，我没记错吧！

沈驰言嘴上叼着苹果，用下巴朝她腕上的那条白松石手链点了点："哦？"

许汀故意伸手到他面前晃了晃，笑眯眯道："好看吗？路上捡的！"

沈驰言一巴掌拍在许汀的手背上。

捡的？您可真好意思说！

（97）

几个人齐心协力，烤了一大堆吃的。阮清峋在地上铺了两张防潮垫，烤串、饮料、水果、零食统统堆上去，露营变野餐。

沈驰言钻进帐篷去拿相机，打算拍个合照，出来时跟余焕然撞了个正着。

余焕然手上也拿着相机，说："我刚开始学摄影，玩得不太好，也不会调参数，拍出来的片子特别暗，你能不能帮我看看？"

沈驰言没说什么，接过余焕然手里的相机，翻了翻里面的照片。

一张一张的，都是风景，光圈有点小了，进光量明显不足，快门的速度也不行。

然后……

沈驰言翻照片的手忽然一顿。

液晶屏上，许汀和阮清峋头碰头地靠在一起，背景被虚化了，人像带着极淡的朦胧感。

远处，天蓝草绿，近处，两个人都低着头，似乎还牵着手，侧脸的弧度精致柔和。

别说，拍得还挺好看。

沈驰言抬头看着余焕然。

余焕然"啊"了一声，连忙解释："你别误会，许汀被竹签扎伤了手，阮清峋只是帮她看看，我正好在附近拍风景，就……"

"你正好在附近，拍下了这张横看竖看都暧昧的照片。"沈驰言打断她，噙着点笑，低声说，"又正好拿到我面前，正好让我看见。今天是'正好'学院'巧合'系开运动会吗？都凑到一起了？"

余焕然脸上的笑容散得干干净净。

沈驰言把相机递还给她，迈步要走。

余焕然叫了他一声，咬牙说："那你知道许汀和阮清峋曾就读于同一所高中吗？他们认识多久了，关系怎么样，这些你都知道吗？"

沈驰言本来有点不痛快，一听这话，又笑了，笑得很淡。

他转身看着余焕然，说："我以前也谈过女朋友呢，不止一个。你要不要拿个喇叭，站在河边吼一嗓子，让所有人都知道沈驰言就是个花心滥情的乌龟王八蛋？"

余焕然哽了一下，眼睛里浮起淡淡的红："她到底有什么好，值得你紧抓着不放！"

沈驰言叹了口气，说："我不喜欢你，这是我们两个之间的事，跟许汀没关系。没有她，我也会去追求其他人，懂吗？"

余焕然别过头，眼圈更红，像是要哭出来。

沈驰言没再说话，他从帐篷后面绕过来，看见许汀举着自拍杆指挥大家一起喊茄子。

阳光明润，午后的空气里，有细小的颗粒在飞旋，像金色的雾。

许汀听见脚步声，扭头看向他，眉眼带笑，唇边旋起一点儿笑窝，甜得厉害。

她招招手，说："过来一起拍照哇，余焕然呢？跑去哪里了？"

沈驰言抬手在许汀脑袋上揉了一下，说："专业摄影师在这儿呢，把你某宝包邮的装备收起来吧。"

许汀扬起自拍杆，作势要砸他。

沈驰言笑着躲到一边，设好定时，将相机支在三脚架上，喊了一声："听我口令——预备，笑！"

"预备"拖音拖得太长，"笑"字一出来，大家乐成一团。沈驰言抢在定时结束前跳着扑到防潮垫上，也不知有意还是无意，刚好撞进许汀怀里。

许汀挥着手臂向后仰倒，沈驰言连忙探过手去垫在她脑后。许汀只觉眼前光影一暗，呼吸里充斥着沈驰言身上的味道。那个人好像习得了神奇魔法，设下屏障，置了结界，将她包围，也将她保护。

心跳忽然变得很轻，愉快而柔软。

许汀不由自主地探过头，在沈驰言的嘴角处碰了一下。

嗯，苹果味的，很软。

一触即分，快得几乎无法被时间捕捉。

沈驰言怔在那里。

"咔嚓"一声，快门声响，漂亮的流云和拂过发梢的风，都在那一刻被定格。

（98）

拍好照片，沈驰言拿起相机翻了翻。小公主闹着要看，沈驰言推脱说电池快没电了，回去发原片给她。

许汀埋头整理被撞翻的水果，耳朵上泛起淡淡的粉红色。

小公主是个闲不住的，提议边吃边玩"我是卧底"，让每个人都用手机下载 APP，然后进入游戏领取自己的词条。人不多，阮棠取消了"预言家"牌和"白板"，双卧底，强调游戏的过程中谁都不能说谎，要靠寻找词条间的共同点来掩饰身份。游戏结束，胜利者可以要求输的一方做一件事。

许汀正要翻开手机去看牌，余焕然忽然开口，凉凉地说："小许老师，能再帮我烤个鸡腿吗？谢谢。"

刚刚还是温厚知心好姐姐呢，这会儿怎么又变脸了？

许汀有点摸不着头脑，应了一声。不等她起身，沈驰言皱眉道："想吃什么自己不会烤吗，使唤谁呢？"

余焕然神色僵硬，眼圈又开始泛红。

难得一起出来玩，还有阮棠的朋友在，许汀不想闹得太僵，让

大家尴尬，忙说："我也爱吃鸡腿，正要再去烤几个呢。你们还要吃什么吗，我一块烤了？"

说着，许汀要站起来，沈驰言一把将她按住，说："烤什么烤，还有一堆鸡翅、丸子牛肉和土豆、蘑菇呢，先吃着，吃完再说。"

小公主跟着应和："就是嘛，先玩会儿游戏，谁想吃谁去烤，凭什么使唤别人！"

余焕然咬了咬嘴唇，没吭声。

第一局，词条是"金刚狼"。

许汀算半个漫威粉，她正思考另一个词条会不会是"钢铁侠"，阮棠的闺蜜先描述，很笼统地说："一个很厉害的人。"

阮清峋："电影主角。"

阮棠："改编自系列漫画。"

余焕然："沈驰言很喜欢。"

许汀：？？？

沈驰言的喜好是判断词条是否一致的标准吗？鬼知道他喜欢的是金刚狼还是黑寡妇，万一他口味奇特，喜欢灭霸的大紫薯头呢？

被点名的那位倒是淡然，脸上没什么表情，拿了颗草莓递给许汀。

描述继续。

接下来是沈驰言，他说："超能力。"

闺蜜乙："他有一个团队，都是很厉害的人。"

许汀："有很坚硬的装备。"

第一轮描述结束，大家说得都很含糊，唯独余焕然特殊，许汀第一个举手，把"卧底票"投给了余焕然，余下的人纷纷跟投，余焕然直接被投了出去。

结果显示，游戏结束，平民胜利，余焕然的确是卧底。

摊牌一看，平民的词条是"钢铁侠"，卧底的词条才是"金刚狼"。

许汀猜对了结尾，没猜中前提，万万没想到她自己就是卧底。

余焕然登时就炸了，指着许汀说："你脑子有坑吗？咱俩是搭档，你第一个投我？不会玩就别玩！"

许汀的确脾气好，但不是没脾气。她会让着阮棠，是因为阮棠年纪小，但余焕然不一样，都是成年人，谁也不欠谁的，凭什么让你吼！

许汀火气涌上来，脱口而出："姐姐，到底谁不会玩？沈驰言很喜欢——这算哪门子描述啊，沈驰言喜欢的东西多了，他还喜欢我呢，谁能确定你说的是哪个！遇上你这样的搭档，我才是真倒霉！"

这话一出，世界都安静了。

许汀看见沈驰言嘴边的笑容越来越明显，恨不得给自己一巴掌。

她都说了些什么乱七八糟的啊！

啊！！！

余焕然也在气头上，冷笑着说："他喜欢你？那你呢？也喜欢他吗？喜欢的话，为什么要用'暗恋RQX的小土豆'这个昵称做小号的ID？沈驰言的姓名缩写可不是'RQX'，你暗恋的人到底是谁？你敢大声说出来吗？一面跟沈驰言暧昧，一面又暗搓搓地惦记着别人，许汀，你真恶心！"

一席话，不仅剥掉了许汀的自尊，沈驰言也一并被牵连。

许汀耳边"嗡"的一声，像是迎头浇了一盆凉水，冷得厉害。

"RQX……"阮棠的闺蜜讷讷着，"那不是……"

阮棠一把捂住闺蜜的嘴。

阮清峋低垂着视线，像是什么都没有听到。

世界再度安静下去，如同消了音。

眼前忽然一暗，有人出现在许汀身前，她又闻见熟悉的味道。

那味道让她心安。

是沈驰言。

沈驰言站起来，挡在许汀身前。

他看着余焕然，声音平静，带着点不易察觉的冷，说："许汀喜欢谁，不喜欢谁，是她的隐私，你没有权利替她声张，还是在这种公共场合。都是成年人了，连这种最基本的礼貌都不懂吗？"

余焕然眼睛里全是水光："你要被她骗到什么时候？"

"她没有骗我，从来没有。"沈驰言说，"先动心的是我，先主动的人也是我。我喜欢她，她的一切情绪，她的好与不好，我都会担待，不需要外人横插进来，替我审判。"

听见这样的话，没有人能够不震撼。

余焕然终于哭出来，带着一种一败涂地的崩溃。

由于背对的关系，许汀看不到沈驰言的脸，却想起他的眼睛。

黑曜石似的，仿佛含着某种烈度，幽深明亮，令人眩晕。

也曾带着温柔的笑意，静静地看向她。

那样的眼神啊……

心脏忽然疼了一下，又是一下。

尖锐又漫长。

（99）

闹成这样，露营不得不草草收场。

余焕然没再说话，一直低着头，时不时地抬手抹一下眼睛，看上去有些可怜。

许汀手上拿着包面巾纸，打算递给她，想了想，又忍住了。

这种时候，她做什么都像幸灾乐祸。

收帐篷时，许汀手劲小，捏不住顶端的骨架，险些弹回来。有人在旁边帮了她一下，许汀以为是沈驰言，端着笑容抬起头，却撞上一双琉璃似的冷色眼睛。

许汀怔了下，忽然有点心虚，小声道："谢谢。"

阮清峋收回手，神色很淡，说："不客气。"

回程时，阮清峋负责送余焕然回去，许汀依旧坐沈驰言的车，后面载着阮棠和她的两个闺蜜。三个女孩隐隐觉得气氛不对头，静悄悄地团在座位上。

世界安静极了，静得让人心慌。

时近黄昏，透过半降的车窗，能看到渐渐浓烈的暮色，像某种灰烬。

风有些凉，许汀下意识地攥紧手指。

沈驰言频繁换挡，却不再像来时那样，状似无意地撩过许汀的手背，或者转过头，笑着弯起一双好看的眼睛。

他在生气。

他也应该生气。

一腔诚挚，换来的却是啪啪打脸。

许汀有点苦恼，她该如何向沈驰言解释呢。

如何解释才能让他明白她是喜欢他的？

手机嗡嗡一振，许汀低头看屏幕，居然是余焕然发来的。

"把他还给我好不好？"

许汀：？？？

这位姐姐人设是随机切换吗？刚刚还是怒火熊熊的挑刺女神，转眼就变成低声下气的深深闺怨妇了？

许汀不想理，锁了屏幕闭目养神。

没过半分钟，又飞进来一条消息。

"你明明不喜欢他，又何必占着他？我不一样，我喜欢他喜欢了很多年。"

许汀没兴趣进行这种苦情的对话，回了一句"我的私事和你无关"后，把余焕然拉黑了。

沈驰言先把阮棠的两个闺蜜逐一送到家，期间路过许汀租房的小区，她说前边停一下吧，我下车。

沈驰言就像没听见，他单手搭着方向盘，一脚油门，车子蹿出去好远。许汀眼看着小区的门卫室在视线里飞速掠过，忍不住叹气。

生气的少爷，真是惹不起啊。

绕回到阮棠家时，天都已经黑了。小公主从后门处跳下来，跑到前面，敲了敲驾驶室那侧的车窗，笑眯眯地说："今天玩得很开心，谢谢小叔叔送我回家！"

沈驰言脸上终于浮起一点笑，说："小公主长大了，越来越懂事。"

阮棠弯着眼睛，一脸天真无邪，说："我这么小都知道什么叫'好好说话'，小叔叔是大人，更要心平气和，不能随便受人挑拨，知道吗？"

这话说得，指向性不要太明显啊！

许汀忍着笑，心想，小公主可真是个宝贝，24k 纯金镶钻石的大宝贝儿！

沈驰言伸手在小公主脑袋上揉了一下，说："快上去吧，明天上学别迟到！"

小公主应了一声，正要进单元门，又想起什么，站在台阶上朝许汀喊："小许老师！"

许汀循声回头，小公主摆了个大力水手的经典造型，说："古语说得好，困难像弹簧，看你强不强；你强它就弱，你弱它就强！千万别被眼前的困难打倒哇！"

许汀："……"

行吧，谢谢后援团的友情支持，我尽量努力。

小公主走后，两个人都没说话，月光清凌凌的，像洒了层霜。

沈驰言拧开瓶子喝了口水，喉结上下滑动，脖颈脉络分明，有种别样的性感。许汀想起沈驰言握着她的手带她摸他喉结那次，真是……真是……

真是个妖精似的家伙。

许汀清了清嗓子，试探着问："我们要不要心平气和地聊聊？"

沈驰言似乎笑了一下，声音却是冷的："好哇。"

（100）

沈驰言找了个能停车的地方，许汀要推门，他"啪"的一声落了锁。

周围太安静，衬得落锁声异常清脆。

车窗半降着，晚风吹进来，许汀抖了一下。就在这时，她听见沈驰言的声音，问："是真的吗？"

没头没尾的一句，许汀却听懂了。

她看着前面被车灯照亮的路，说："是真的，我和阮清峋是高中校友，他不认识我，但我认识他，并且暗恋他。甚至，我来K大，都是因为他。"

"真坦白啊！"沈驰言似乎在笑，"继续，说一说你还为你的

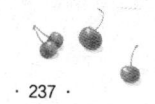
白马王子做了些什么。"

　　"还有家教。"许汀闭上眼睛缓了一秒，"我也是为了接近阮清峤才来应聘的。"

　　话音落下，沈驰言没有立即出声，车厢里只剩细细的呼吸，寂静绵长。

　　半晌，他才开口，嗓子全哑了，轻声说："你就那么喜欢他？"

　　"的确喜欢过。"许汀努力让自己冷静，"可是，半路上，我遇见了你。我没谈过恋爱，不晓得真正的心动和喜欢到底是什么样子。高中时第一次见到阮清峤，他的清冷和样貌都让我惊艳，我以为惊艳就是喜欢。直到进了K大，认识你，我才明白喜欢一个人，远不止一眼惊艳那么简单。它能让人温柔，也能让人嫉妒到发疯。余焕然和你单独说话的那个晚上，我第一次知道什么叫嫉妒。我嫉妒她比我早认识你，我嫉妒她比我先明白自己有多喜欢你。"

　　许汀攥紧手指，紧张得掌心出汗，她不知道这算不算表白，却是有生以来她第一次想让一个男生明白她有多喜欢他。

　　同时，她也生怕他不明白，她有多喜欢他。

　　"我可以相信你吗？"沈驰言也盯着前方的路面，声音压得很低，"几个月以后，你会不会坐在另一个男生车上，把这番话改掉称谓重复一遍，到时候沈驰言和阮清峤一样，也变成了不值钱的过去式。"

　　许汀转过头，难以置信地看着他："你说什么？"

　　沈驰言也转过头，与许汀对视，漆黑的眼睛，没有半点光。

　　她说过的那些话，什么"暗恋"，什么"惊艳"，着了魔似的在他耳边晃悠，心脏像是被人一把抓住，拼命揉捏，痛感顺着血液流遍全身，连指尖都跳着刺痛感。

　　喜欢能让人温柔，也能让人嫉妒到发疯。

说得可真好哇。

他从未这样喜欢过一个人，也从未想过，他会陷入这样黑暗的情绪里，为了一段朦胧的心动不依不饶。

这是许汀第一次见到沈驰然露出刻薄的样子。

他像是气坏了，专拣难听的话说，生怕刺不痛她。

沈驰言勾起一点儿笑，眼底带着鲜明的嘲讽，说："善变的东西都是廉价的，感情也一样。你口口声声说暗恋过阮清峋，怎么我一出现就变了？还是，你知道我的出身和家世都比他好，良禽择木……"

不等沈驰言把话说完，许汀抬手就是一巴掌。

脆响的一声，像是有什么东西落在地上，摔得粉碎。

天色渐沉，路灯一盏盏地亮起来，许汀依然觉得视线模糊，她眨眨眼睛，直到眼泪落在手背上，她才意识到自己在哭。

哭吧哭吧，为什么要忍着呢，许他气人，就得许她哭鼻子。

她组织措辞思前想后顾虑重重了大半天，生怕说得不够明白，让沈驰言误会。那个木头倒是厚道，上下嘴皮子一碰，直接在她脑门儿上盖了个廉价又拜金的戳。

你才廉价呢！你才拜金呢！

你知不知道我老爸是谁！

我不好好读书，是要回去继承地产公司和星级酒店的，我用得着拜金吗浑蛋！

（101）

许汀越哭越伤心，眼泪噼里啪啦地往下掉。

沈驰言生生让她哭得慌了，苦苦地劝："别，你别哭啊，我就

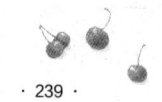

是说了句气话，我给你道歉，行不行？"

许汀根本不理他，在车门上拍了两下，说："开门，我要下车！"

沈驰言伸手过来要握许汀的肩膀，许汀在气头上，闭着眼睛抬手一挥，无比精准地砸中了沈驰言高挺的鼻子。

这一下劲儿还不小，酸麻胀痛，各种感觉一齐涌上来，别提多难受了，沈驰言都想跟着许汀一块哭。鼻腔里热乎乎的，估计要流鼻血，他不想吓着许汀，打开车门跳了下去。

周围没有人，只有树枝在头顶唰唰作响，沈驰言蹲在路边，拿开捂住鼻子的手，往掌心里看了一眼，果然，一团红。

这算什么？文斗变武斗？

真有劲儿啊，沈驰言哭笑不得地想，练过铅球吧姐姐！

沈驰言打开后备厢拿了瓶水，用纸巾蘸着，简单擦了两下。好在鼻血出得不多，很快就止住了，沈驰言收拾自己的时候，许汀拦了辆出租车，上车走了。

沈驰言也不知道是折腾累了，还是被那一杵子给敲蒙了，蹲在地上回不过神。

直到出租车启动，他才想起来要追，可是已经来不及了，出租车一骑绝尘，喷了他一身炽热的尾气。

出租车里，许汀下意识地报租房小区的地址，转念一想，沈驰言住她隔壁，现在回去肯定还会碰上。她正生气呢，才不要见他，于是改成了家里的地址。

不是说良禽择木而栖吗？她现在就回家，住别墅，睡大床，让保姆伺候着，还要抱有钱老爸的大腿！

许汀到家时是保姆开的门，许松乔出差，顾涵之已经睡了。

保姆肩上披着件薄外套，一眼看到许汀满脸泪痕，吓得魂飞魄散，追问发生什么事了，要不要上楼去叫醒太太。

许汀吸着鼻子，说："没事，跟朋友吵了几句。"

保姆问她要不要吃点东西，许汀想了想，说："煮碗面吧。"

哭了半天，她还真饿了。

洗过澡，换上睡衣，舒服了很多，保姆将宵夜送到房间，银丝面、虾仁煎蛋，还有一小碟凉拌黄瓜。

面汤很香，热乎乎的，喝下一口，整个人都暖和了。

许汀抱着碗想，作为一个成熟的大人，生气这种事，应该是吃饱后才能做的。

（102）

沈驰言没有立即回家，开着车在外面转了几圈，让脑袋放空，也让自己冷静。

今天他的确脾气不好，出身和成长环境让他几乎没有过挫败感，他一直是骄傲的，就像他一直以为许汀喜欢他。

余焕然的话不仅打翻了沈驰言的自尊，也让他明白自己有多可笑。

你以为两情相悦，其实是自作多情。

还有比这更讽刺的事吗？

沈驰言接到阮清峋的电话时，也不算出乎预料，阮清峋问他有没有时间，要不要出来喝一杯。

沈驰言带他去了自己的酒吧，靠近绿植的小卡座，有点偏，适合安静说话。

不到十点，生意正热闹。服务生端来两杯酒，小舞台上，女歌手抱着吉他唱陈粒的歌：

> 左顾右盼不自然的暗自喜欢
> 偷偷搭讪总没完地坐立难安
> 试探说晚安，多空泛又心酸
> ……

沈驰言忽然觉得心烦，端起杯子一口把里面的酒都喝光了，被烈酒激得直皱眉。

阮清峤看着他，提醒了一句："回去的时候记得叫个代驾。"

沈驰言今天没什么耐心，屈指在茶几的边沿敲了两下，让他有话快说，挑要紧的说。

阮清峤勾起一个无奈的表情："正式算起来，在今天之前，我跟许汀只见过三次。第一次在学校，我捡到她的身份证；第二次是在家里，她来应聘做棠棠的家教；第三次，也是在家里，你为了躲余焕然，邀请她留下来一块吃饭。"

沈驰言挑眉："所以？"

"我想如果不是余焕然说出来，"阮清峤把玩着手上的杯子，"有些事情，我可能永远都不会知道。"

"现在你知道了，"沈驰言又咽下一杯酒，"要来跟我竞争吗？"

"争？我拿什么跟你争？"阮清峤垂下眼睛，"我的养父母都在沈家的公司上班，维系生计，就连棠棠都知道，要讨好小叔叔，不能惹小叔叔不开心……"

阮清峤的话没说完，一杯柠檬水已经泼到他脸上。

沈驰言扔下杯子起身就走，看上去煞气很重。

沈驰言离开后，先前端啤酒的服务生送来一包纸巾，还有一句留言："言哥让我转告你，人必自侮，然后人侮之。他还说……还说……"

服务生磕磕绊绊地说不下去，阮清峤很轻地笑了下，示意他不会介意。

服务生满脸尴尬，说："他让你把脑袋摘下来，搁在甩干桶里转一转，甩掉里面的水。"

转达完留言后，服务生溜得太快，阮清峤的一句"谢谢"硬是没来得及说出口。

他靠在椅背上，闭着眼睛，极轻地叹了口气。

舞台上，女歌手唱完陈粒，又唱起了谢春花：

借我孤绝如初见

借我不惧碾压的鲜活

借我生猛与莽撞不问明天

借我一束光照亮黯淡

……

阮清峤侧着头，灯光映着他略显消瘦的下颌，勾出一点儿冷漠与坚毅并存的流畅。

有女客人在光影交替的间隙偷偷看他，甚至叫来传话的服务生打听："坐在角落里的那个人，年轻的那个，是熟客吗？"

服务生耸着肩膀说："言哥带来的，大概是朋友吧。"

女客人不死心，远远地，又看了他一眼。

（103）

沈驰言上头有一对双胞胎哥哥，比他大十岁，他最小，在家里受尽宠爱，没被养歪了，变成不学无术的纨绔，还要感谢外公何烨，在沈驰言最叛逆的年纪里时时盯着他，点拨他。

沈驰言他爹沈闻孝年近花甲，身体硬朗，思想也很开通，早早将名下企业交给长子打理，自己退居二线安度晚年，安心下棋和养生。沈驰言逆子一个，说他爹见子就吃——标准的奸商做派兼臭棋篓子。

老爷子气得吹胡子瞪眼，抄起手杖劈头就砸，把小儿子捶得嗷嗷叫。

沈闻孝作息规律，早上六点准时出门打太极，快七点回家吃早饭，门一开，看见客厅的沙发上团着一堆"垃圾"。

客厅拉着窗帘，有点暗，"垃圾"仰面躺着，衣服裤子皱成一团，一条手臂屈起，搭在眼睛上，另一只手垂下来。斑点大狗挨着那只垂下来的手，原地盘成一个硕大的肉墩子。

一人一狗睡得挺熟，呼吸声清晰平缓，空气里散着淡淡的酒味。

老爷子端详半晌，抄起手杖在沈驰言的肚皮上戳了戳："别处睡去，我要看电视。"

沈驰言哼了一声，压在眼睛上的胳膊慢慢抬了起来。

沈驰言酒量不差，但是喝酒不能急，他被阮清峋弄得心烦，两杯烈酒下肚，晚风一吹，直接晕成了五彩斑斓的万花筒。他连怎么叫的代驾都不记得，一觉睡醒，已经坐在自家餐桌前，保姆给他煮了碗醒酒汤，让他趁热喝，暖暖胃。

沈闻孝的目光自老花镜上方递出来，带着点幸灾乐祸的味道。不等他开口，沈驰言抢先一步说："别问，问就是钱包丢了，手机花屏，大 G 爆胎。"

沈驰言开局就"将军"，本以为老头儿要发火，老头儿却笑了，说："谁有闲心听你那点糟烂事，下周六你二哥订婚，有个晚宴，你收拾利索了再来，不然，我让门卫把你扣在外头！"

"赴宴可以，"沈驰言吸溜着醒酒汤，"但是，别介绍乱七八糟的人给我认识，这个小女儿，那个亲外甥女，唐僧进了盘丝洞都没有这么热闹。"

沈闻孝终于听不下去，抄起电视报抽在他的脑袋上。

　　沈驰言端起汤碗往楼上跑，边跑边点菜，说中午要吃水煮鱼，还有糖醋里脊。

　　老爷子让他气得差点笑出来，一边折报纸一边琢磨，上次碰见许松乔，他说他闺女跟小言年纪相仿，叫什么来着？许什么丁？还是汀？

Chapter10.

星河灿烂，人间可爱 /

（104）

许汀在家睡了个漫长的好觉，第二天眼泡肿肿的醒过来，跟司瑶哭诉说她栽了，掉马了，被情敌当众揭短，气跑了心上人。

司瑶听得心火乱窜说："哪儿来的小妖精啊，这也太欺负人了！"

她笑闹完，又说回正题。许汀翻了个身，仰面躺着，眼睛看着天花板，语气里带着惶然无措的伤感，说："瑶瑶，我是不是真的让沈驰言伤心了？"

司瑶权衡了一下，说："你先不要丧气，长妖精威风，灭自己士气。你和阮清峋之间清清白白，顶多算暗恋未遂。这件事坏就坏在不是你亲口对沈驰言坦白，多了个中间商赚差价，让你们两个都很被动，也让沈驰言误会他的付出是在自作多情。找个机会，好好跟他聊聊，阮棠小公主是怎么告诉你的？要心平气和！"

"可是我现在不想跟他聊！"许汀埋着头，语气软乎乎的，带着点委屈的味道，"说那么难听的话，当谁没脾气呢！"

说不清到底是谁在跟谁赌气，互不搭理的冷战方针就这么定了下来。

许汀为了躲开沈驰言回了别墅，沈驰言也牵着胖花回家啃老去了。

装了一肚子心事，有点心不在焉，上课时许汀频频走神，老师以为她犯困，让她去电梯口站着，跟每一个进出电梯的人说"下午好"，清清脑袋里的瞌睡虫。

好在是上课时间，学生都聚在教室里，进出电梯的人多，也不算特别尴尬。

司瑶发来消息：官人，你可安好？

许汀站在垃圾桶旁边，背倚着墙，回复：内心毫无波澜，甚至想订一份冷饮外卖。

"叮"的一声，电梯门打开，有人走下来，许汀看都没看，机械地转身低头："下午好。"

一声轻笑，有点耳熟，同时，一道黑影覆下来。

阮清峋周身清爽，衬衫、牛仔裤和运动鞋，俱是干干净净。

他低头看她，琉璃似的眼睛，鼻梁很挺，带着鲜明的轮廓感。

许汀那点小秘密被余焕然当众挑破，再见到阮清峋，怎么可能不尴尬，她几乎不敢看他。

"我来找人，一个学弟，在这里上选修课。"阮清峋解释了一句。

"我在罚站。"许汀有点无奈地说，"上课走神，被抓住了。"

"你啊……"阮清峋叹了一句，他手上拿着瓶矿泉水，新的，没拆封，递到许汀面前，"喝水吗？"

许汀连连摆手："不用、不用，谢谢你。"

　　她的紧张和拘束全写在脸上，不像和沈驰言相处时那样娇俏，还有自然。

　　阮清峋自嘲地笑笑，正要走开，余光瞄到什么，他缓缓俯下身，凑到许汀面前。

　　许汀怔了一下，忘记要躲，听见阮清峋说："许汀，为什么要把我拖进你和沈驰言中间？为什么要在我不知道的地方喜欢我？这对我来说公平吗？"

　　许汀被他语气里的凉意吓住，惊惶后退，同时，余光被一抹身影牵住。

　　那人站在楼梯间的出口处，斜倚着门框，额发推上去，露出饱满的额头和深色的眼睛。

　　沈驰言。

　　沈驰言静静地看过来，瞳仁很黑，细微的风掀起他的衣角。

　　英俊、劲瘦、沉默又隐忍。

　　几乎没有思考的过程，许汀立即朝他走过去，偏偏下课铃响了，来来往往的人流隔断许汀的视线。等她越过人流跑过去，出口处已经空了。

　　胃有点疼，许汀抬手在墙上扶了一下。司瑶跑过来，揽着她的肩膀，急道："怎么了？不舒服吗？脸色这么差。"

　　许汀咳了一声，睫毛黑漆漆的，看上去缀满了难过。

　　（105）

　　司瑶扶着许汀回到宿舍，给她倒了杯热水，又铺好被子，让她上床去躺着。

　　许汀脱掉衣服，裹在被子里，还是觉得手脚冰凉，焐不热似的。

　　她盯着天花板发了很久的呆，终于下定决心，拿过手机找到阮清峋的号码，敲着键盘在信息栏里输入：

学长，你好，我是许汀，由于我没处理好自己的感情，给你带来很多困扰，我深感抱歉。

我第一次见学长是在高中母校的艺术楼，学长迎面走过来，样貌和气质都让我惊艳，我以为那就是喜欢，所以注册了"暗恋 RQX 的小土豆"这个微博 ID，当作电子日记本使用。后来学长保送到 K 大，我追着你的脚步来到这里。开学后的某一天，朋友告诉我学长在北区的篮球场打球，我带着饮料想去见你，却遇到了沈驰言。后来我才知道，是我听错了，你在体育馆的 B 区，而不是北区球场。

北区球场上，我摔了一跤，扯坏了衣服，沈驰言借外套给我，后来他又捡到了我的脚链，再后来我们发现对方竟然是邻居。巧合太多就会变成缘分，而缘分往往是心动的开端，所以，我心动了。我喜欢上了沈驰言，真真切切的喜欢，让人温柔也让人嫉妒的喜欢。

对不起，是我做得不好，将学长牵扯进我和沈驰言之间；对不起，我给学长添了很多麻烦，真的非常非常抱歉。

不过几百字，许汀很快写完，点击发送。之后她将手机放在枕边，数着心跳声，让自己平静下来。

不知过了多久，屏幕光陡然亮起，有新短信进来。

许汀拿起手机看了看，那条小作文似的长信息下面，有一条简短的回复。

"祝你幸福。"

许汀看着那几个字，仿佛有风吹过，粉白的樱花散了一地，带着星星点点的微光。

她长长地舒了口气，点开微博，将小号的内容全部删除，然后注销账号，懵懂的暗恋也在这一刻，彻底终结。

祝你幸福。

谢谢。

天快黑了，司瑶踩着床梯探了探头，问汀汀晚饭想吃什么，她去买。许汀说还不饿，想睡一会儿，司瑶帮她掖了掖被角，转身出去了。

床头亮着盏小夜灯，颜色昏黄，许汀翻了个身，拿过手机，摸索着拨出一串号码。

嘟嘟两声忙音，被掐断。

许汀不死心，又拨了一遍，还是被掐断，第三遍第四遍，最后，听筒里传来机械的女声，您所拨打的电话已关机。

许汀一口气哽在胸口，抓过摆在床头的抱枕捶了两拳。

沈驰言沈驰言沈驰言！小气吧啦的家伙！

沈家二哥这几天要订婚，家里来了不少客人，还有宴会的策划团队，进进出出的，沈驰言嫌吵，牵着胖花回了出租屋。

在玄关换鞋时，手机振了起来，沈驰言低头去看来电显示，然后直接按掉。

进了客厅，脱掉T恤扔在沙发上，胖花摇着尾巴去找最喜欢的兔子玩偶，手机又响了，沈驰言看都没看，接着挂断。

冰箱里有煮好的酸梅汤，沈驰言给自己倒了一杯，手机又响了，还是许汀打来的。

沈驰言仰头喝下半杯冰水，不仅挂断，还点了关机。

他扮知心小叔叔扮得太久了，久到所有人都以为他是天生的好脾气。

夜色深浓，沈驰言不觉得饿，饭也没吃，端着杯子进了书房。门一开，就看见许汀赢回来的黑猩猩蹲在书架上，乌漆墨黑，毛刺刺的，要多丑有多丑。

一股邪火直冲天灵盖，沈驰言转身下楼，把那家伙扔垃圾桶里了。

（106）

扔掉黑猩猩，沈驰言靠在转椅里发了会儿呆，满脑子都是教学楼里阮清峋凑在许汀耳边低声说话的情形。

阮清峋略略俯身，阳光下，侧脸弧度利落。许汀不知道是吓蒙了还是过于专注，眼睛都不眨，愣愣地与他站在一起。

别说，还挺好看，和余焕然抓拍的那张照片一样好看。

越想越火大，沈驰言决定不想了，戴上耳机，开始修露营时拍的照片。小公主催他好几次了，他一直推说没时间。

沈驰言把相机里的照片传到电脑上，先粗略过一遍，删掉废片。

手指拖动鼠标滚轮慢慢滑动，风景、人像、合照……

这个合照……

连拍模式，速度很快，捕捉到不少有意思的细节，比如，许汀印在他唇边的那个吻。

轻如幻觉的吻，带着极淡的甜香气，被相机镜头精准捕捉。

透过照片，能看到许汀闭着眼睛，睫毛黑漆漆的，像深色的弯月亮。脸颊红红的，表情里带着沉迷的意味，证明她在吻她喜欢的人。

吻到了喜欢的人，那一刻，她的心跳一定很快。

语言会说谎，眼神能闪躲，但是神色里的迷恋是没办法隐藏的，就算捂住嘴巴，也藏不住渐渐晕红的脸颊。

许汀是喜欢他的，只看照片都能感觉到。

她没有骗他，她是真的喜欢他。

手指在键盘上悬了片刻，沈驰言将那张关于亲吻的照片剪切下来，单独收进文件夹，剩下的原片全部压缩打包，扔进邮箱，发给了小公主。

处理完琐事，沈驰言看了眼表，还不到十一点，这个夜晚似乎显得格外漫长。犹豫片刻，沈驰言走进客厅，拿起扔在沙发上的手机，长按，开机。

联上网络的瞬间就有微信消息跳出来，沈驰言翻了翻，大部分是许汀发来的。

"大猪蹄子，你挂我电话！"

"小气吧啦的，有话不能当面说吗？"

"我已经跟阮清峋说清楚了，我喜欢的人是你，这段时间给他添麻烦了，我很抱歉。"

"但是，再怎么抱歉也无法阻止我喜欢你！"

"接电话行吗？不接的话，开机也行啊。"

"你看见我的留言了吗？小心眼！"

"沈驰言，我胃疼。"

"沈驰言，我喜欢你，我真的很喜欢你。"

"埋我一下吧，好不好？"

隔着屏幕都能感觉到委屈。

沈驰言把手机扔回到茶几上，仰头叹了口气。

夜深了，有点起雾，空气凉飕飕的，小路上的青石板被打湿，泛着斑斓的颜色。

沈驰言踩着拖鞋走到垃圾桶前。

两个大方桶，绿色的，飘着一股饭馊味。沈驰言用指尖推起垃圾桶盖子，往里面瞅了瞅，黑毛大猩猩躺在一堆塑料袋上，凶神恶煞地跟他对视。

看什么看？没见过帅哥翻垃圾桶啊？

沈驰言屏住呼吸，忍着刺鼻的味道，伸手把猩猩捞出来，夹在臂弯里带走了。

（107）

许汀是抱着手机睡着的，早上醒来的第一件事还是看手机，微信上什么都有，新闻、广告、群发消息、点赞投票，唯独没有沈驰言的回复。

这个小心眼的家伙，真不理她了？

许汀气得想哭，又把摆在床头的抱枕拽下来，捶了两拳。

上午没课，许汀和司瑶一人裹着一床被子，痛骂沈驰言不是东西，斤斤计较，睚眦必报，小肚鸡肠！

许汀的成语储备不够，想不出词儿了，推推司瑶："你再补两个。"

"小肚鸡肠！肠……长颈鸟喙！喙……"司瑶也没比许汀强到哪去，仰头思考了一会儿，憋出一句，"喙……会不会说话啊？"

许汀被司瑶逗笑了。

临近中午，顾涵之打来电话，让许汀回家试礼服。

许松乔的合作伙伴要在许家的酒店办订婚宴，作为东道主，三口人要一起出席。

许汀问司瑶要不要跟她回去蹭饭，司瑶晃晃脑袋说："不了，裴景澜下午有空，约好了带她去江边吃鱼。"

许汀叹气："裴医生多好哇。"

再看看她喜欢的那个玩意儿，活生生一个大猪蹄子！

顾涵之的审美一贯在线，她准备了两条礼服裙子，一条水蓝色的薄纱吊带，裙摆细软，鱼尾般安静垂落，仙气灵动；另一条是黑色的，抹胸款，腰侧有简单的金色刺绣，露出肩膀和脖颈，雪白纤细，娇俏迷人。

许汀试了黑色那条，在试衣镜前转个圈，问顾涵之："好不好看？"

顾涵之托着下巴，手指在唇边敲了敲，转身走到鞋柜前，拿了双和裙子同色的高跟鞋让许汀换上。

衣服是高定，配饰就不宜过于奢华，否则会抢了主角的风头，许汀选了 miumiu 的发带、项链和小耳钉。头发绾起来，用唇釉勾了勾唇色，镜子里的人，风情楚楚，又干净妖媚。

家里来了客人，顾涵之被保姆叫走，许汀锁上试衣间的门，对着镜子拍了张全身照。

她侧着身，高跟鞋上一段细白的脚踝和小腿，十分动人。

许汀拿过手机，准备将照片发给沈驰言，按亮屏幕时却看见通知栏里一串的未读消息，都是网上认识的朋友发来的。

"面包"，到底怎么回事啊？

"面包"，是不是得罪那个美妆博主了？

真没想到你是这样的人，算我眼瞎，双删吧。

"章鱼小面包"？你叫"韭菜大绿包"吧！你也太不厚道了！

"面包"，你有没有看到这条微博？

许汀有些莫名其妙，完全搞不清楚发生了什么，沈梨传来一个微博链接："快看！"

许汀点开，然后，被泼了一脸高浓度狗血。

微博是余焕然发的，用 ID 是 "@ 余燃余燃" 的美妆账号，原文如下：

作为一名自媒体运营者，我不该给大家带来太多的负能量，更不该占用社会资源，但我真的太难过了，希望有人能听一听我的故事。

我有个喜欢了十年的人，称呼他为"S"吧，我们青梅竹马，在我构建的所有与未来有关的幻想里，都有他参与的痕迹。可是，他被抢走了，被另一个女生硬生生地抢走了。

为了引起S注意，她租下了S家隔壁的房子，与他做邻居。

为了靠近S，她去S家应聘，做起了S小侄女的家教，给小孩子洗脑，让十几岁的孩子帮助她打赢这场"感情战争"，将我清理出局。

几天前，我们一起去露营，当时我并不知道女生的种种行为，只觉得她很漂亮，又单纯又美好，主动提出互关微博，加微信好友，以后常联系。甚至想到她年纪小，无论是在网络世界，还是现实里，作为姐姐，我要多照顾她。

可是，那个女生做了什么呢？

坐S的副驾驶座，让S吃她吃过的苹果，做游戏时故意针对我，让我输掉，变成笑话。

S和我渐行渐远，我崩溃过、无助过，甚至哭着问S我到底哪里不好。然而，最让我绝望的是，那个女生在追求S、吊S胃口的同时，用另一个男生的名字注册了微博账号，声称自己暗恋他。

我知道，我和S未婚未嫁，严格来说，大家都是自由人，有追求与被追求的权利。我不是看不开，也不是输不起，只是不甘心把心爱的人交给这样一个女生。

如果你还有一点儿良知，还有一点儿道德感，请把他还给我。

@章鱼小面包

长微博下还有一张截图，是许汀和余焕然的私聊。

"把他还给我好不好？"

"你明明不喜欢他，又何必占着他，我不一样，我喜欢他喜欢了很多年。"

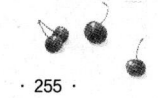

"我的私事和你无关。"

最后一句，许汀的回复，真是点睛之笔，照亮了前面那五百多字的铺垫。

难怪当时余焕然会突然切换人设，从咄咄逼人变成卑微苦情，原来是在准备素材。

余焕然本身就是热度不低的网红，故事又牵扯到另一个网红，吃瓜群众纷纷下场，不到半个小时，转发量就突破两千，评论里整齐划一的"心疼燃燃，'面包'垃圾"。

很快，＃余燃 小面包＃这个话题后面多了个"热"字标签，甚至，一度上升到话题榜第六位。

点进去，能看到各种针对"小面包"的谩骂和攻击。

许汀拿着手机一个字一个字地认真读完，没生气，只觉得可笑。

真是引得一手舆论，带得一手好节奏，真真假假一锅烩，许汀都不知道该从哪一句开始反驳。

余焕然不去开营销公司，专业霸屏微博热搜，真是屈才了。

太屈才了！

（108）

余焕然大号上阵，直接＠当事人，许汀的微博很快沦陷，消息页面一片红，艾特、评论，还有私信，数字不断上涨，成千上万。

有人浑水摸鱼，把许汀发布的美食视频找出来，断章取义，指责她抄袭其他博主；有人嘲笑她用裱花袋的手法不够专业，拿甜品当噱头，故意炒作；还有人晒出当初"小面包"点赞 Finn 黑料的截图，说她表面手滑，背地勾搭，职业绿茶，该打该打。

许汀非常想给最后一条爆料点个赞，因为它是唯一一个能押韵的，读起来还挺顺口。

Finn 的粉丝闻风而至，纷纷在余焕然的评论区 @Finn，让他看清"小面包"的真实面目，趁早取关，千万别像博主姐姐和那个傻帽"S"一样，被人形绿茶骗了。

Finn 上次发微博是在一个月前，还是条天气播报，也不知道什么时候才能吃上这口瓜。

真爱粉操碎了一颗多情的心。

许汀第一次碰见这种事，不委屈不震惊是不可能的，她关闭了私信、评论，还有 @，点击屏幕时，手指微微有些抖。

这些事若真是她干的，挨骂也认了，偏偏一桶脏水，泼得她周身狼狈。

微信上，红圈里的未读消息越来越多，许汀没有看，只发了条朋友圈：

真相并非如此，会交给律师处理，感谢关心。

然后，她将手机设成了静音模式。

沈梨打来电话，被许汀挂断了，然后是司瑶。

许汀犹豫了一下，点了接听。

司瑶气得直哭，说："余焕然怎么那么坏啊，她也太欺负人了！"

许汀摘下首饰，擦干净脸上的妆，踢掉高跟鞋，赤脚踩在地板上。

细碎的凉意沁入肌肤纹理，她慢慢吐出一口气，眼神很静，声音也是，说："我现在要去报警，等一会儿再跟你说。"

当事人中只有余焕然发了声明，舆论自然一边倒。

短短半天时间，余焕然那篇感情充沛的小作文被转发了两万多次，评论数直逼七万。

搜索"章鱼小面包"，关联的都是些乱七八糟的词。

越来越多的网友顺着文末的@跳转到许汀的主页，有的指责，有的嘲讽，有的谩骂，有人说她不仅伤害了一个女孩的感情，还在扼杀别人的生命，如同凶手。

许汀想，那我的感情呢？会哭的孩子有糖吃，先告状的恶人就可以无罪吗？

许汀在警局待了一个多小时，她在大厅里坐下，有人用一次性纸杯给她倒了杯热水，按照流程走完全部程序时，那杯水已经凉透了。

许汀从警局的大门出来，走到街上，看一眼时间，不到三点。

最近降温，暑气不像之前那么浓，风吹在脸上，有了淡淡的凉意。

许汀慢慢吐出口气，她想，最生机勃勃的季节要过去了。

手机装在背包里，一直在振动，有来电，也有短信，许汀都没接。她在街边站了一会儿，然后拿出手机，故意不去看信息栏上飘着的红色数字，直接点开通讯录找到陈律师的名字，约好时间，明天上午见面。

陈律师是远行律所的执行合伙人，也是许爸爸老友的儿子，许汀跟他私交不错，名誉权的事情交给远行处理，她也放心。

陈律师的委托人里也有正当红的明星艺人，见惯了这种事，安慰许汀不要太难过，也不要跟无聊的人打嘴仗，适当的时候贴出律师声明，着手起诉，维权到底。

话是这么说，可被骂的人不是自己，没人能体会那种滋味。

心情不好，气色也不好，回家让顾涵之看见免不了担心。许汀找了个临街的咖啡馆，坐在靠窗的位置，看着窗外的车流和人流发呆。

她一面想着余焕然真是搬弄是非的一把好手，因果前提，随意删减篡改，移形换影；一面又想着，即便赢了官司，讨回公道，"章鱼小面包"这个微博怕是也不能继续用了，她不喜欢沾染太多是非，更何况还是感情是非。

运营了好几年呢，好多回忆，还有一些可爱的粉丝，挺舍不得的。

而且，这种事情，真能说得清吗？余焕然先入为主，粉丝基数又远高于她，即便她发文澄清，又有多少人愿意相信呢？

感情上的事，又该如何提交证据？证明我爱你，或是不爱你。

许汀在咖啡馆里坐到天黑，喝了两杯柠檬水、一杯红茶，还有一杯卡布奇诺，座钟敲过六下，她实在受不了了。

喝水太多，她想上厕所。

起身的瞬间，手机"嗡"的一声，排满未读消息的通知栏里又跳出一条，许汀随手滑开，沈梨发来一张朋友圈截图，一个备注叫"美妆 余燃"的人发了条动态：

行，你有本事，算我输。

不用问，这是余焕然的朋友圈动态。

可是……

许汀缓慢敲出一个问号。

我还没起诉呢，怎么就算你输了？

更何况，算你输能行吗？我要你认认真真地公开道歉！

谁也不能白挨骂！

接着，沈梨又传来一条链接，许汀点开，界面跳转到微博视频，封面一团黑，ID栏里却写着：@Finn_N。

Finn？

他也被粉丝拽下场了？

网速有点慢，短暂加载后，画面跳出来，同时还有一道无比耳熟的声音：

"大家好，我是 Finn，中文名字叫沈驰言，也是某位美妆博主故事里提到的'S'。首先，我要澄清一点，我跟那位美妆博主并不是恋人关系，她的确追求过我，但是我已经多次拒绝。我从来没有接受过她的感情，她构建的所谓的与未来有关的幻想，跟我没有半毛钱关系，更没有我被人抢走一说。从头到尾，她都在用说谎、抹黑的方式，伤害我喜欢的人。"

许汀：！！！

（109）

视频里，沈驰言坐在转椅上，穿着白色实验服，头发有点乱，应该是得到消息后，在学校的实验室匆忙录制的。

他录得很急，发布得也急，剪辑都很粗糙，和之前色调温柔的翻唱视频大相径庭。

越是急，越是能看出主人的心情，想要保护一个人，想要还她一身清白。

他不许她被迫背上莫须有的罪名，更不许她因此受到任何责难。

他的女孩，可以和他赌气，可以任性，可以胡闹，但是不能被欺负。

绝对不能。

没时间调整滤镜，没时间打光，也没时间润色文稿。

一切都很简单，也很直白。

沈驰言将余焕然抛出的指控与污蔑一一驳回。他说，我不需要你把我交给谁，我会主动走向我喜欢的人。他说，那个女孩子并没有谋划着如何接近我，反而是我，在谋划该如何追求她。他说，在没有接受他之前，人家不可以有自己暗恋的人吗？你在暗示什么呢？

他说，自己点到即止，大家相识一场，也算朋友，我给你留余地，希望你好自为之。同时，我也要借用你说过的一句话——如果你还有一点儿良知，还有一点儿道德感，请不要再用谎言和污蔑伤害我喜欢的人。

视频一出，余焕然的粉丝愣住，Finn 的粉丝惊呆，"小面包"的粉丝……

"小面包"的粉丝气炸了！！！

这位姐姐，你真是撒谎不脸红啊，把所有为你发声的人都涮进去了，你涮锅呢？要不要再来点蘸料？麻酱吃吗？要油碟还是干料碟？

火锅店缺个配菜的，你配吗？

还有，偏听偏信，张嘴就辱骂"小面包"的人，请你们——立即道歉！

余焕然的粉丝数更多，人气和热度也远高于许汀，她本想利用这一点，抢占舆论高地，用感情纠纷将许汀钉死在耻辱柱上，淹没在众人的口水里。看客的记忆是短暂的，图的不过是一时的狂欢、一时的愤怒，还有粗浅的痛快，有几个人会持续关注事情的发展和大结局？一旦许汀陷入被动，即便发声解释，传播范围也是有限的，更何况，你解释得清吗？

一个不大规矩的女孩子，这种污点一旦背上，能轻易洗白？

可是余焕然没想到，许汀也没想到，沈驰言就是 Finn。

Finn 的视频，成了转折点，他一下场，战局瞬间扭转，将余焕然的小算盘砸得粉碎。

微博上，各种讨论越发热烈，粉丝、路人、理中客们乱成一锅粥。

乱七八糟的声音里，有人弱弱地说了一句：我的天，飞神也太帅了吧，光线差成这样都能看出来帅，那就是真的帅啊！！！

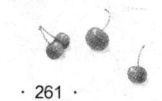

画面中，男人很年轻，目光镇静，从容有度，一定受过很好的教育。

他眉骨偏硬，剑眉，轮廓很深，眼底怒气鲜明，吐字却依旧清晰。

盛怒之下，他冷静自持，单是这份气度，就足够让人心折。

更何况，这个人不是流于表面的英俊，或是单纯的皮囊精致，他身上有一种气质，从骨子里透出来的，大气稳练，清隽倨傲。

随意一个眼神，或是一个表情，都带着野性，让人口干舌燥，心跳加速。

这样的人，不单单是英俊，更多的是一种魅力，一种近乎锋利的气质。

有人起头，就有人跟帖，话题绕着 Finn 的颜值，扯出好远，视频下的评论区更是热闹：

啊啊啊啊啊，老粉终于等到飞神露脸了，我的天，这也太好看了吧！截图截到抽筋！

名字很好听啊，人如其名！！！

这么说，是老大主动追求的"小面包"？我的天哪，这是什么霸总剧情！

你们注意到 Finn 的眼神了吗？他真的在生气，超生气的那种！

我朋友是 K 大的，她看见视频的时候都傻了，说这不是 K 大一草吗？你们懂了吗，飞神不仅仅是我们的飞神！

楼上！别走！我也是 K 大的！当初那个宣传片，简直屠版！

什么宣传片？楼上说清楚啊！

新粉，默默蹲个宣传片链接。

别歪楼啊，你们不觉得信息量更大了吗？"小面包"不仅是飞神的邻居，还是飞神侄女的家教，跟飞神一块露营，坐飞神的副驾驶！这……这不就是甜甜的爱情吗？我酸了！！！

（110）

一场口水仗，炸出了一个堪称惊艳的彩蛋。

谁也没有想到，高冷毒舌还有点神秘的音乐博主 Finn 和故事里的"S"是同一个人。

这不是万万没想到，这是万万不敢想。

世界真小，缘分真巧。

许汀握着手机迟迟回不过神。

沈驰言就是 Finn？

沈驰言居然是 Finn？

那他一早就知道自己是"章鱼小面包"，所以才会在点赞事件中帮她解围？

更乱套了。

这一天发生的事实在太多，许汀身心俱疲。她没回别墅，去了自己的小屋，拿钥匙开门时瞄了眼隔壁。

Finn、沈驰言、Finn、沈驰言……

不想了、不想了，简直是魔咒。

许汀换上衣服，又冲了个澡，然后坐在窗前吹风。

天气不好，没有星星，雾蒙蒙的，大脑也钝钝的，很累，但是睡不着。

不知过了多久，她拿过手机看时间，已经快两点了，凌晨两点。

夜晚和寂静会让人脆弱，许汀忽然很想见见沈驰言，看他笑，听他说话。

见不到，能听见声音也好。

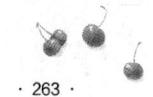

更何况，今天的事，她还没向他道谢。

许汀攒了攒勇气，拿过手机，在列表里找到沈驰言的号码，试探着拨出。

通了，没关机。

忙音响过一声，两声，第三声。

许汀渐渐紧张起来，他还在生气吗？

她都解释好多遍了，她喜欢的人是他，她很喜欢他，他还要赌气吗？

第五声。

小气吧啦的。

第六……

"喂！"

声音懒洋洋的，睡意含混。

许汀一时没反应过来，忘了出声。

沈驰言不耐烦："说话！余焕然又找你麻烦了？不要管，我来处理。"

"不是不是，"许汀心脏怦怦跳，脸颊发烫，低声说，"我想你了，想跟你说说话。"

电话里一阵杂音，沈驰言大概从床上爬了起来。

接着，她听见风声，和她一样，他也站在窗前，开了窗。

一样的动作和习惯，真默契呀！

许汀咬着嘴唇，勾起一点笑，说："我听见了！"

夜色中，沈驰言的嗓音格外淡薄，流水一般，反问："听见什么了？"

"你说喜欢我。"许汀偷笑,"你在视频里说了好几遍喜欢我!别想赖账!"

沈驰言"啧"了一声:"就这个?"

"这是证据!"许汀纠正,"你喜欢我的证据!"

沈驰言笑了笑。

这是继教学楼偶遇,不,是露营事件后,许汀第一次听见他笑。

心软得不像话,想见他的欲望越发强烈。

许汀试探着问:"你在家吗?我是说,在我隔壁吗?"

她满心期待,甚至雀跃。

见到他见到他,想马上见到他。

"不在,"沈驰言异常干脆,"我在学校,宿舍。"

许汀:"哦……"

白激动了。

"失望吗?"沈驰言舔了舔牙尖,"见不到我。"

许汀揉着怀里的抱枕,声音闷闷的,说:"有一点儿,很小的一点儿。"

"那你会继续失望的。"沈驰言眯着眼睛,几乎笑起来,"我要跟导师出去做报告,明天不回来,后天也不回来,你要失望好几天呢!"

许汀:"……"

我就不该打这通电话!

正要将信号掐断,她忽然想起有一个很重要的问题还没问。

许汀"喂"了一声,有些不自然地说:"你什么时候知道我就是'章鱼小面包'的?"

"你踹我车胎的那天!"不提这茬还好,提起来就一肚子火,沈驰言叉腰,"当着我的面说 Finn 刻薄,还说 Finn 脾气很坏!我脾气坏吗？你说说我哪里脾气坏了？"

果然，许汀尴尬地捂脸，他早就知道自己是"小面包"了。

而且，没记错的话，她还给沈驰言讲过打别处听来的 Finn 和某美女 coser 的故事。

这叫什么？

鲁班门前弄大斧，正主面前谈八卦，总体来说就是，丢人丢到姥姥家。

（111）

隔天，事件涉及的另一位主人公，饱受攻击的"章鱼小面包"终于上线，什么都没说，只分享了一份律师声明。

声明称，远行律师事务所已接受委托，指派本所陈逐光律师处理相关事宜，持续开展诉讼维权工作，并对已确认身份的侵权网络用户提起诉讼。

"小面包"的粉丝和吃瓜路人纷纷跟进转发，表示支持维权。

两个小时后，余焕然删除了那条"爱情故事"的微博，将简介改为"休息，暂退"，评论也随之关闭。

余焕然删博的事，还是吃瓜少女沈梨告诉许汀的。

发布完律师声明，许汀就卸载了微博 APP，无论是事前的漫骂，还是事后的道歉与撇清，她都不想再看。

她在这件没什么营养的事情上已经浪费了太多时间，不想再继续浪费。

及时止损吧，就像沈驰言说的，点到即止。她没有余焕然那么狠的心思，非要置谁于死地，只是想还自己一个公道。

司瑶和沈梨倒是开心，这两个丫头在微信上拉了个讨论组，把许汀拽进来，在线直播余焕然是如何被反噬的。

那些被她利用并欺骗的人，一旦反扑，便是鲜血淋漓。

随便咬上一口，都带着刺骨的疼。

司瑶和沈梨一拍即合，格外投缘，就像天生的牌搭子。两人一唱一和，聊一句余焕然，骂一句沈驰言，骂他识人不清，交友不慎，交了这么一个心肠歹毒只会添乱的异性朋友。

许汀弱弱地开口："其实，这件事也不能怪沈驰言，他已经很努力地在维护我了。"

司瑶和沈梨异口同声："叛徒！重色轻友！"

许汀捧着脸，笑眯眯地说："他的确长得很好看啊，嘿嘿嘿，又帅又有气质。"

沈梨："……"

司瑶："……"

完了、完了，你是彻底没救了。

报告会进行到一半，中场休息。

沈驰言跟导师打了声招呼，到走廊里透气。

手机振起来，他按下接听，委托律师的抱怨声穿过杂乱的背景音传出来："言总，既然陈逐光陈律师已经接手，您又何必来找我呢。圈子里谁不知道陈律师的名头，青年才俊，背景深厚，我失心疯了才会从他的筷子底下抢饭吃！"

沈驰言一怔。

陈逐光，他知道这个人，家里三代法律工作者，赫赫有名。

问题是，这人不是他请的啊！

怎么回事？又有高手下场了？

沈驰言登录微博，点开"章鱼小面包"的主页，她发布的图片声明上果然戳着远行律所的 logo 和钢印，指派律师一栏印的也是陈

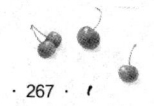

逐光的名字。

这小丫头什么来头？能请动这么大牌的律师？

沈驰言一边琢磨，一边点下转发键——支持"小面包"维权。

（112）

报告会为期两天，沈驰言忙得团团转，也没顾上跟许汀联系，偶尔从阮棠嘴里听到几句八卦，说余焕然消停了不少，她不再更新微博，朋友圈也关闭了，可能要出国读书。

末了，小公主气冲冲地抱怨："她说谁是小孩子，说谁被洗脑呢？我看起来是那种能被当枪使的人吗？啥眼看啥低，活该她翻车！"

沈驰言忙了一天，累得脑仁疼，闭着眼睛说："好了，棠棠，这件事到此为止，不要再讨论了，落井下石不是一个好习惯。"

阮棠又嘟囔了几句，才挂掉电话。

信号切断，沈驰言捏着手机顶在指尖转了个圈，想着要不要给许汀打一个。

看一眼时间，已经是凌晨，太晚了，打扰人家休息，而且，有些话还是当面说比较好。

无妨无妨，来日方长。

这么想着，沈驰言翻了个身，关灯睡觉。

报告会一结束，沈驰言连放个行李箱的时间都没有，刚出机场就被他妈捉回家，试礼服，弄头发，看名单，记流程，准备参加他二哥的订婚晚宴。

王宫酒店，六楼，宴会大厅。

灯影璀璨，侍者端着酒水，穿行在宾客之中，悄无声息。

金色烛台高高挑起，壁画、宝石，还有水晶雕就的天鹅像。

拱柱撑起一方小舞台，管弦乐队位列其中，小提琴音色优美，还有竖琴的滑音。

衣香鬓影，极乐人间。

没睡好，沈驰言有点提不起精神，入场的那一刻，还是带起了一阵小小躁动。

衬衫，西装，缎带装饰，L.U.C 的金色腕表，食指上的戒指也换成了同系列的铂金款。

他个子高，腿长，身形挺阔，穿正装很有味道，天生贵气。

剑眉，鼻梁高挺，下颌线条完美，多一分都是累赘。

有人暗自赞叹，真是天赏的好相貌。

沈家其他人都在与客人谈笑周旋，沈驰言兴致缺缺，端了杯香槟，自行去外面躲清静。

他沿着右侧的木质楼梯走出去，是一个露台，圆桌、座椅、鲜花插瓶，错落摆放。

露台上没有人，灯火略淡，好在星光繁盛，铺满眼眸。

明天，一定是个好天气。

忽然，"啪"的一声，有什么东西敲在露台的地板上。

沈驰言转过身，眯着眼睛看过去。

有风，花影摇曳，时不时地飘过一阵冷香，不知道是什么牌子的香水。

"累死了！"

嗓音清脆，接着，一只黑色高跟鞋被丢出来，"啪"的一声，落在沈驰言脚边。

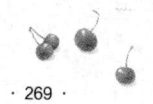

他垂下视线看过去，细细的绑带和鞋跟，零星的水钻。

很漂亮的鞋子。

"高跟鞋这东西，到底是什么人发明的！脚踝都要断了！"丢鞋子的人大概在讲电话，"瑶瑶，你也来嘛，陪陪我，好无聊，假笑得脸都僵了！"

这声音，这语气，真耳熟啊。

沈驰言勾起一点笑，弯腰捡起那只高跟鞋。

"老头儿说要介绍朋友给我认识，新郎的弟弟，哪家的小儿子，"女孩子语气甚是不满，嘀咕，"准是个纨绔，混吃混喝、脑满肠肥！我明天就要跟老头儿说我有男朋友了，是个超级大帅哥，他叫……"

跷在凳子上的小腿忽然被握住，五指绕上去，收紧。

沈驰言掌心的温度略高，暖得皮肤发烫。

许汀吓了一跳，险些惊叫出声。

有人半蹲在她面前，帮她穿好鞋子，扣上绑带。

那人穿了件黑西装，衣袖下，一双修长的手，骨节分明。

腕表，铂金戒指，每一样配饰都很衬他。

许汀愕然："沈……沈驰言？你怎么会在这儿？"

"因为我是新郎的弟弟，"沈驰言抬起头，挑眉，微微带笑，"纨绔，混吃混喝、脑满肠肥。"

许汀脸颊发烫，挣了挣被他握住的小腿，小声说："放开我！"

沈驰言没动，眯着眼睛沉默半晌，恍然："原来你是许松乔的女儿。"

亏他当初把许汀想象成人间樊胜美，人家明明是人间富贵花。

不好好读书，就要回家继承五星酒店的那种！

算他眼拙，认栽！

"我不是故意瞒着你。"许汀生怕他又赌气，歪了歪头，一绺碎发落下来，微卷，垂在锁骨上，悠悠荡荡。

她说："只是一直没找到合适的机会说，你别生气嘛。"

温温柔柔的语气。

心头最软的地方，好像被什么东西勾了一下。

沈驰言的视线沿着那绺垂下来的碎发滑过去，抹胸礼服，肩膀露出来，雪白单薄。

细细的脖颈，比大厅里的水晶天鹅像还要漂亮，红唇饱满，眼妆干干净净。

风情动人，又不失纯挚。

好看，特别特别好看。

沈驰言站起身，许汀只觉眼前一暗，接着，她被拉起来，抵在石砌的栏杆上。

万丈星辉在她身后，天空墨蓝如昂贵的绒羽。

这世界足够盛大，而她是唯一美好。

即便穿着高跟鞋，身高落差仍在，许汀不得不仰起头。

眼神晶莹，灵动如月。

沈驰言的手臂撑在她两侧，定定地将她桎梏。

许汀眨了下眼睛，睫毛舒卷，蝶翼似的，轻轻出声："你……"

辗转绵密的吻，细腻、柔软，落下来，将她的声音彻底封住。

呼吸炽热，许汀的手指不自觉地握住沈驰言腰间的衣服。

她反射性地想要向后仰，却被他按住。

饮过酒的嘴唇，微凉、湿润，带着淡淡的果香。

空气变得稀薄，时间近乎凝滞。

许汀小声叫着他的名字："沈驰言……沈驰言……"

每叫一声，他的心口便滚烫一分。

他被她俘获，为她臣服，心甘情愿。

"说你爱我，"沈驰言轻啄许汀的耳垂，哄着她，也是在教她，"说，你爱我。"

"我爱你呀。"她笑，唇边一个小小的甜蜜梨窝，手臂圈在他肩上，"你想象不到，我有多么多么喜欢你。"

远处，燃起烟火，极盛，极艳。

星河灿烂，人间美满。

你眼中，有我钟爱的银河。

群星是你，朝阳是你，漫野的流光，皆是你。

你是一生一次的惊喜，也是确切的爱与心动。

只一笑，万物生长。

－全文完－

番外一

我就这么一个宝贝，当然要护着！ /

期末，一堆知识点需要复习和背诵。

司瑶被裴景澜拎回家，一对一辅导，许汀和郑李李去泡图书馆。

下雪了，气温很低，窗子上蒙着薄薄的雾。

书页翻动的间隙，许汀抬起头，在窗玻璃上划了两下。直到郑李李用笔尾戳她的手，许汀才反应过来，她划下的是个"驰"字。

沈驰言的驰。

许汀脸红得不行，立即将字从玻璃上抹掉。

郑李李探过身，声音压得很低，问她："汀汀，你是不是很喜欢沈学长啊？"

许汀眨眨眼睛，睫毛微翘，筛下浅色的光，她很低地"嗯"了一声，说："是啊。"

很喜欢。

喜欢到无法形容。

余焕然搞出的闹剧，在删除微博后悄然谢幕，许汀虽然贴出了律师声明，但并没有真的把余焕然告上法庭。

不看僧面看佛面，毕竟是沈驰言的故交，点到即止吧。

事情结束后，许汀卸载了微博，专注生活和学业。

刚确定关系的那段时间，沈驰言忙得厉害，实验、数据、报告会，被导师和大师兄催着满世界跑。两个人明明是邻居，却经常一个星期都见不到面。

许汀：我仿佛谈了一个假恋爱！

沈驰言自己没时间，就把胖花牵了过去，让许汀帮他养几天。

遛狗时许汀发现，狗绳上印着几个方方正正的黑体字——女主人，非单身。

许汀哭笑不得，打电话给沈驰言。

电话接通，先是一阵杂音。沈驰言语速很快，态度却温和，哄她："有事明天再说好不好，我现在太忙了。"

纵然忙碌，依旧温柔待你。

许汀心底一片柔软，抢在电话被挂断之前问了一句："你吃饭了没？"

沈驰言笑了一下，说："我现在连喘气都要抽空，哪来的时间吃饭！"

饿着肚子怎么会有力气干活呢！

许汀翻了翻冰箱，找到不少蛋挞皮。她调了些蛋液，烤了一大堆蛋挞，再加上昨天做的两大块蜂蜜蛋糕，虽然不能当饭，起码可以垫垫肚子。

许汀抱着硕大的纸盒去了物院实验楼，原本打算将点心交给沈驰言就走的，结果沈驰言硬把她拽进去，向同僚介绍，说："这是我女朋友，历史系的，叫许汀。"

大师兄嘴甜，嚷着："谢谢弟妹，手艺真好！"

许汀脸红得一塌糊涂，扭头去看沈驰言。

沈驰言脸上挂着点笑，白色实验服下身形修长，对大师兄说："嗓门压低点，吓着小女孩！"

材料组的一个学妹也在，起哄说："从没见过沈师兄这么护短，连大声说话都不行！"

许汀脸色更红，沈驰言伸手在她下巴上钩了下，说："我就这么一个宝贝，当然要护着！"

许汀踢沈驰言的鞋跟，让他少胡说八道。沈驰言笑着揉了揉许汀的脑袋，顺手在她耳垂上捏了一下。

办公室里一团乱，沈驰言从堆积如山的数据表下挖出一张转椅，对许汀说："你先坐会儿，忙完了，我送你回去。"

许汀连连摆手，说："不用了，我可以自己回去。"

沈驰言背对着众人弹她的鼻尖，低声说："听话。"

轻飘飘的两个字，卸走了许汀周身的力气。

许汀没等太久，一页知识点背完，大师兄推门进来，招呼大家下班。

沈驰言脱掉实验服，活动了一下筋骨，修长的腰腹和腿，在灯光下拉出笔直的线。他说："你们先走吧，我收尾。"

大师兄摇头感慨："身材真好哇，尺子似的，立在人群里，一眼就能看到。"

　　闲杂人陆续退场，办公室里渐渐安静。沈驰言拉下窗帘，他站立的地方有一线天光，像交界，分割出明与暗，在他身上抹上浓艳的一笔，加倍英俊。

　　许汀一眼看过去心跳"怦"的一声。

　　许汀轻轻咳了一声，戳戳沈驰言的肩膀："蛋挞好吃吗？"

　　沈驰言挑眉："当然。"

　　"我千辛万苦做好，又千辛万苦地送来，"许汀瞅着他，"就算不给手工费，是不是也该付个配送费？"

　　沈驰言笑了："行啊，你开个价。"

　　不等话音落地，许汀踮脚，凑过去，在沈驰言的唇上碰了碰。

　　如同羽毛飞过，细碎的痒。

　　沈驰言一愣。

　　许汀立即退开，背过身，要朝外走，边走边说："好啦，配送费支付完毕。"

　　许汀腰上一紧，沈驰言的手臂将她环住，然后拉回来。许汀没防备，跌撞着落进沈驰言怀里，下一秒，他将她抱起，搁在桌面上。

　　窗帘拉着，主灯也没开，只有电脑旁的台灯亮着。

　　朦朦胧胧的光影下，沈驰言双手撑在许汀身边，低头看她，纯黑的眼睛异常深邃，像天鹅绒，莫名浓艳。

　　心跳得乱七八糟，许汀抬起手臂攀上他的肩膀，小声说："当心监控！"

　　"实验室才有监控，"沈驰言凑近她，呼吸里带着薄薄的热度，"办公室里没有的。"

　　许汀挑眉："所以？"

　　沈驰言轻笑："所以，我想再付点配送费。"

安静的吻，亲密贴合，呼吸融在一起，缠绕进彼此身上的味道。

沈驰言闭着眼睛，许汀却偷偷睁开，视线递出去，看见他黑而长的睫毛，略带些弧度，像染了色的月亮，缀满细致的温柔。

番外二

星星很亮，男朋友很好，我超喜欢他！／

之前许松乔就提过，要介绍沈家的小儿子给许汀认识，那时候许汀正和沈驰言冷战，左耳朵进右耳朵出，根本没留意那位沈家的小儿子到底是圆还是扁。

沈家二哥的订婚宴，许松乔拉着许汀的手，走到沈闻孝面前，笑着说："这位是沈伯伯，小时候，你偷吃人家的园艺葡萄，酸得哭鼻子！"

沈驰言正装笔挺，站在沈闻孝身后，哧的一声笑出来。

许汀瞄他一眼，笑窝旋起，乖乖巧巧，说："伯伯好！"

沈闻孝精气神很足，先是与许松乔客套了几句，话音一转，说起自家小儿子，也在 K 大读书，年轻人更有共同语言，以后不妨多联络，常来往。

许汀点头说："一定、一定，男朋友必须常联络，不然会被别人捡走的！"

"是啊！我也是这么想的……"话说到一半，沈闻孝突然回神，"你说什么？"

沈驰言笑着绕过来，与许汀十指相扣，先对许松乔欠了欠身，说："叔叔，我叫沈驰言，是汀汀的男朋友。"然后，转向自家老爹，"爸，这是汀汀，我女朋友。"

两句话的工夫，旧友变亲家，两个老头儿面面相觑。

沈闻孝先反应过来，一记手杖抽在沈驰言的小腿上，笑骂："小兔崽子！礼数让你就饭吃了？也不知道提前打声招呼，搞得这么仓促！"

这一下抽得不轻，沈驰言"哟"了一声，故意跟老头儿呛火，说："哪有这么骂人的，我是小兔崽子，那您是什么？"

沈闻孝扬起手杖还要再打，许松乔笑着拦了下来。

两个老头儿你来我往打官腔，沈驰言朝许汀使了个眼色，趁机溜了。

社交性宴会一贯无聊，许汀想去吃宵夜，偷偷跟顾涵之打了声招呼。

顾涵之穿着刺绣礼服，天鹅颈，弯眉，蓝宝石的耳饰和手环，端丽秀美。

她拢了拢女儿的头发，唇边旋起笑意，说："果然很英俊。"

许汀脸红得像蜜桃，小声说："我也没想到，他穿正装会这么好看！"

二十五岁的男人，正装加重了轮廓，挺拔倨傲。

剑眉，鼻梁很挺，下颌紧削，像雕塑家的成名作，每一寸骨骼都被仔细打磨过。

有人执着香槟杯来跟沈驰言攀谈，沈驰言一面浅酌，一面留意着许汀的动向。见许汀朝宴会厅的大门走去，他立即迈步跟上，像个忠心的护卫。

出了宴会厅的大门，许汀直接脱掉高跟鞋，赤脚踩上走廊里的地毯，绵软无声。

沈驰言自身后追过来，一眼看到她拎在手上的鞋子，挑眉："累了？"

许汀点头。

沈驰言笑了笑，脱下外套罩在许汀肩上，然后略微俯身，手臂环过去，将她拦腰抱起。

沈驰言的怀抱不算柔软，肌肉线条很硬，有点硌。

周围没人，许汀也懒得动，索性靠在沈驰言肩上，布偶猫似的，又乖又漂亮。

为了搭配礼服，许汀难得化一次浓妆，唇釉质感鲜润，闪着钻石似的光。

沈驰言低头看她，心底发痒，又不忍破坏这么好看的颜色，最终，只是在脸颊上碰了碰。

轻飘飘的吻，格外温柔，近乎虔诚。

许汀歪了歪脑袋，忽然笑起来，轻声说："沈驰言，你一定很喜欢我。"

沈驰言眼睛里盛着暖融融的笑意，故意说："你怎么知道？"

许汀哼了一声，眼神清亮，撒娇似的说："我就是知道！"

电梯直通一楼大厅，厢门打开前，许汀从沈驰言怀里挣出来。她依旧不肯好好穿鞋，也不愿意被抱着。沈驰言气得皱眉，许汀朝他做了个鬼脸，笑着跑开。

沈驰言无奈，半晌又笑了。

许汀那句话说对了，他很喜欢她。

喜欢她单纯乖巧，喜欢她开朗热情，也喜欢她偶尔使小脾气任性胡闹。

只要是她，什么样子，他都喜欢。

上天予他半盏温柔，他愿意毫无保留，悉数搁在她身上。

因为，他真的好喜欢她。

夜风有点凉，许汀披着沈驰言的外套，等他去取车。

天气不错，星星洒得到处都是，许汀仰头看了一会儿，用手机拍了张照片，然后点开微信朋友圈：

汇报一下，星星很亮，男朋友很好，我超喜欢他！

发完动态，许汀揉揉鼻子，笑了。

真没出息啊，这么快就忍不住拿出来炫耀了。

可是，沈驰言多好哇，那么好的人，怎么能藏起来呢。

很快，评论区里炸开了锅，一堆朋友排着队地追问，是谁、是谁、到底是谁？

不等许汀回复，黑色奔驰轰鸣着开过来，沈驰言下来帮她开车门，还细心地挡住了车顶。许汀弯着眼睛，笑得很甜。

车子驶入主路，城市灯火正浓。许汀披着沈驰言的外套，小小的一只，蜷在窗边向外看。

车窗半降，扑进来的风吹乱了她的头发。

红灯，沈驰言揉了揉许汀的脑袋，顺手在她耳垂上捏了一下，提醒："当心着凉。"

越是喜欢一个人，越有数不清的小动作。

想摸她的头，捏她的脸，将她抱起来，搁在膝盖上，吻她的额头和锁骨。

想看她对你笑，眼睛里盛着星星般的颜色和光芒。

沈驰言想，他大概真的没救了。

许汀扭头看他："我想去江边！"

沈驰言毫不犹豫，掉转方向。

深夜，两岸霓虹如织，偶尔能看见游轮的影子。

许汀趴在扶栏上，风吹过来，温温凉凉，非常舒服。

高跟鞋的绑带松了，沈驰言蹲下去帮她扣好，站起来时刚好与她四目相对。

沈驰言身上有种神韵，精致妥帖，英俊疏朗，像工笔描画的美人图，华光内藏。

许汀听见心跳"怦"的一声，有点乱，还有一种形容不出的悸动。

她靠近他，依在他怀里，小声说："我能亲你一下吗？就一下，不让别人看见！"

沈驰言被逗笑了，故意说："不能，公共场合，要注意影响。"

这话说得也在理，许汀皱着鼻子，看起来有点郁闷。

"如果你肯说一句喜欢我之类的，"沈驰言轻轻咳了一声，"也是可以破例的。"

许汀失笑："你可真能讨价还价！"

"要不要说？"沈驰言瞅着她，眼睛里映着温柔天色和长河流水，"说一句，就给你亲！"

"喜欢你、喜欢你、喜欢你……"许汀赌气似的念出好长一串，"我最喜欢……"

"你"字未能出口，被封住。

他在群星明亮处吻住她，柔软、缱绻，满含深情。

我爱你，以生命，以勇气，以所有灿烂美好。
永不落幕。

本书由苏幸安绿委托长沙大鱼文化传媒有限公司正式授权花山文艺出版社，在中国大陆地区独家出版中文简体版本。未经书面同意，本书的任何部分不得以图表、电子、影印、缩拍、录音和其他手段进行复制和转载，违者必究。